古典文獻研究輯刊

三　編

曾永義　主編

第20冊

明雜劇概論（上）

曾永義　著

國家圖書館出版品預行編目資料

明雜劇概論（上）／曾永義 著 — 初版 — 新北市：花木蘭文
化出版社，2011〔民100〕

目 2+184 面；19×26 公分

（古典文學研究輯刊 三編：第20冊）

ISBN：978-986-254-562-1（精裝）

1. 明代雜劇 2. 戲曲評論

820.8　　　　　　　　　　　　　　　　　100015012

ISBN-978-986-254-562-1

9 789862 545621

古典文學研究輯刊
三 編　第二十冊　　　　　　ISBN：978-986-254-562-1

明雜劇概論（上）

作　　　者　曾永義
主　　　編　曾永義
總 編 輯　杜潔祥
出　　　版　花木蘭文化出版社
發 行 所　花木蘭文化出版社
發 行 人　高小娟
聯絡地址　新北市永和區中正路五九五號七樓
　　　　　電話：02-2923-1455／傳眞：02-2923-1452
網　　　址　http://www.huamulan.tw 信箱 sut81518@ms59.hinet.net
印　　　刷　普羅文化出版廣告事業
初　　　版　2011 年 9 月
定　　　價　三編 30 冊（精裝）新台幣 48,000 元

明雜劇概論（上）

曾永義　著

作者簡介

曾永義，1941 年生，臺灣臺南縣人。1971 年臺灣大學中國文學研究所博士班畢業，獲教育部國家文學博士學位。曾任臺灣大學講座教授、歷史文學學會與中華戲曲文學推廣學會理事長，中華民俗藝術基金會執行長與董事長。1978 年在美國哈佛大學、1982 年在密西根大學為訪問學人。1987 年在德國魯爾大學為交換教授、1990 年在香港大學為客座教授。1996 年在史丹佛大學、1998 年在荷蘭萊頓大學為訪問教授。2004 年為武漢大學客座教授。1977 年獲第三屆文復會金筆獎、1981 年獲第四屆中興文藝獎章、1982 年獲第七屆國家文藝獎、1993 年獲第二十八屆中山文藝獎，1987、1991 年獲國科會優良研究獎。1993 年，獲中山文藝獎。1988 年、1993 年、1995 年及 1998 年四度獲國科會傑出研究獎。2001 年 8 月～ 2007 年 7 月，為國科會特約研究計畫主持人。現為國家講座主持人、世新大學講座教授、臺灣大學名譽教授、國語日報常務董事、中央研究院文哲所諮詢委員。2004 年 11 月獲財團法人傑出人才基金會為期五年之「傑出人才講座」。著有學術著作《明雜劇概論》、《台灣歌仔戲的發展與變遷》、《說俗文學》、《說民藝》、《論說戲曲》和《戲曲源流新論》等十餘種，散文集有《蓮花步步生》、《牽手五十年》、《飛揚跋扈酒杯中》、《人間愉快》和《清風明月春陽》等五種，中國現代歌劇劇本《霸王虞姬》及《國姓爺》兩種，京劇劇本《鄭成功與台灣》及《牛郎織女天狼星》兩種。長年從事戲曲、俗文學與民俗藝術之維護發揚與研究工作，不僅在台灣提倡精緻歌仔戲與中國現代歌劇，且屢屢並率團赴歐美亞非列國做文化交流。

提　要

　　明代雜劇繼承元人雜劇，又逐漸從南戲傳奇中汲取滋養，發展出獨特的面貌。本書首先綜述明代雜劇的搬演環境與劇種特色，進而以宏觀的角度析論明代雜劇演進的情勢及其在雜劇發展歷史上的地位。其次依照明雜劇的發展階段，詳實考述各期作家及其作品，並討論其得失。本書對於明雜劇進行了全面系統性的論述，並提供豐富的學術材料，為明雜劇研究的創發之作，具有重要的參考價值。

目

次

前　言

　　我國戲劇文學的演變，以元雜劇與明清傳奇爲主流，這是人所共認的事實。但是，在主流之外，尚有一股不可忽視的旁支，那就是明代的雜劇。它一方面繼承元人的衣鉢，一方面又逐漸從興盛中的南戲傳奇汲取滋養，從而融合南北曲的長處，產生更精緻、更合理的新劇種。初期的明雜劇至少能保存元人自然眞摯的優點，而後期的明雜劇更在藝術上獲得改進。也就是說，雜劇在明代並非衰亡，而是另有發展，另有革新；所以，無論從事明代戲劇或中國戲劇史的研究，絕不能捨明雜劇不論。

　　著者有見及此，謹就涉獵所及，將所知見的二百九十三種明代雜劇加以探討，從而理出明代雜劇發展的脈絡和各階段表現的特色，以供戲劇史家和文學史家的參考。

　　本論文共分五章：第一章總論，第二章初期雜劇，第三章周憲王及其誠齋雜劇，第四章中期雜劇，第五章後期雜劇，茲扼要簡述各章內容如後：

　　第一章總論：本章分六節，第一節探討明代戲劇發達的原因並說明其興盛的情況。第二節考述明代宮廷、私人家樂以及以演劇爲生的「寫班子」、「路歧人」等的戲劇搬演情形，從而說明內府本的特色和短劇流行的原因。第三節考述明代雜劇作家有名氏者共有一百二十五，並由其籍貫、履歷說明明代雜劇作家的特色。第四節條述研究明代雜劇的重要資料，並說明由版本不同而引起的問題。第五節將現存二百九十三本，散佚一百三十六本，共計四百二十九本的明雜劇，扼要述其體製，以明瞭明雜劇因受南戲傳奇的影響，在體製上所產生的種種變化。第六節對於明代雜劇演進的情勢作一鳥瞰，說明明代雜劇各階段的主要特色，並剖析明初百年戲劇沈寂的原因，本節可以說是整個明代雜劇的縮影。第七節從劇作家、內容思想、體製、音律、關目與排場、文學造詣等六方面比較元明雜劇所表現的特質，並從作家、內容、體製等方面說明明代雜劇對清代雜劇的影響。

第二章初期雜劇：本章評述憲宗成化以前（1368～1487）一百二十年間的雜劇作家和作品。分明初十六子、寧獻王及其他諸家、教坊劇、無名氏雜劇等四節，計作家二十一人，雜劇一百三十七本。

第三章周憲王及其誠齋雜劇：周憲王朱有燉本應屬初期雜劇範圍，但因其所著《誠齋雜劇》多達三十一種，成就甚高，其地位更居於雜劇轉變的樞紐，譽之為有明雜劇第一大家，毫無愧色。因此特闢一章詳論其生平和劇作。計分周憲王的家世與生平、《誠齋雜劇》的總目及所改正的舊本、誠齋雜劇的內容和思想、《誠齋雜劇》結構排場的特色、《誠齋雜劇》的文章、餘論〈誠齋雜劇的音律及其在戲劇史上的地位〉等六節。

第四章中期雜劇：本章評述孝宗弘治以迄世宗嘉靖（1488～1566）約八十年間的雜劇作家及其作品。分康海與王九思、馮惟敏及其他北雜劇作家、徐渭、李開先及其他短劇作家等四節，計作家十人，雜劇二十八本。

第五章後期雜劇：本章評述穆宗隆慶以至明亡（1567～1644）約八十年間的雜劇作家及其作品。分陳與郊與徐復祚、沈璟及吳江派諸家、葉憲祖、王衡與凌濛初、孟稱舜及其他北雜劇諸家、傅一臣及其他南雜劇諸家等六節。計作家三十五人，雜劇九十九本。

以上總論一章可以說是本論文的結論；而初期雜劇、中期雜劇及後期雜劇三章，係依照明代雜劇發展的情勢劃分，繫作品於作家，分別論述，可以說是研究的過程。關於作家生平，則著重其與劇作的內容思想有關的事跡；對於劇作本身，則從關目排場和曲辭、賓白、體製、音律以及所涵蘊的思想情感來論述；對於重要作家，則更說明其在劇壇的地位和影響。關於明代各雜劇的本事，黃文暘《曲海總目提要》、青木正兒《中國近世戲曲史》以及羅錦堂《現存元人雜劇本事考》（元末明初部分）諸書言之已詳。因此，如無必要，但注明其來源，以省篇幅。

本書附錄的〈明代雜劇年表〉，則在使讀者對於作家的生卒年，重要行事以及雜劇刊行的年代能一目了然。

著者於就讀國立台灣大學中國文學研究所碩士班時，在鄭因百師和張清徽師指導下，曾撰就《洪昇及其長生殿研究》，今復蒙兩位老師指導，完成茲編，謹在此致最深厚的謝意。

民國 60 年 9 月

曾永義　謹識

第一章　總　論

第一節　明代戲劇發達的原因

　　元曲與漢賦、唐詩、宋詞並稱，各為一代文學之代表，具有同樣的價值。雜劇是元曲的主體，一般人總以為這種文體隨著胡元的滅亡而衰歇。但事實則不然，明代的雜劇在劇壇上仍有其光采。就作家與作品數量來說，元雜劇據傅惜華《元代雜劇全目》，有作家八十餘人，作品七百餘種，現存一百六七十種；明雜劇據著者統計，有作家一百二十五人，作品五百餘種，現存二百九十五種；可見在數量上明雜劇比起元雜劇，相當的勢均力敵。在另一方面，居明代劇壇主流的傳奇，更有輝煌的成就，傅氏《明代傳奇全目》統計有明一代傳奇作家有二百七十七人，作品有九百五十種，這個數量較之《永樂大典》卷三十七三未韻（三十三本）、錢南揚《宋元南戲百一錄》（一○二本）和馮淑蘭《南戲拾遺》（一一六本）所著錄的南戲劇目，相去不能說不遠。再從劇作家所分佈的地域來觀察，元代得八省，明代得十三省。因此，我們可以說，明代戲劇的發展和興盛是超越元代的。若根究其興盛的原因，則有下列諸端可尋。

　　（一）戲劇文學本身的發展與改進：元代是北雜劇的天下，這時南戲潛伏民間，在文學藝術各方面，都還沒有得到充分的發展。等到胡元滅亡，北雜劇轉衰，南戲便逐漸抬頭，群英俊彥競相開墾這片戲劇的沃野，而奇花異葩也隨之踴躍發放，達到琳瑯滿目的境地。北雜劇雖然轉衰，但明初餘勢猶存，後來由於南戲傳奇盛行，雜劇也逐漸汲取它們的長處，從而產生一個合南北雙璧的新劇種。所以明代無論北劇、南戲，都是不停的在改良和進展。

尤其重要的是，關乎戲劇本質的「聲腔」，在明代也發展改進到顛峰的狀態。明初南戲只有打擊樂器按節拍，沒有絲竹樂器的伴奏，後來由於太祖喜好《琵琶記》，才有所謂「弦索官腔」。到了中葉初期，也就是正德年間，南方的海鹽、餘姚、弋陽都已發展成它們各自的「地方聲腔」，其中的弋陽更逐漸流行大江南北。稍後，也就是嘉靖中，出了一位音樂大師魏良輔，他與張野塘等人在崑山土戲原有唱調的基礎上，吸收了海鹽腔清柔婉折的特點，又加上北曲弦索的音樂成分，細加研究，終於創出一種聲調圓潤、字音清晰的「水磨腔」；在樂器方面，除了原有的弦索之外，更用上笙、簫、管、笛等管樂。這種新音樂，首先將它搬上舞臺的是梁辰魚。他的一部《浣紗記傳奇》，由於運用崑山腔演唱，深受觀眾的讚賞，他的聲譽也因此鵲起。此後的崑曲便逐漸雄霸劇壇。直到現在，崑曲仍被公認為藝術成就最完美的音樂。

（二）學術與正統文學的衰微以及戲曲文學地位的確立：明代的學術，雖然王陽明的心學繼朱陸之後，也曾放過一些光采，但就總體來說，比起漢代經學、魏晉玄學、唐代佛學、宋代理學來，就顯得空疏庸陋。胡元百年的摧殘，使得中國學術文化，歷經有明二百七十餘年猶未能完全復原。而明代代表正統文學的古文、詩詞，由於八股文之斲喪士大夫的性靈和情致，也顯得淺薄無味。文人對於正統文學的創作，既然沒有氣魄和能力推陳出新，便降而求其次，以復古為職志。因此明代文學思想的主潮，便是擬古主義。代表這一主潮的是弘治中以李夢陽、何景明為首的所謂「前七子」與嘉靖中以李攀龍、王世貞為首的所謂「後七子」。他們主張「文崇秦漢，詩必盛唐。」認為「摹擬為創作文學的途徑。」於是空洞無物的台閣體一掃而空。可是他們「句擬字摹，食古不化，亦往往有之。」（《四庫提要》）最高的成就不過神似古人，但論地位則是古人的奴隸。然而當李、何風靡文壇的時候，也還有些卓然自立的作者，如楊慎、沈周、文徵明、唐寅諸人，在詩文上都能表現一點浪漫的情趣。而王慎中、唐順之以及茅坤、歸有光的宋文運動，更表示著有意的反抗。繼承這股對擬古主義的反動勢力，而予以發揚光大的是在萬曆中興起，以袁宗道、袁宏道、袁中道三兄弟為首的公安派。他們認為文學是進化的，各有其時代的特性，因此反對摹擬，而以為獨抒性靈、不拘格套，才是文學創作的法則；文學作品必須有內容，那是指有血肉、有情感、思想充實的，而不是代聖人立言的無病呻吟。對於小說、戲曲的文學價值，他們更有超時代的認識。這一點是源自於他們的老師李卓吾。李氏《焚書・童心說》云：

無時不文，無人不文，無一樣創制體格文字而非文者。詩何必古選，
文何必先秦，降而爲六朝，變而爲近體，又變而爲傳奇，變而爲院
本，爲雜劇，爲《西廂》曲，爲《水滸傳》……皆古今至文，不可
得而時勢先後論也。〔註1〕

他把傳奇、院本、雜劇、《西廂》、《水滸》與秦漢文、六朝詩同比，稱爲古今至
文，眞是曠古所未有。他的弟子三袁，固然受到他的影響而注重俗曲、小說的
價值，即清初金聖嘆以「《水滸》、《西廂》爲才子書」，亦不過拾李、袁之餘論
而已。公安之後，接著起來的是鍾惺和譚元春領導的竟陵派，他們除了以「幽
深孤峭」的風格去補救公安的膚淺外，其文學主張和公安是沒什麼兩樣的。由
此看來，明代中葉是擬古主義的天下，而末葉則是浪漫思潮的王國。當擬古主
義籠罩文壇，正統文學衰微之際，一些有見識的作家覺得在學術、古文、詩、
詞方面已無法與前人爭長短，因此乃注意從事當時新興南戲傳奇的創作和對元
人舊有雜劇的改良。而浪漫思潮代之而起，戲劇在文學上的價值和地位更獲得
確立，於是作家輩出，作品如林，造成戲劇空前鼎盛的時代。

　　（三）樂戶的分佈與商業的繁榮：元雪簑釣隱（夏伯和）所輯《青樓集》，
記載趙眞眞「善唱諸宮調」〔註2〕、順時秀「雜劇爲閨怨最高，駕頭諸旦本亦
得體」〔註3〕，王玉梅「善唱慢調雜劇」〔註4〕、李芝秀「記雜劇三百餘段」
〔註5〕、朱錦繡「雜劇旦末雙全」〔註6〕、翠荷秀「雜劇爲當時所推」〔註7〕、
荊堅之「工於花旦雜劇」〔註8〕、簾前秀「雜劇甚妙」〔註9〕、燕山秀「旦末
雙，全雜劇無比」〔註10〕、孔千金「善花旦雜劇尤妙」〔註11〕、李定奴「善
雜劇」〔註12〕，可見青樓中妓女兼演雜劇，元代已然。而樂戶又是明代的一

〔註 1〕　〔明〕李贄：《焚書》（臺北：河洛圖書出版社，1974 年），卷三，頁 98。
〔註 2〕　〔元〕夏庭芝：《青樓集》，《中國古戲曲論著集成》（北京：中國戲劇出版社，
　　　　　1959 年），第 2 集，頁 19。
〔註 3〕　同上註，頁 20。
〔註 4〕　同上註，頁 29。
〔註 5〕　同上註，頁 29。
〔註 6〕　同上註，頁 29。
〔註 7〕　同上註，頁 33。
〔註 8〕　同上註，頁 40。
〔註 9〕　同上註，頁 39。
〔註 10〕　同上註，頁 39。
〔註 11〕　同上註，頁 40。
〔註 12〕　同上註，頁 40。

種制度。明太祖爲了替他的孫子「著想」，先後興起胡黨、藍黨兩次大獄，將
文武功臣一網打盡，把他們的妻女沒入教坊，充當樂戶。成祖靖難之變，也
大行殺戮建文舊臣，他們的妻女也一樣被沒入教坊，充當樂戶。嘉靖時，權
相嚴嵩被抄家，其子世蕃明正典刑後，妻女也沒入大同、涇州安置，成爲當
時的樂戶。可見明代樂戶的來源，都是政治犯的妻女。他們由教坊色長管領，
並徵收稅金。他們的身分是官妓，做的是「迎官員、接使客」，「應官身、喚
散唱」；或是「著鹽客、迎茶客」，「坐排場、做勾欄」。她們扮演雜劇各種腳
色，如劉金兒是副淨色（《復落娼》），橘園奴是名旦色（《桃源景》），並熟習
許多雜劇，如劉盼春能夠「記得有五六十個雜劇」（《香囊怨》）。這些樂戶的
生活職事，我們在雷琳《漁磯漫鈔》、釀花主人《花間笑語》和周憲王朱有燉
的《香囊怨》、《復落娼》、《煙花夢》、《桃源景》諸劇中，可以看到很詳細的
記載和描述。他們所分佈的地方遍及南北，常和當地商業繁榮有密切的關係。
明太祖爲了繁榮南京，特地建築十六樓充實官妓，以招徠四方，便是個很顯
著的例子（沈德符《野獲編·補遺》卷三、謝肇淛《五雜組》卷三、劉玉《己
瘧編》、朱彝尊《靜志居詩話》卷三俱記及）。明代的經濟相當繁榮，江南嘉
湖地區的絲綢織花技術很進步，松江的棉布織造，其技工頗爲高級，蕪湖的
漿染業和江西的瓷器也很著名。江南的一架大紡車晝夜可以紡績棉紗一百
斤。都可以說明江南的富庶。而北方的冶鐵和採煤也很盛行。商業繁榮的地
方，就是樂戶分佈的地方，樂戶妓女又是戲劇演員，有這樣的溫床，自然促
成戲劇的興盛。

（四）帝王士大夫的喜好：明代的帝王和士大夫對於戲劇都非常喜好。
語云：「上有好者，下必有甚焉。」有這樣上位的人來推動，戲劇自然容易發
達。太祖起自布衣，體內流的是庶民的血液，而戲劇的對象是以廣大的庶民
爲基礎的。太祖喜好《琵琶記》，「日令優人進演」，是眾所周知的事。他又曾
命中使將女樂入實宮中，受到監奉天門監察御史周觀政的阻止（《明史》卷一
三九〈韓可宜傳附周觀政傳〉），也可見他對伎樂戲劇的關心。成祖對於明初
雜劇「十六子」頗爲禮遇。像《錄鬼簿續編》所記載的：「湯舜民：……文皇
帝在燕邸時，寵遇甚厚，永樂間，恩賚常及。」〔註13〕、「楊景賢：……永樂
初與舜民一般遇寵。」〔註14〕、「賈仲明：……嘗侍文皇帝於燕邸，甚寵愛之。

〔註13〕〔明〕無名氏：《錄鬼簿續編》，《中國古戲曲論著集成》，第 2 集頁 283。
〔註14〕同上註，頁 284。

每有宴會，應制之作，無不稱賞。」〔註15〕他對於這些劇作家如此寵遇，如果說他不喜好戲劇是不可能的。以後的君主，除了繼承他們祖先那一點庶民血統外，又加上佚樂淫靡成習，戲劇正是他們最好的逍遣。所以除了英宗對於戲劇沒有好感，即位之初釋放「教坊樂工三千八百餘人，又朝鮮國婦女，自宣德初年取來，上憫其有鄉土父母之思，命中官遣回。」〔註16〕（《野獲編》卷一）對於「以男裝女，惑亂風俗」的吳優，竟「親逮問之。」〔註17〕（都穆《都公譚纂》卷下）「景帝初，幸教坊李惜兒，召其兄李安爲錦衣，賞金帛、賜田宅。」他復辟後，「安僅謫戍，而鐘鼓司內官陳義，教坊司左司樂晉榮，以進妓誅。錦衣百戶殳崇高以進淫樂誅。」（《野獲編》卷二十一）由此可見他的父親宣宗和弟弟景帝都是戲劇的喜好者。宣宗有一次在內廷，命戶部尚書黃福觀戲，福曰：「臣性不好觀戲。」命圍棋，又曰：「臣不會著棋。」宣宗連碰兩個釘子，對於這位「持正不阿，卓然自立」，認爲觀戲、圍棋是「無益之事」的大臣，只好默然。英宗之後，憲宗、武宗是有名的戲劇嗜好者。李開先《閒居集・張小山小令後序》云：

> 人言憲廟好聽雜劇及散詞，搜羅海內詞本殆盡。又武宗亦好之，有
>
> 進者，即蒙厚賞。如楊循吉、徐霖、陳符，所進不止數千本。〔註18〕

王鏊《震澤紀聞・劉瑾》條也說「成化中，好教坊戲劇，瑾領其事得幸。」「萬安」條也說：「時上好新音，教坊日日進院本，以新事爲奇。」因此成化二十一年李俊疏中便有「伶人奏曼延之戲……俳優僧道亦玷班資」〔註19〕的話語。（《明史》卷一百八十〈李俊傳〉）武宗時，劉瑾「日進鷹犬歌舞角觝之戲，導帝微行，帝大歡樂之。」以至「不親萬幾。」〔註20〕（《明史》卷三〇四〈劉瑾傳〉）兵部尚書韓文，「每退朝對僚屬語及，輒泣下。」便上了一封奏摺，中有云：「太監馬永成、谷大用、張永、羅祥、魏彬、丘聚、劉瑾、高鳳等造作巧僞，淫蕩上心，擊毬走馬、放鷹逐犬、俳優雜劇，錯陳於前。」〔註21〕（《明史》卷一八

〔註15〕同上註，頁292。

〔註16〕〔明〕沈德符：《野護編》，《四庫禁燬書叢刊》（北京：北京出版社，2000年），史部第4冊，頁19。

〔註17〕〔明〕都穆：《都公譚纂》（長沙：商務印書館，1937年），頁49。

〔註18〕〔明〕李開先著，路工輯枝：《李開先集》（北京：中華書局，1959年），上冊，頁37。

〔註19〕〔清〕張廷玉等：《明史》（北京：中華書局，1974年），第16冊，頁4779。

〔註20〕同上註，第26冊，頁7786。

〔註21〕同上註，第16冊，頁4915。

六〈韓文傳〉）當時品行不端的士大夫像徐髯仙（霖）在武宗南巡時，以獻樂府，「遂得供奉」（何良俊《四友齋叢說摘抄》卷五）。楊循吉也以長於詞曲，得到武宗的喜愛（《明史》卷二八六〈徐禎卿傳附〉，亦見《堯山堂曲紀》）。不僅如此，伶人可以稱字，教坊官可以著一品服，甚至於教坊司奉鑾臧賢，便恣橫得「操文學詞臣進退之權」了（《野獲編》卷二十一）。神宗之好戲劇不下於憲宗、武宗。他也一樣搜求劇本，內廷演戲的規模非常龐大。明宦官劉若愚《酌中志》卷一謂命中官於坊間尋買新書進覽，「凡竺典、丹經、醫卜、小說、畫像、曲本，靡不購及。」〔註22〕其卷十六又云：「神廟孝養聖母，設有四齋，近侍二百餘員以習宮戲、外戲。凡慈聖老娘娘陞座，則不時承應外邊新編戲文，如《華岳賜環記》亦曾演唱。」〔註23〕明蔣之翹《天啓宮詞》原注也提到這件事。當時宮中演戲，尚有所謂「過錦水嬉之戲」、「必須濃淡相間，雅俗並陳，全在結局有趣，如人說笑話，只要末語令人解頤，蓋即教坊所謂要樂院本也。」（見《野獲編‧補遺》卷一、呂瑟《明宮史‧木集》、《酌中志餘》卷下、陳悰《天啓宮詞百首注》、毛奇齡《勝朝彤史拾遺》卷六、楊恩壽《詞餘叢話》卷三）。光宗、熹宗也好戲劇，《酌中志》卷二十二云：「光廟喜射，又樂觀戲。于宮中教習戲曲者近侍何明、鐘鼓司官鄭稽山等也。」〔註24〕又卷十六云：「先帝（熹宗）最好武戲，于懋勤殿陞座，多點岳武穆戲文，至瘋和尚罵秦檜處，逆賢常避而不視，左右多笑之。」〔註25〕又陳悰《天啓宮詞百詠》云：「駐蹕回龍六角亭，海棠花下有歌聲；葵黃雲子猩紅辮，天子更裝踏雪行。」〔註26〕原注云：

> 回龍觀，舊多海棠，旁有六角亭。每歲花發時，上臨幸焉。嘗於亭中自裝宋太祖，同高永壽輩演雪夜訪趙普之戲。民間護帽，宮中稱雲子披肩，時有外夷所貢，不知製以何物，色淺黃，加之冠上，遙望與秋葵花無異，特為上所鐘愛。扁辮，紩織闊帶也；值雨雪，內臣用此束衣離地，以防污泥。演戲當初夏，兩物咸非所宜，上欲肖雪夜戎裝，故冒暑服之。〔註27〕

〔註22〕〔明〕劉若愚著，陽羨生枝黔：《酌中志》，《明代筆記小說大觀》（上海：上海古籍出版社，2005年），第4冊，頁2896。
〔註23〕同上註，頁3001。
〔註24〕同上註，頁3072。
〔註25〕同上註，頁3000。
〔註26〕〔明〕陳悰：《文啓宮詞百詞》，《四庫全書存目叢書》（臺南：莊嚴文化事業有限公司，1997年，集部第192冊，頁842）。
〔註27〕〔明〕陳悰：《天啓宮詞百詠》，頁842。

據此，則熹宗皇帝居然「躬踐排場」，而且為求戲劇逼真，竟不辭冒暑服雲子披肩，在明代君主中，是絕無僅有的了。崇禎帝對於戲劇也頗為喜好。無名氏《爐宮遺錄》卷下謂蘇州織造進女樂，「上頗惑之」，還受到田貴妃的疏諫。他又雅好鼓琴，喜琵琶（《爐宮遺錄》卷上），「鐘鼓司時節奏水嬉過錦諸戲，上每為之歡笑。」但後來「寇氛不靖」，碰到時節演戲，「恆諭免之」〔註28〕。（《爐宮遺錄》卷下）

明代對於藩王，在洪武初「親王之國，必以詞曲一千七百本賜之。」〔註29〕（李開先〈張小山小令後序〉）同時還賜以樂戶，如建文四年補賜諸王樂戶，宣德元年賜朱權樂人二十七戶（談遷《國榷》），所以宗室中喜好戲劇的也很多。像著《太和正音譜》和雜劇十二種的寧獻王朱權與著有《誠齋樂府》和雜劇三十一種的周憲王朱有燉是最特出的例子。其他像隆慶二年被廢為庶人的遼王朱憲㸅，錢希言《遼邸記聞》記遼國廢後的情形說：「至今章臺前老妓，半屬流落宮人，猶能彈出箜篌絃上，一曲伊州淚萬行也。」〔註30〕不難想見未廢之前，王宮中伎樂戲劇的盛況。又秦愍王「聲伎為當時冠」（《己瘧編》），松滋王府宗人鎮國將軍朱恩鑵，也著有雜劇三種（傅惜華《明代雜劇全目》據《遼邸記聞》誤恩鑵為遼王。參見《明史·諸王二》，《野獲編》卷四），錢謙益《列朝詩集小傳》中，趙康王厚煜及宗室朱承綵、朱器封等也都是能曲好戲的人。又李介《天香閣隨筆》卷二有云：

> 魯監國在紹興，以錢塘江為邊界，聞守邊諸將，日置酒唱戲，歌吹聲連百餘里。後丙申入秦，一紹興婁姓者同行，因言曰：「予邑有魯先王故長史包某，聞王來，畏有所費，匿不見。後王知而召之，因議張樂設飲，啟王與各官臨其家。王曰：『將而費，吾為爾設。』乃上百金于王，王召百官宴於廷，出優人歌妓以侑酒，其妃亦隔簾開宴。予與長史，親也；混其家人，得入。見王平巾小袖，顧盼輕溜，酒酣歌緊，王鼓頤張唇，手箸擊座，與歌板相應。已而投箸起，入簾擁妃坐，笑語雜沓，聲聞簾外，外人咸目射簾內。須臾，三出三入。更闌燭換，冠屨交錯，偬偬而舞，宮人優人，幾幾不能辨矣。」

〔註28〕〔明〕無名氏：《爐宮遺錄》，《筆記小說大觀》（臺北：新興書局，1940年），第14編，頁6270。

〔註29〕〔明〕李開著，路工輯枝：《李開先集》，上冊，頁370。

〔註30〕〔明〕錢希言：《遼邸記聞》，（合肥：黃山書社，2008），清說郛邊事叢集本，頁1。

即此觀之，王之調弄聲色，君臣兒戲，又何怪諸將之沈酣江上哉！

期年而敗，非不幸也。〔註31〕

魯王這種行徑，和我們在《桃花扇》中所看到的福王，可以說是明代藩王的典型。因爲明代諸藩王大都是聲色之徒，像朱權、朱有燉那樣究心於劇學的，眞是少之又少。

明代的劇作者，無論傳奇或是雜劇，除了幾個藩王、宗室外，全部是士大夫。「今則自縉紳、青襟，以迨山人、墨客，染翰爲新聲者，不可勝紀。」〔註32〕「今日士大夫纔任一官，即以教戲唱曲爲事，官方民隱，置之不講。」〔註33〕他們所說的雖然是萬曆年間及以後的現象，但由此可見明代戲劇的興盛是以士大夫的推動爲骨幹，而他們自然也是聲伎戲劇的擁護者。例證很多，列舉於下。

指揮陳鐸，以詞曲馳名，偶因衛事，謁魏國公於本府。徐公問：「可是能詞曲之陳鐸乎？」陳應之曰：「是。」又問：「能唱乎？」陳遂袖中取出牙板，高歌一曲。徐公揮之去。迺曰：「陳鐸金帶指揮，不與朝廷作事，牙板隨身，何其卑也。」〔註34〕（周暉《周氏曲品》）

祝希哲，長洲人，爲人好酒色六博，不修行檢，常傅粉黛，從優伶間度新聲。俠少年好慕之，多齎金從遊，允明甚洽。〔註35〕（徐復祚《三家村老曲談》）

衡州太守馮正伯（名冠），邑人。少善彈琵琶，歌金元曲。五上公車，未嘗挾筴，惟挾《琵琶記》而已。余友秦四麟爲博士弟子，亦善歌金元曲，無論酒間興到，輒引曼聲，即獨處一室，而嗚嗚不絕口。學使者行部至矣，所挾而入行笥者，惟《琵琶》、《西廂》二傳。或規之：「君不虞試耶？」公笑曰：「吾患曲不善耳，奚患文不佳也。」其風流如此。〔註36〕（《三家村老曲談》）

〔註31〕〔明〕李介立：《天香閣隨筆》，《筆記小說大觀》，第22編，頁5310。

〔註32〕〔明〕王驥德：《曲律》，《中國古典戲曲論著集成》，第4集，頁167。

〔註33〕〔清〕顧炎武：《日知錄》（臺北：臺灣商務印書館，1956年），第3冊上，頁66。

〔註34〕〔明〕周暉：《周氏曲品》，任中敏編：《新曲苑》（臺北：臺灣中華書局，1970年），第1冊，頁154。

〔註35〕〔明〕徐復祚：《三家村老曲談》，任中敏編：《新曲苑》，第1冊，頁102。

〔註36〕同上註，頁102。

張伯起有《處實堂集》，著述甚富。……善度曲，自晨至夕，口嗚嗚
不已。吳中舊曲師太倉魏良輔，伯起出而一變之。至今宗焉。常與
仲郎演《琵琶記》，父爲中郎，子趙氏，觀者塡門，夷然不屑意也。
〔註37〕（《三家村老曲談》）

李于田縱橫聲伎，放誕不羈，女伶登場，至雜伶人中，持板按拍。
主人知而延之上座，恬然不爲怪。又胡白叔，幼而穎異，以狐旦登
場，四座叫絕。〔註38〕（《劇說》六）

唐荊川半醉作文，先高唱《西廂・惠明不念法華經》一齣，手舞足
蹈，縱筆伸紙，文乃成。〔註39〕（《劇說》六）

近年士大夫享太平之樂，以其聰明寄之剩技。余髫年見吳大參（國
倫）善擊鼓，眞淵淵有金石聲；但不知於王處仲何如。吳中縉紳則
留意聲律，如太倉張工部（新），吳江沈吏部（璟），無錫吳進士（澄
時），俱工度曲。每廣坐命技，即老優名倡，俱皇遽失措，眞不減江
東公瑾。此習尚所成，亦猶秦晉諸公多嫺騎射耳。〔註40〕（《野獲編》
卷二十四）

此外像王九思、康海、李開先、楊愼、梁辰魚等等劇作家更不用說了。可見
明代的士大夫是多麼的熱衷戲曲，他們對於聲歌度曲的造詣，連老曲師和伶
工都愧服。甚至於雜處伶倫間，傅粉登場，不以爲恥；爲文先歌一曲，赴試
獨挾劇本以行，可以說喜之、好之到了痴絕的地步了。也因此，明代的戲劇
便操在王室和士大夫的手中，戲劇的地位因而提高起來。當時的人已經不把
戲曲看成小道末技，他們是把它當作文學作品來閱讀、來創作的，所以談話
中常引用劇中之辭（《劇說》六），甚至連官方文書也不免用上戲曲之辭了（錢
希言《戲瑕》卷三）。

帝王士大夫如此喜好，庶民更不用說。葉盛《水東日記》卷二十一「小
說戲文」條云：

今書坊相傳射利之徒，僞爲小說雜書，南人喜談如漢小王、蔡伯喈、
楊六使；北人喜談如繼母大賢等事甚多。農工商販，鈔寫繪書，家

〔註37〕同上註，頁104。
〔註38〕〔清〕焦循：《劇說》，《中國古典戲曲論著集成》，第8集，頁210。
〔註39〕同上註，頁212。
〔註40〕〔明〕沈德符：《野獲編》，頁70。

蓄而人有之，痴騃婦女，尤所酷好；好事者因目爲「女通鑑」，有以
也。〔註41〕

《劇說》卷六云：

> 邱瓊山過一寺，見四壁俱畫《西廂》，曰：「空門安得有此。」曰：「老
> 僧於此悟禪。」〔註42〕

又謝肇淛《五雜俎》卷十五有云：

> 宦官婦女看演雜劇，至投水遭難，無不小慟哭失聲，人多笑之。〔註43〕

庶民對於戲劇如此的酷好，而戲劇之深中其心又如此之深。因此，一有演劇
的機會，便競相爭睹。呂天成《曲品》卷下云：

> 冬青，悲憤激烈。……吾友張望侯曰：「檇李屠憲副於中秋夕，帥家
> 優於虎丘千人石上演此，觀者萬人，多泣下者。」〔註44〕

張岱《陶庵夢憶》也記載許多演劇的盛大場面，如卷一「金山夜戲」條，記
張氏自攜戲具，命家優盛張燈火，演於龍王堂大殿中，唱韓蘄王金山及長江
大戰諸劇，鑼鼓喧天，一寺人皆起看。卷七記載「西湖七月半」，各色人等「無
不鱗集」，「鼓吹百十處」，「優傒聲光相亂」。〔註45〕而城隍廟前演《冰山記》，
「觀者數萬人，台址鱗比，擠至大門外。」甚至於「越俗掃墓，男女袨服靚
粧，畫船簫鼓，……唱無字曲。」〔註46〕（卷一）蘇州士女六月二十四日，「傾
城而出，聲歌縱歡。」又謝肇淛《五雜俎》卷四有云：

> 渡江以北，齊晉燕秦楚洛諸民，無不往泰山進香者，其齋戒盛服，
> 虔心一志，不約而同，即村婦山氓，皆持齋念佛，若臨之在上者，
> 云稍有不潔，即有疾病及顛蹶之患。及禱祠以畢，下山舍逆旅，則
> 居停親識，皆爲開齋，宰殺狼藉，醉舞喧呶，孌童歌唱，無不狎矣。
>
> 〔註47〕

由此可見當時的民風是多麼喜歡聲樂，既有帝王及士大夫提倡於上，又有此

〔註41〕〔明〕葉盛著，魏中平點枝：《水東日記》（北京：中華書局，1980 年），頁
213～214。

〔註42〕〔清〕焦循：《劇說》，頁 214。

〔註43〕〔明〕呂天成：《曲品》，《中國古典戲曲論著集成》，第 6 集，頁 233。

〔註44〕〔明〕謝肇淛：《五雜俎》（合肥：黃山書社，2008）明萬曆 44 年刻本，卷 15，
頁 264。

〔註45〕〔明〕張岱：《陶庵夢憶》（臺北：臺灣開明書局，1974 年），頁 93。

〔註46〕同上註，頁 9～10。

〔註47〕〔明〕謝肇淛：《王雜俎》，《筆記小說大觀》，第 8 編，頁 3421～3422。

廣大的民眾做基礎，再加上戲劇文學地位之確立，則明代戲劇的興盛是很自然的了。

第二節　明代戲劇的搬演

明代上自帝王，下至庶民，既然都那麼嗜好戲劇，把它當作陶情寫意的娛樂，那麼明代的戲劇，究竟由那些人來搬演，他們的組織如何，在何種情況下搬演，演出的特色如何，都是我們必須知道的問題。關於這些問題，今人馮淑蘭《古劇四考》與周貽白《中國戲曲論叢》第七講〈明代戲劇的演出〉和《中國戲曲史長編》第二十節〈明代戲劇的扮演〉中已經有扼要的敘述。本節即參酌馮氏、周氏成說而加以旁徵補充，其中宮廷演劇，為馮氏、周氏所未及，現在首先敘述。

宮廷演劇是由鐘鼓司的宦官負責。《明史‧職官志》記述鐘鼓司之職責為「掌出朝鐘鼓及內樂傳奇、過錦、打稻諸雜戲。」〔註48〕《野獲編‧補遺》卷一云：「內廷諸戲劇俱隸鐘鼓司，皆習相傳院本，沿金元之舊，以故其事多與教坊相通。至今上（神宗）始設諸劇於玉熙宮，以習外戲，如弋陽、海鹽、崑山諸家俱有之。」〔註49〕《明史‧職官志》謂教坊司的職責為「掌樂舞承應，以樂戶充之，隸禮部。」〔註50〕則宮廷演劇，主要是鐘鼓司的宦官，教坊司所屬的樂戶在承應的時候，自然也充當演劇。關於鐘鼓司的職責，《酌中志》卷十六有更詳細的記載，其中有云：

> 鐘鼓司：掌印太監一員，僉書數十員，司房學藝官二百餘員。……西內秋收之時，有打稻之戲，聖駕幸旋磨台、無逸殿等處，鐘鼓司扮農夫饁婦及田畯官吏，徵租交納詞訟等事，內宮監衙門伺候合用器具，亦祖宗使知稼穡艱難之美意也。又過錦之戲，約有百回，每回十餘人，不拘濃淡相間，雅俗並陳，全在結局有趣。如說笑話之類，又如雜劇故事之類，各有引旗一對，鑼鼓送上。所扮者備極世間騙局醜態，並閨壼拙婦騃男，及市井商匠刁賴詞訟雜耍把戲等項，皆可承應。……又木傀儡戲……。〔註51〕

〔註48〕〔清〕張廷玉等：《明史》，第6冊，頁1820。
〔註49〕〔明〕沈德符：《野獲編》，頁601。
〔註50〕〔清〕張廷玉等：《明史》，第6冊，頁1818。
〔註51〕〔明〕劉若愚著，陽羨生點校：《酌中志》，頁2999～3000。

內廷演劇，逢年過節及萬壽日必有應景的搬演，平日內廷娛樂，除傳奇、雜劇外，還遍及打稻、過錦、傀儡及雜耍把戲。內廷演劇的特色是排場豪華而熱鬧，因爲行頭不虞匱乏，由衛用監、內宮監、司設監、兵仗局等供應；二是演員眾多，鐘鼓司的編制就有二、三百人，加上教坊司所屬的樂戶，就成千累萬了。我們雖然沒有直接的材料可以看出明代內廷演劇的情形，但從趙翼《簷曝雜記》所記載的乾隆大戲，似可以得其彷彿：

> 內府戲班子弟最多。袍笏甲胄及諸裝具，皆世所未有。余嘗於熱河行宮見之。上秋獮至熱河，蒙古諸王皆覲。中秋前二日爲萬壽聖節，是以月之六日，即演大戲，至十五日止。以演戲率用《西遊記》、《封神傳》等小說中神仙鬼怪之類，取其荒幻不經，無所觸忌，且可憑空點綴，排引多人，離奇變詭作大觀也。戲臺闊九筵，凡三層。所扮妖魅，有自上而下者，自下突出者，甚至兩廂樓亦作化人居。而跨駝舞馬，則庭中亦滿焉。有時神鬼畢集，面具千百，無一相肖者。神仙將出，先有道童十二、三歲者作隊出場，繼有十五六歲十七八歲者，每隊各數十人，長短一律無分寸參差，舉此則其他可知也。又按六十甲子，扮壽星六十人，後增至一百二十人。又有八仙來慶賀，攜帶道童不計其數。至唐玄奘僧雷音寺取經之日，如來上殿，迦葉羅漢，辟支聲聞。高下分九層，列坐幾千人，而臺仍綽有餘地。
> 〔註52〕

看了這段記載，當我們閱讀《也是園雜劇》中的教坊劇和出自內府的釋道劇以及歷史故事劇，對於其排場的豪華，人物的眾多，就不會感到奇怪了。

宮廷內臣承應演劇之外，明代的戲班，大體上有兩種。一種是由少數人合資，製備衣裝砌末而組成的戲班，目的在於演戲牟利；或招收貧寒子弟作一種有計畫的訓練，即所謂「起科班」；或即就原有以演戲爲職業的一些演員而組成一班。譬如陸容《菽園雜記》說：「嘉興之海鹽、紹興之餘姚、寧波之慈谿、台州之黃巖、溫州之永嘉，皆有習爲倡優者，名曰戲文子弟。」〔註53〕他如弋陽戲子（見陳與郊《袁氏義犬》雜劇）、徽州旌陽戲子（見《陶庵夢憶》）、吳門戲子（范濂《雲間劇目鈔》）都是這種組織的戲班。有的專駐一地以備隨

〔註52〕〔清〕趙翼著，李解民點校：《簷曝雜記》（北京：中華書局，1982年），頁11。

〔註53〕〔明〕陸容：《菽園雜記》(北京：中華書局，1985年)，卷10，頁124。

時召演，舊日說法叫做「寫班子」。有的終年在各地流轉，甲地演畢，另赴乙地，在當時叫作「沿村轉疃」。樂戶中的妓女，除了應官身之外，也常常在酒樓茶肆中應召獻技。《太平樂府》卷九、《雍熙樂府》卷七有無名氏《拘刷行院》〔耍孩兒〕散套，原在暴露女優的醜惡行徑，卻忠實的反映出當時行院的習俗。其〔耍孩兒〕云：

> 昨朝有客來相訪，是幾簡知心故友，道我數載不疏狂，特地來邀請
> 閑遊。……〔註54〕

又〔十三煞〕云：

> 穿長街、薀短衢，上歌臺、入酒樓。忙呼樂探差祗候：「眾人暇日邀
> 官舍，與你幾貫青蚨喚粉頭，你休要辭生受，請簡有聲名旦色，迭
> 標垛嬌羞。」〔註55〕

又〔六煞〕云：

> 行艷作不轉睛，行交談不住手。顛倒酒淹了它衫袖，狐朋狗黨過如
> 打擄，虎嚥狼餐，勝似趁熟，灌得十分透。鵝脯兒竊摸包裹，羊腿
> 子花簍裏忙收。〔註56〕

又〔三煞〕云：

> 江兒里水唱得生，小姑兒聽記得熟。入席來把不到三巡酒，索怯薛
> 側腳安排起，要賞錢連聲不住口。沒一盞茶時候，道有教坊散樂，
> 拘刷烟月班頭。〔註57〕

又〔尾聲〕云：

> 老鴇卜兒藉不得板，一味地赸，狠撅丁夾著鑼則得走。也不是沿村
> 串疃鑽山歌，則是喑氣吞聲喪家狗。〔註58〕

從這一套曲我們可以看出：第一，應召的優人雖以旦色為主，但還有她的「狐朋狗黨」，如「老鴇兒、狠撅丁」者流。第二、他們所表演的可能是彩排，不是清唱，不然的話，恐不會用到砌末。第三、優人於正規戲錢，幾貫青蚨外，還索賞錢。第四、這些優人遇到教坊拘刷時，他們「做排場、坐勾欄」，大概是屬於「寫班子」，可能也是其重要成員。《誠齋樂府》卷二〈南宮一枝花〉

〔註54〕〔明〕郭勛編輯：《雍熙樂府》（臺北：西南書局，1981年），卷7，頁1098。
〔註55〕同上註，頁1098。
〔註56〕同上註，頁1100。
〔註57〕同上註，頁1101。
〔註58〕同上註，頁1102。

中有這樣的題目：「代友人勸從良伶者」、「代人罵伶者」、「代人勸歌者從良，歌者鄉外樂籍中角伎，善於歌舞。」〔註59〕所謂「伶者」、「歌者」，事實上都是樂戶中妓女。《陶庵夢憶》謂「南曲中妓，以串戲為韻事，性命以之。楊元、楊能、顧眉生、李十、董白以戲名。」〔註60〕所謂南曲是指南京妓院，其中董白即是董小宛。又潘之恆撰有《秦淮劇品》、《曲艷品》，列名其中的妓女三十餘人，各行腳色皆備。最有名的人物，如陳圓圓、鄭妥娘，在當時都是很好的演員。《五雜俎》卷八有云：

> 今時娼妓布滿天下，其大都會之地，動以千百計，其它窮州僻邑，
> 在在有之，終日倚門獻笑，賣姦為活，生計至此，亦可憐矣。兩京
> 教坊官收其稅，謂之脂粉錢；隸郡縣者，則為樂戶，聽使令而已。……
> 又有不隸於官，家居而賣姦者，謂之土妓，俗謂之私窠子，益不勝
> 數矣。〔註61〕

又徐樹丕《識小錄》云：

> 十餘年來，蘇城女戲盛行，必有鄉紳為之主。蓋以娼兼優，而縉紳
> 為之主。充類言之，不知當名以何等，不肖者習而不察，滔滔皆是
> 也。〔註62〕

可見妓女主要還是「倚門獻笑」，演戲不過是副業而已。而「娼妓布滿天下」，演員既多，戲劇之興盛亦可以概見。至於「沿村轉疃」的，即是所謂「路歧人」。張誼《宦遊記聞》云：

> 嘉靖乙丑，有遊食樂工乘騎者七人至綿州，未詳何省人。其所持舞
> 襴衫服，整潔鮮明，拋戈擲寶，歌喉宛轉，腔調琅然，咸稱有過雲
> 之態。適余憲副至，舉城士夫商賈無不忻悅，以為奇遇。搬作雜劇，
> 連宵達旦者數日，久而情洽。一旦，溉眾曰：「今日改作雜劇，以新
> 視聽。」遍索富室，陳列珍玩器具，衣著織金彩服，乃令綿城樂工
> 代司鼓樂，至夜闌候人酣倦矣，忽隱隱者大半乘機，催迫鼓樂喧震，
> 作「雞鳴渡關」，七人以次入寶，久之寂然。破寶索之，了無所得，

〔註59〕〔明〕朱有燉著，翁敏華點校：《誠齋樂府》（上海：上海古籍出版社，1989年），卷2，頁114～117。

〔註60〕〔明〕張岱：《陶庵夢憶》，卷7，頁104。

〔註61〕〔明〕謝肇淛：《五雜俎》，卷8，頁3794～3495。

〔註62〕〔明〕徐樹丕：《識小錄》，王雲五編：《泏芬樓秘笈》（臺北：臺灣商務書局，1967年)，第7冊，頁30。

　　騙銀祉數百兩；惟司鼓樂者枉受刑罰而已。〔註63〕

這故事雖然說的是江湖騙術，但由此也可以看出路歧人到處遊食搬作戲劇的
情況。又《萬曆野獲編》謂「甲辰年（三十二），馬四娘以生平不識金閶為恨，
因挈其家女郎十五六人來吳中，唱《北西廂》全本。」〔註64〕馬四娘是當時
的樂戶，他養了十五六個女郎，率領他們到蘇州演戲，可見是個流動劇團。
而樂戶妓女也可以不必是「寫班子」的演員，只要脫離官府的羈縻，是可以
過著路歧人的生活的。另外，宦官有時也在民間搭台扮戲以謀利。周暉《金
陵瑣事剩錄》卷四載沈越《新亭聞見紀》云：

　　正德丙子（1516）以後，內臣用事，南京守備者十餘人，蟒衣玉帶。
　　其名下內臣，以修寺為名，各寺中搭戲台扮演，城中普利、鷟峰，
　　城外普德、靜海等處搬演，各處傳來扮戲棍徒，領來妻女，名為眞
　　旦。入看者錢四文，午後二文至一文，每日處得錢十餘千，彼此求
　　勝。

宦官既然以戲劇營利，自然要養蓄戲子。《酌中志》卷十六「京城內外寺廟」
條，記載年老有病退居寺廟的宦官，看到他們貪財的陋習和孤苦伶仃的苦難，
因發下三大願，第一願即是：「不串戲，實不忍將民間幼男買來付南人教習，
費財耗力，以供人耳目之樂，終至戲散，流落失所者多。」〔註65〕但由此也
可見宦官中有以串戲為副業的了。

　　這種以營利為目的的戲班，其演戲的情形，可以從《藍采和》雜劇觀其
大略。《藍采和》雜劇，因為將藍采和寫成一個做場的優伶，於是凡論到雜劇
的搬演形式，以及勾欄的布置設備、角色等等的名目關係，莫不援引徵證。
其作者，論者大都肯定為元無名氏。石兆原在《燕京學報》第18期〈元雜劇
裡的八仙故事與元雜劇體例〉一文中，更特地將《藍采和》雜劇的歷史價值
提出敘述。而嚴敦易的《元劇斠疑・五十一・藍采和》一章，則以為此劇未
必為元劇，可能為明永宣之際的作品。即使此劇確為元雜劇，而其演劇的形
式，在明代相信大抵尚如此。所以我們根據石氏結論，將藍采和這個「路歧
人」搬演雜劇的情形介紹如下：

〔註63〕〔明〕張誼：《宦遊記聞》，《說郛續集》，卷15，清順治丁亥四年兩浙督學季
　　　　際期刊本，頁3～4。
〔註64〕〔明〕沈德符：《野獲編》，卷25，頁485。
〔註65〕〔明〕劉若愚著，陽羨生校點：《酌中志》，卷16，頁3016。

甲、劇場：劇院名叫勾欄，多和別的技藝的表演場所相連在一起，大約天下各處皆有，但以京都爲盛。勾欄的門是在雜劇開演以前，臨時開開，戲演完了仍舊鎖上。裡面演戲的地方叫做戲台。觀眾的所在有二，一個是神樓，一個是腰棚，神樓的地位比著腰棚要好一些。戲台上演奏音樂的地方名叫樂床，戲未上演時，女演員可坐在這裡吸引觀眾。又有「鬼門道」，或稱「古門」，乃「戲房出入之所」。

乙、伶人：跑江湖的伶人稱作路歧，普通稱作伶倫或樂官（石氏謂「伶人通常叫做路歧」，似未弄清路歧之義）。劇團中的首領人稱爲末尼，重要的角色亦稱末尼。如同現在梨園行之稱呼老闆一樣。他們在眞姓名以外，還有一個樂名，也和如今伶人的藝名差不多。他們的技藝都是從小學來的，完全靠演劇爲生活，及至年老不能演劇，還可以爲後生們幫忙、奏樂，維持生活。那時伶人和唐宋兩代差不多，雖然自己營業，卻是官身。官裡任何時候都可以呼喚。耽誤了差使，是要「扣廳」責打的。他們彼此稱爲「火伴」，中間常有家屬或親屬的關係，女演員不獨扮演女角色，而且扮演男角色。

丙、劇團：劇團的名稱，叫做行院，或者火院。全劇團的人數，多者至百餘，少者十餘人亦可。劇團的組織約可分爲三部分：第一是編劇本的地方，名字叫書會社。編劇的人，伶人稱他做恩官，多半是文人才子，也有文官、武將、商人和醫生，與演員並不在一起。第二是演員，即在勾欄做場的人。此劇有末、旦、外旦、徠兒、淨。旦及外旦又稱「妝旦色」。淨有二人，劇中的王把色和李簿頭即是。第三是奏樂的人，人數多少，不可確知，只知樂器有鑼、板、鼓、笛。

丁、演出：在演戲的前一天要貼出報子去，名爲貼花招兒。到了演戲的那一天，先由不重要的閑散角色，開了門，把勾欄內收拾乾淨，戲台上應用的物件預備好了，再擂鼓奏樂。演的劇目可以由觀眾預先點定。演員上裝叫「梳裏」，亦稱「做排場」。面部化妝用粉墨，戲衣都是特製的，和平常人不一樣。化妝完畢即可上演，叫「做場」。搬演故事名爲做雜劇，亦稱做傳奇。故事的一種叫做一段。做雜劇並不一定拘守本子，只要按照劇情，在適當的時候，可以加以更改，自由動作，但必須引人興趣，合於事理，不背常情。一個好的演員必須要多記劇本，演劇技術更須件件精通，不但要般般都會，可以指導旁人，表演時的做工，尤其絲絲入扣，緊慢適中，妙合劇情。藍采和正是這樣一個演員。

　　關於演劇的情形，馮淑蘭《古劇四考》（見《古劇說彙》）也曾就勾欄、路歧、才人、做場等四方面加以考述；其材料除《藍采和》雜劇外，還遍及《永樂大典》戲文三種、元雜劇和宋元筆談，但其結論與上述無甚出入，可見南宋以迄元明間，戲劇搬演的情形大抵相同。

　　演戲除了戲班在勾欄公演營利外，每逢秋收或廟會，以至祠堂成立或修譜，也都請戲班來演戲作爲點綴，至於做壽或生子，也少不了要熱鬧一番。這種情形的演劇，自然不會在「勾欄」。有的神廟之前，有固定的戲台建築，或者在廟前空地臨時搭台。祠堂或會館也一樣。至於農村中臨時搭成的舞台，多數量在晒禾場上或者靠山近水的空曠地區。這樣的舞台可以容納成千上萬的觀眾。所演的內容自然趨向熱鬧、通俗，而且可以連本上演。一百二十回本《水滸傳》，第一百三、四兩回，有這樣一段記載，可以看出路歧人「村裡趕賽處」的情形：

> 莊客道：「李大官不知，這裡西去一里有餘，乃是定山堡內段家莊。段氏兄弟向本州接得個粉頭，搭戲臺，說唱諸般品調。那粉頭是西京來新打褁的行院，色藝雙絕，賺得人山人海價看。大官人何不到那裡睃一睃？」……話說當下王慶闖到定山堡，那裡有五、六百人家，那戲臺却在堡東麥地上，那時粉頭還未上臺，臺下四面，有三、四十隻桌子，都有人圍擠著在那裡擲骰賭錢。……那時粉頭已上臺做笑樂院本。〔註66〕

　　以營利爲目的的戲班之外，另一種即是私人的家樂。當時的豪門貴族，或縉紳富商，私人蓄養戲班，是爲了專供一家或一姓的使用而成立的。其演員多爲「家僮」性質，或者爲了建立戲班而招收家僮，或者即就原有的家僮請教師予以訓練。所謂家僮，實際上等於奴僕，除了演戲之外，亦兼供其他使令。張岱《琅嬛文集》卷六〈祭義伶文〉云：

> 夏汝開……汝在越四年，汝以余爲可倚，故攜其父母幼弟幼妹共五人來；半年而父死，汝來泣，余典衣一襲以葬汝父。又一年，余從山東歸，汝病劇臥外廂，不得見；閱七日，而汝又死。汝蘇人，父若子不一年而皆死於茲土，皆我殮之，我葬之，亦奇矣！亦慘矣！……汝未死前，以弱妹質余四十金。汝死後，余念汝，舊所逋

〔註66〕〔明〕施耐庵、羅貫中著，李泉、張永鑫校注：《水滸全傳校注》（臺北：里仁書局，1994 年），第 3 冊，頁 1616～1622。

> 俱不問，仍備糧糗，買舟航，送汝母與汝弟若妹歸故鄉。……余四
> 年前，糾集眾優，選其尤者十人，各製小詞。……今汝同儕十人，
> 逃者逃，叛者叛，強半不在。汝不幸而蚤死，亦幸而蚤死，反使汝
> 為始終如一之人，豈天全成汝為好人耶？〔註67〕

從這段話，我們可以看出所謂家樂中的伶人是怎麼來的。簡單說一句，他們
都是無法維生的窮人，或者將自己的子弟典賣，或者像夏汝開一樣舉家投靠。
一旦如此，他們便完全失去獨立的身分，否則便是「逃」，便是「叛」，而仍
免不了疾病的死亡。張岱是浙江的縉紳，從他的《陶庵夢憶》，我們可以看出
他家從萬曆年間開始，先後設有可餐班、武陵班、吳郡班、蘇小小班、茂苑
班。又萬曆年間宰相申時行，他家也設有戲班，明代著名伶工周鐵墩，就是
申氏家僮出身。《燕子箋》的作者阮大鋮，也有他自己訓練的戲班。這樣的家
樂，主要是供一家或一姓的喜慶筵會，以及需要用演戲作為點綴時演出。這
種情形在明代是很普通的。劉元卿《賢奕編》卷四云：

> 南京國子祭酒陳敬宗，師道自立，名重一時。豐城侯李公隆居守，
> 於先生最所敬重，過其第必留宴，宴或以家姬作樂，談笑竟日，未
> 嘗一目之。〔註68〕

《野獲編》卷二十五有云：

> 梁伯龍……《浣紗》初出，梁遊青浦，屠緯眞（隆）為令，以上客
> 禮之。即令優人演其新劇為壽，每遇佳句，輒浮大白酬之。〔註69〕

顧起元《客座贅語》云：

> 南都萬曆以前公侯與縉紳及富家，凡有讌會小集，多集散樂。或三
> 四人，或多人唱大套北曲，樂器用箏、琵琶、三絃子、拍板。若
> 大席，則用教坊，打院本，乃北曲大四套者，中間錯以撮墊圈、舞
> 觀音、或百丈旗、或跳隊子。後乃變而用南唱。歌者祇用一小拍板，
> 或以扇子代之。間有用鼓板者。今則吳人益以洞簫及月琴，聲調屢
> 變，益發悽惋，聽者殆欲墮淚矣。大會則用南戲，其始止二腔，一
> 為弋陽，一為海鹽。弋陽則錯用鄉語，四方七客喜閱之；海鹽多官

〔註67〕 〔明〕張岱：《琅嬛文集》（長沙：岳麓書社，1985 年），卷 6，頁 267～268。
〔註68〕 〔明〕劉元卿：《賢奕編》，《白部叢書集成‧寶顏堂秘笈》（臺北：藝文印書
　　　　 館，1965 年），卷 4，頁 17～18。
〔註69〕 〔明〕沈德符：《野獲編》，卷 25，頁 483。

語，兩京人用之。後則又有四平，乃稍變弋陽，而令人可通者。今
又有崑山，較海鹽又爲清柔而婉折，一字之長，延至數息。士大夫
稟心房之精，靡然從好，見海鹽等腔，已白日欲睡，至院本北曲，
不啻吹篪擊缶，甚且厭而唾之矣。〔註70〕

《金瓶梅》第四十九回寫西門慶接待宋、蔡兩御史：

西門慶知了此消息，與來保、賁四騎快馬，先奔來家，預備酒席。
門首搭照山綵棚，兩院樂人奏樂，叫海鹽戲并雜耍承應。……端的
歌舞聲容，食前方丈。〔註71〕

又五十八回寫西門慶做壽宴客：

正說著，繡春拿了茶上來，每人一盞果仁泡茶。正吃間，忽聽前邊
鼓樂響動，荊都監眾人都到齊了，遞酒上座。玳安兒來叫四個唱的，
就往前邊去了。……先是雜耍百戲，吹打彈唱，隊舞弔罷，做了個
笑樂院本。……四個唱的，彈著樂器，在傍唱了一套壽詞，西門慶
令上席，各分頭遞酒。下邊樂工呈上揭帖，劉、薛二內相席前揀一
段韓湘子度陳半街《昇仙會》雜劇。繞唱得一摺，只聽喝道之聲漸
近……。〔註72〕

又六十四回西門慶款宴薛、劉二宦官：

西門慶道：「老公公，學生這裏還預備著一起戲子，唱與老公公聽。」
薛內相問：「是那裏戲子？」西門慶道：「是一班海鹽戲子。」……兩
位內相分左右坐了，吳大舅、溫秀才、應伯爵從次，西門慶下邊相陪。
子弟鼓板響動，遞了關目揭帖，兩位內相看了一回，揀了一段劉智遠
《白兔記》。唱了還未幾摺，心下不耐煩。一面叫上唱道情去，唱個
道情兒要耍到好。于是打起漁鼓，兩個並肩朝上，高聲唱了一套韓文
公雪擁藍關故事下去。〔註73〕

又六十三回、六十四回西門慶與親友晚宴：

晚夕，親朋、夥計來伴宿，叫了一起海鹽子弟搬演戲文。……下邊戲

〔註70〕 〔明〕顏起元著，陳稼禾點校：《客庵賓語》（北東：中華書局，1987年），頁
303。
〔註71〕 〔明〕笑笑生著，劉本棟校訂，繆天華校閱：《金瓶梅》（臺北：三民書局，
1980年），頁423～424。
〔註72〕 同上註，頁524。
〔註73〕 〔明〕笑笑生著，劉本棟校訂，繆天華校閱：《金瓶梅》，頁603～604。

> 子打動鑼鼓，搬演的是韋皋玉簫女兩世姻緣《玉環記》。……沈姨夫
> 與任醫官、韓姨夫也要起身，被應伯爵攔住，道：「東家，你也說聲
> 兒。……這咱纔三更天氣，門也還未開，慌的甚麼？……左右關目還
> 未了哩。」……于是眾人又復坐下了。西門慶令書僮催促子弟，快吊
> 關目上來。分付揀省熱鬧處唱罷。……那戲子又做了一回，約有五更
> 時分，眾人齊起身，西門慶挐大盃攔門遞酒，款留不住。……（西門
> 慶）叫上子弟來，分付：「還找著昨日《玉環記》上來。」……于是
> 下邊打動鼓板，將昨日《玉環記》做不完的摺數，一一緊做慢唱，都
> 搬演出來。……當日，眾人坐到三更時分，搬戲已完，方起身各散。

　　〔註74〕

另外我們在李開先《閒居集》也可以看到許多席間唱曲、戲劇以侑觴的記載，
袁中道《珂雪齋詩集》卷七也有〈上元日李大中丞順衡席上聽新聲賦贈〉的詩
題。而許潮《同甲會》雜劇、陳與郊《袁氏義犬》雜劇均於劇中的酒席間插演
雜劇作樂，正是這種風氣的具體表現。陳敬宗爲永樂進士，可見這種風氣明初
已然。顧起元的一段話很重要，我們由此不僅可以看出南北曲和南曲諸聲腔的
消長，同時也可以看出筵席間演戲有小集與大會之分。《金瓶梅》中說到筵席間
演戲的材料很多，上面引錄的幾段和顧氏之語對看，正印證了戲劇與雜技合奏
的情形，是當時以樂娛賓的一種風氣。又由《玉環記》的搬演看來，這個劇本
兩次方演完，第一次，自晚夕至五更，第二次自上燈時至三更。第一次在款待
親友時，只是揀熱鬧處唱，如不是西門慶歡喜此劇，是沒人將它全部搬演完的。
大抵來說，大席或大會，人數眾多，戲劇的演出應當有舞台的設置，如此演唱
「北曲大四套」或「南戲」才能施展得開；若小集用散樂唱單齣或套數，則宜
於「紅氍毹上」。因爲私人宅第設有舞台的很少，一般情況是在庭院中劃出一塊
地方，鋪上紅氍，就算是舞台面。音樂伴奏就設在紅氍靠後一面。腳色上下，
則仍保持著左上右下的上下場門形式（對面觀眾的左右）。這種情形最宜於小規
模的演出，大約嘉靖中葉以前，宴會小集只能演唱散套零齣，譬如《金瓶梅》
中講到清唱的就有百餘處。以其僅成片段，自然很不完美。嘉靖末葉，爲了應
付這種需要，於是短劇應運而生，而且流行發展得很快，論折數僅一二折，論
內容俱屬雅雋，且獨具首尾，文人以此爲賞心樂事，最適宜不過。因此，我們
可以說，短劇的產生即是爲了提供宴會小集的演唱而寫作的。明乎此，我們對

〔註74〕同上註，頁 597〜605。

於短劇的形式、內容就更能深切了解了。關於短劇的一切，下節再詳述。

當時戲班的角色，不管是家樂或一般組合，仍不外生、旦、淨、末、丑五個總綱。每綱各有細目：

生綱下分正生、小生兩種。

旦綱下分正旦、貼旦、小旦、老旦（或稱卜）四種。

淨綱下分淨、副淨、中淨、小淨四種。

末綱下分末、副末、外末三種。

丑綱下分丑、小丑二種。

「外」在元雜劇中為某類角色之外又一角色的意思，其意義與「貼」為正角之外又貼上一個相同，故有外末、外淨、外旦、貼淨、貼旦諸稱，明初雜劇尚如此。後來慢慢定形，外所扮演者例為老年之生角，故為老生之專稱；貼則為第二女主角，故為貼旦之專稱。而卜則為娘之簡寫外之省體，例扮演年老之旦角，與後起之老旦相等。一個劇團究竟包括多少團員？根據馮淑蘭的統計，宋雜劇的主要腳色不過四五人，元雜劇較複雜，以《元曲選》百種為準，似乎每場仍以三人、四人、或五人者為多；每場六人、七人者其次；每場八人、九人的，前者十二場，後者五場；至於每場十人、十一人及十二人的皆僅一見而已。南戲在這方面又似乎較雜劇簡單些，就《永樂大典》三種來統計，每場一人至四人的居全數四分之三以上，使用演員最多的場面，一場七人，不過兩見而已。北劇南戲每場需要的專門演員既然這樣少，那麼將奏樂的及其他執事人合起來計算，總不會超過三十人；若果只演人物較少的劇本，十餘人也可應付。《藍采和》一劇中所謂「百十口火伴」之語，應當是誇大之辭。不過這種劇團人數當然是指營業性的，若內府劇團，則另當別論。大抵說來，如果一個規模較大的戲班，各門角色皆在二人以上，因此或分正副，或分大小；所謂副末、副旦、小旦、中淨、小淨、小丑，便是這種情形產生出來的。但普通的戲班，每門角色通常只一人至二人，就因為角色有限，而一本戲人物相當多，往往角色不夠分配，所以只好以一角色扮演多種人物。

明代的戲劇在演出方面，較之元人更注重技術的講求：即以動作表情取勝，以唱念聲腔見長，以及以雜技穿插調劑。以下分項舉例解說。

大約是明代中葉，有一個伶人，名叫顏容，字可觀，是鎮江丹徒人。他不但嗓音響亮，動作表情也都不錯。有一天演《趙氏孤兒》一劇，他扮公孫杵臼，演完之後，觀眾一點也沒有反應。他回到家裡，左手捋鬚，右手打著

自己的嘴巴，作為用功不力的懲罰。然後面對著穿衣鏡，抱著一個木雕的孤兒，一面哭，一面念唱，練習了很久。某次再演這齣戲的公孫杵臼，當他演到這一段時，千百觀眾，都為之痛哭失聲。他演完回家，對著穿衣鏡中的自己作揖說：顏容，你真是可觀了（李開先《詞謔》）。

又有一個伶工，姓馬名錦，字雲將。因為他是回族，大家叫他「馬回回」。他在南京的興化部唱淨腳。有一天，他和當地的華林部打對台，都演的是《鳴鳳記》。馬扮嚴嵩，河套一場是嚴嵩的正戲，觀眾都說他沒有華林部李某演得好。馬錦聽到之後，立刻改裝跑到北京。投身於某相國門下充當一名走卒，每天察看這位相國的舉止行動，並摹仿其語言。共在北京三年，再回南京演《鳴鳳記》，仍扮嚴嵩一腳。華林部的李某看了，只好向馬拜服（侯方域〈馬伶傳〉）。

由上邊兩個故事，可見當時這般藝人，能夠獲得觀眾的讚賞，他們不但都用過苦工，同時還從實際的生活中去找尋他們的人物，以使表演能夠逼真。在當時說來，所謂「妙絕一時」，不是沒有理由的。

在明代，無論為崑山腔或弋陽腔，無論為小庭深院的紅氍毹上或高台廣場的千百觀眾之前，唱念與表演，雖然不能分開，但唱念還是比較重要；特別是唱，在聲樂上說來，發音要準，咬字要真，聲韻分明，板眼清楚。崑山腔講究宛轉圓潤；弋陽腔講究抑揚頓挫。總之，都得痛下功夫，才可以當場奏技。明代中葉，有一個伶工周全，是徐州人，擅唱南北曲。他傳授兩個徒弟，一個叫徐鎖，一個叫王明，都是兗州人。他們根據周全的方法來訓練生徒，有人向他們學唱曲，他們先要人家唱一兩支曲，聽聽是宮聲還是商聲，然後選擇聲調相近的曲子來教。教曲的時候常在昏夜，師徒對坐，點著一炷香，由老師拿著，一面教人唱，一面用香上火頭隨聲音高低或上或下作為指示。據說，要使唱詞抑揚中節，不用香，便得用口來說。又聽解說，又要唱曲，就不能兼顧。在昏夜中既不見他物，只注意香火，則唱詞可以心口相應了（見《詞謔》）。又如張元長《梅花草堂曲談》所記載的梁辰魚教人度曲，也是極其嚴格。有嚴格的訓練，當場演唱，自然容易臻於高妙。

演劇穿插雜技，由來已久，漢代的角觝戲即是它的祖先。元雜劇有「撲刀趕棒」一科，亦屬此類。到了明代，雜技的藝術更為精純。《陶庵夢憶》曾有這麼一段記載：余蘊叔，在演武場搭一大台，選擇徽州旌場戲子，剽輕而又精悍，能扑斗跌打者三四十人。搬演《目連救母》一劇，共演三天三夜，四周有婦女看台百十座。戲子在台上獻技，有走索、緣繩、翻桌、翻梯、觔

斗、倒立、蹬罈、蹬臼、跳索、跳圈、竄火、竄劍之類，大非情理。凡天地神祇、牛頭馬面、鬼母喪門、夜叉羅刹、鋸磨鼎鑊、刀山寒冰、劍樹森羅、鐵城血海，一似吳道子所繪地獄變相。爲之費紙扎者萬錢，人心惴惴，燈下面皆鬼色。戲中套數，如《招五方惡》、《劉氏逃棚》等劇，萬餘人齊聲吶喊。熊太守以爲是海寇登岸侵襲，差衙官查問。余蘊叔親自去回復，才算無事。從這段記載裡，我們可以看出，其所穿插的雜技表演，大都是屬於武術方面的硬工夫。不但如此，在明代末年，據說是米萬鍾的家樂，演金兀朮故事（大概是《精忠記》），所用的都是眞刀眞槍（見王季重〈米太僕萬鍾傳〉）。由此，我們更可以知道，明代戲劇的發展，已經達到相當高的水準。

　　我國戲劇採用布景，一般都認爲是民國成立以後的事，其實，在明代末年，已經有過這種嘗試，不過未能普遍推行罷了。《陶庵夢憶・劉暉吉女戲》條說：劉暉吉有一種奇思幻想，她想彌補從來戲班中的缺陷（指無布景），她排演《唐明皇遊月宮》一劇，先用黑色布幔把台上遮住，葉法善上場，用寶劍一揮，一聲響，黑幔收去，露出一個月亮來，作圓形，四邊用羊角染成五色雲氣，中間坐著嫦娥，有桂樹和吳剛，還有白兔搗藥。月亮前用輕紗隔住，裡面點起幾支賽月明的燈，光色透青，好像天色剛明的那種樣子。隨後把一匹布撒開，作爲橋樑，葉法善領著唐明皇慢慢走向月亮中去。境界神奇，眞使人忘記是在演戲。根據這段記載，我們可以說，中國戲劇在明代末年就已經有人想到並嘗試使用舞台裝置了。

第三節　明代雜劇的作家

　　以上討論的是有關明代戲劇的一般情形，下文進入本題。首先探討明代究竟有多少位雜劇作家？有多少作品？這是永遠不能確實解決的問題。因爲曲籍浩如煙海，搜輯不易，加上散佚殘缺，要編成一部完整的全目是幾乎不可能的。但是由於學者不斷的努力，就目前的著錄看來，已經很可觀了。

　　清姚燮《今樂考證・著錄三》著錄明雜劇作家四十四人，雜劇一四四種，王國維《曲錄》卷三著錄四十九人，雜劇一六五種；明祁彪佳《遠山堂劇品》則著錄七十九人，雜劇二六六種（含無名氏）。祁氏《劇品》埋沒三百餘年，近年始被發現，故姚、王氏均未能據以著錄。日人八木澤元《明代劇作家研究》在〈總論〉中比較考訂以上三家著錄，去其重複，辨其訛誤，增補所見，

共得一○一人，唯未計及作品總數。其後傅惜華《明代雜劇全目》更得一○八人，作品三四九種，合無名氏一七四種，計五二三種。著者綜合八木與傅氏二家目錄，辨其訛誤，增其所無，共得一二五人，作品四一三種，合無名氏一三四種，計五四七種。茲先列舉此一二五家之姓名、籍貫、官職或身分，以及作品之存佚於下，如有傳奇亦注明之：

　一、羅本：浙江錢塘（一云太原，一云越人）。小說家。三種，存一佚二。

　二、王子一：四種，存一佚三。

　三、劉兌：浙江。二種，存一殘一。

　四、谷子敬：江蘇金陵。元末官樞密掾史。五種，存一佚四。

　五、楊文奎：四種，俱佚（《全目》以《元曲選》之〈兩團圓〉屬之，誤）。

　六、李唐賓：江蘇廣陵。元末淮南省宣使。二種，存一佚一。

　七、楊訥：蒙古人，家錢塘。永樂中入直宮中備顧問。十八種，存二佚十六。

　八、湯式：浙江寧波。本縣吏，侍明成祖於燕邸。二種，俱佚。

　九、唐復：江蘇京口（丹徒）。一種，佚。

　十、陳伯將：江蘇無錫。元進士，官至中書參知政事。一種，佚。

　十一、丁野夫：西域回紇，家錢塘。元末西監生。五種，俱佚。

　十二、劉君錫：河北燕山（薊縣）。元時官省奏。三種，存一佚二。

　十三、李士英：浙江錢塘。三種，俱佚。

　十四、須子壽：浙江杭州。錢塘縣吏。二種，俱佚。

　十五、汪元亨：江西饒州（鄱陽），徙常熟。浙江省掾。三種，俱佚。

　十六、金文質：浙江湖州。三種，俱佚。

　十七、邾經：江蘇海陵（泰縣）。浙江考試。四種，俱佚。

　十八、陸進之：浙江嘉禾。福建省都事。二種，俱佚。

　十九、賈仲明：山東淄川，徙蘭陵。侍明成祖於燕邸。十七種，存六佚十一（《全目》誤存四佚十三）。

　二十、黃元吉：一種，存。

　二一、陶國英：江蘇晉陵（武進）。一種，佚。

　二二、高茂卿：河北涿州。一種，存（即《元曲選》之《兩團圓》）。

　二三、朱權：明太祖十七子，封寧王，諡獻。十二種，存二佚十。

二四、宋讓：安徽廣陽。一種，佚。

二五、朱有燉：明太祖五子周定王朱橚長子，襲封，諡憲。三十一種，
　　　俱存。

二六、康海：陝西武功。弘治十五年狀元。官翰林院修撰。二種，俱存。

二七、王九思：陝西鄠縣。弘治九年進士，官吏部郎中。二種，俱存。

二八、楊慎：四川新都。正德六年狀元，官修撰。一種，存。

二九、陳沂：浙江鄞縣。正德十二年進士，官侍講。一種，存。

三十、許潮：湖南靖州。官知縣。二十四種，存八殘五佚十一。

三一、李開先：山東章邱。嘉靖八年進士，官太常少卿。七種，存二佚
　　　五。傳奇三種，存二佚一。

三二、徐渭：浙江山陰。諸生，客胡宗憲幕。四種，俱存。

三三、馮惟敏：山東臨朐。嘉靖十六年舉人，官保定通判。二種，俱存。

三四、汪道昆：安徽歙縣。嘉靖二十六年進士，官兵部侍郎。四種，俱存。

三五、梁辰魚：江蘇崑山。三種，存一佚二。傳奇一種，存。

三六、陳鐸：江蘇邳縣，家南京。世襲濟州衛指揮。二種，俱佚。

三七、高應玘：山東章邱。貢生，官元城縣丞。一種，佚。

三八、胡汝嘉：江蘇金陵。嘉靖三十三年進士，官編修。一種，佚。

三九、陳自得：一種，存。

四十、王衡：江蘇太倉。萬曆十六年進士，官編修。四種，存三佚一（《全
　　　目》以《再生緣》屬之，而以《真傀儡》屬陳繼儒，俱誤）。

四一、王驥德：浙江會稽。五種，存一佚四。傳奇六種，存一佚五。

四二、史槃：浙江會稽。三種，俱佚。傳奇十三種，俱佚。

四三、呂天成：浙江餘姚。諸生。八種，存一佚七。

四四、汪廷訥：安徽休寧。官鹽運使。六種，存一佚五。傳奇十三種，
　　　存六佚四殘三。

四五、蘅蕪室：一種，存。

四六、桑紹良：山東濮縣。一種，存。

四七、梅鼎祚：安徽宣城。國子監生。一種，存。傳奇二種，俱存。

四八、王澹：浙江會稽。一種，存。

四九、胡文煥：浙江錢塘。一種，佚。傳奇四種，殘二佚二。

五十、佘翹：安徽銅陵。萬曆十九年舉人。一種，佚。傳奇二種，存一

佚一。

五一、葉憲祖：浙江餘姚。萬曆四十七年進士，官湖廣副使。二十四種，
存十二佚十二。傳奇七種，存二佚五。

五二、屠本畯：浙江鄞縣。辰州知府。一種，佚。

五三、田藝衡：浙江錢塘。貢生，休寧教諭。一種，佚。

五四、徐復祚：江蘇常熟。二種，存一佚一。傳奇三種，俱存。

五五、林章：福建福清，家金陵。萬曆元年舉人。一種，佚。

五六、陳與郊：浙江海寧。萬曆二年進士，官太常少卿。五種，存三佚
二。

五七、張國籌：山東章邱。貢生，官行唐知縣。五種，俱佚。

五八、程士廉：安徽休寧，四種，存一殘三。

五九、楊之炯：浙江餘姚。一種，存。傳奇一種。

六十、朱恩鑭：明宗室，封鎮國將軍。三種，俱佚。

六一、朱京藩：一種，佚。傳奇一種，佚。

六二、車任遠：浙江上虞。邑廩生。五種，存一佚四。傳奇一種，佚。

六三、陳汝元：浙江會稽。官知州。一種，存。傳奇三種，存一佚二。

六四、李逢時：浙江錢塘。一種，存。傳奇一種，佚。

六五、湛然：浙江會稽。僧人。三種，存一。傳奇一種，佚。

六六、沈自徵：江蘇吳江。國子監生。三種，俱存。

六七、王應遴：浙江山陰。官禮部員外郎。一種，存。傳奇一種，佚。

六八、徐陽輝：浙江鄞縣。諸生。二種，俱存。

六九、凌濛初：浙江烏程。諸生。官徐州判。九種，存四佚五。

七十、李磐隱：一種，佚。

七一、吳仁仲：一種，存（《盛明雜劇》蘅蕪室之《再生緣》疑即吳氏之作）。

七二、楊維中：一種，佚。

七三、李槃：八種，俱佚。

七四：徐羽化：一種，佚。

七五：王湘：一種，佚。

七六、顧思義：一種，佚。

七七、董玄：一種，佚。

七八、陳情表：二種，俱佚（《全目》漏列《彈指清平》一種）。傳奇一

種，佚。

七九、李大蘭：五種，俱佚。

八十、王淑忭：一種，佚。

八一、葉汝薈：一種，佚。

八二、諸葛味水：一種，佚。

八三、吳禮卿：一種，佚。

八四、楊伯子：一種，佚。

八五、胡士奇：一種，佚。

八六、黃中正：一種，佚。傳奇一種，佚。

八七、錢珠：一種，佚。

八八、陳六如：一種，佚。

八九、陳清長：一種，佚。

九十、凌星卿：一種，佚。

九一、張大諶：三種，俱佚。

九二、謝天惠：二種，俱佚。

九三、王素完：一種，佚。

九四、傅一臣：浙江杭縣。十二種，俱存。

九五、孟稱舜：浙江山陰。崇禎諸生。六種，存五佚一。傳奇五種，存
　　　三佚二。

九六、卓人月：浙江仁和。崇禎八年貢生。一種，存。

九七、徐士俊：浙江仁和。二種，俱存。

九八、祁麟佳：浙江山陰。四種，存一佚三。

九九、祁駿佳：浙江山陰。一種，佚。

一〇〇、冶城老人：江蘇江寧。一種，佚。

一〇一、恆居士：一種，佚。

一〇二、吳中情奴：江蘇吳縣。一種，存。

一〇三、金粟子：一種，佚。

一〇四、鐸夢老人：一種，佚。

一〇五、樵風：四種，俱佚。傳奇二種，俱佚。

一〇六、收春醉客：江蘇金陵。一種，佚。

一〇七、陳□□：一種，佚。

一〇八、高□□：一種，佚（以上傅氏《全目》）。

一〇九、鄒式金：明進士，一種，存。

一一〇、鄭瑜：江蘇無錫。四種，存。

一一一、袁于令：江蘇吳縣。諸生。二種，存一佚一。

一一二、鄒兌金：式金之弟。一種，存。

一一三、黃家舒：江蘇無錫。一種，存。

一一四、張岱：四川劍州，寓錢塘。一種，佚。

一一五、來鎔：三種，存。

一一六、祁豸佳：浙江山陰。一種，佚。

一一七、茅維：浙江歸安。六種，俱存。

一一八、葉小紈：江蘇吳江。一種，存。

一一九、孫源文：江蘇無錫。明季諸生。一種，存。

一二〇、黃方儒：江蘇金陵。七種，存。

一二一、陸世廉：江蘇長洲。光祿卿。一種，存。

一二二、來集之：浙江蕭山。崇禎十三年進士。六種，存三佚二（以上八木目較傅目多出者）。

一二三、沈采：江蘇嘉定。四種，俱佚。傳奇二種，存。

一二四、顧大典：江蘇吳江。隆慶二年進士，官提學副使。四種，俱佚。傳奇三種，存一佚一殘一。

一二五、沈璟：江蘇吳江。萬曆二年進士，官光祿丞。二十種，存十佚十。傳奇十五種，存六殘二佚七（以上著者增補）。

上邊所舉，第一〇八以上，係依照傅氏《全目》排列，但其中已去除陳繼儒而代以蘅蕪室。因爲《全目》誤王衡之《眞傀儡》爲陳氏之作，又誤蘅蕪室爲王衡別署，而將《再生緣》屬於王氏（俱詳〈中期雜劇〉王衡節）。八木氏所考定原爲一〇一人，但八木氏以冶城老人爲王應遴之又一別號，係因王氏之作爲《衍莊新調》，而冶城老人之作署爲「衍莊」，乃遽斷爲同一人之同一作品。傅氏《全目》於王氏《衍莊新調》之後按云：「明人冶城老人，原有衍莊雜劇之作，……應遴此作在其後，故標曰《衍莊新調》、《逍遙遊》者，當係改題別名也。」〔註75〕雖然也是揣想，而合理可信。因此我們仍將王應遴、

〔註75〕傅惜華：《明代雜劇全目》（北京：作家出版社，1958年），頁176。

冶城老人分作二人。若此，八木氏所考得的，應當有一百零二人。再比較傅氏《全目》與八木氏目錄，計重複者八十八人，八木氏所有，而傅氏所無者，有下列十四人（亦即上文所列第一〇九至一二二）：

> 孫源文、陸世廉、黃方儒、來集之、茅維、葉小紈、鄒式金、鄭瑜、袁于令、鄒兌金、黃家舒、張岱、來鎣、祁豸佳。

這些作家都是明末清初的人物，傅氏大概將他們歸入清代。不過，《遠山堂劇品》的作者祁彪佳早在順治二年乙酉（弘光元年）六月初六日清晨，自沈於寓山花園的水池中，爲國家民族殉了大節（見黃裳《遠山堂明曲品劇品校錄·後記》）。那麼他的《劇品》應當在明亡以前就已寫定了。若此，《劇品》中所著錄的鄒式金、鄭瑜、袁于令、來鎣、張岱、祁豸佳、鄒兌金、黃家舒等八人的作品，無論其人是否入清尚存，應當屬於明雜劇的範圍，而他們也就屬於明雜劇的作家了。其他六人，八木氏謂都是《曲錄》著錄的明作家，事實上《曲錄》是將來集之和黃方儒（《曲錄》「儒」作「印」）列入「國朝」。茅維、葉小紈都有作品傳世，他們屬於明雜劇作家無疑，下文我們會討論到。另外孫源文等四人，按《無錫金匱縣志》卷二十二，孫源文，字南宮，明季諸生，甲申之變殉節。又卷二十六，黃家舒，字漢臣，明季諸生，與孫源文善，甲申之變後，坐臥斗室，謝絕交遊。又按《曲錄》「西台記一本」下注云：

> 明陸世廉撰。世廉字起頑，號生公，又號晚庵，長洲人。弘光時官光祿卿，入國朝隱居不出。〔註76〕

又按《浙江通志》卷一百八十有云：

> 來集之，字元成，蕭山人。崇禎庚辰進士。司李皖城，皖受張獻忠蹂躪，集之苦心調劑。會左良玉兵東下，遠近震驚，皖賴集之得無恐。尋家居三十年，手不釋卷。著有《易圖》、《新易》、《讀易偶通》、《卦義一得》、《春秋志在》、《四傳權衡》、《樵書》、《南山載筆》、《倘湖近刻》。

孫源文甲申之變殉節，黃家舒和陸世廉都以遺民自居，他們各有雜劇一種傳世，將他們歸入明雜劇作家之林，自無不可。《曲錄》將黃家舒列於「國朝」，和他自己的體例是矛盾的。來集之雖然入清之後還家居三十年，但是他一生主要的活動則在明末，把他歸爲明作家之列，也未嘗不可。至於黃方儒，即《劇品》中的「醒狂散人」，著有《陌花軒雜劇》十種。焦循《劇說》卷五謂

〔註76〕王國維：《曲錄》，《增補曲苑木集》（上海：文藝書局，1932年），頁86。

之「黃醒狂」，《劇品》既作於明亡以前，他自然是明作家無疑，那麼傅氏《全目》的一〇八人，加上八木氏別出的十四人，共得一百二十二人，此外，著者還可以補充三人（即上文所列第一二三至一二五）：

沈采，字練川。江蘇嘉定人。呂天成《曲品》稱其人為「名重五陵，才傾萬斛。」〔註77〕著有傳奇《還帶記》。《遠山堂曲品》著錄其《四節記》，列於雅品，並云：「一紀四起是此始。以四公配四景。沈練川作此壽鎮江楊相公者。」〔註78〕呂天成《曲品》亦謂「一記分四截，是此始。」〔註79〕《野獲編》卷二十五謂「《四節》、《連環》、《繡襦》之屬出於成弘間，稍為時所稱。」〔註80〕則《四節記》為成弘間作品，此劇今未見傳本。據《曲海總目提要》卷十七，凡分四卷，按春、夏、秋、冬四景各述一故事。春景為《杜子美曲江記》，夏景為《謝安東山記》，秋景為《蘇子瞻赤壁記》，冬景為《陶秀實郵亭記》。因此，《四節記》事實上是四本雜劇的合集，其體例開後來徐渭《四聲猿》、汪道昆《大雅堂四種》等等的先河。

沈璟，其《屬玉堂傳奇》十七種中的《十孝》和《博笑》，事實上也是十本雜劇的總集。《博笑》尚存，下文我們會討論到。

顧大典，字道行，吳江人。隆慶二年進士，官至提學副使。所著傳奇《青衫記》最有名。呂天成《曲品》謂其《風教編》「一記分四段，仿《四節》體，趣味不長，然取其範世。」〔註81〕則《風教編》也應當是雜劇的合集，惜已散佚，但有殘文而已。

如此加上二沈、顧氏三人，則明雜劇作家，一共就有一百二十五人了。傅氏《元雜劇全目》列舉元雜劇作家八十八人，明雜劇較之，幾多三分之一。

從以上所列舉的明雜劇作家簡表，我們可以作成以下幾項統計，並由此看出明雜劇作家的特色：

第一，明雜劇作家共分佈十省，其中浙江三十六人（包括僑寓者三人），江蘇二十四人，安徽九人（包括明宗室三人），山東六人，河北、陝西各得二人，江西、四川、福建、湖南各得一人。以上八十三人中，隸籍蒙古、回紇的各一人，已併入其僑寓地計算。另四十二人籍貫里居不詳。由此可見明雜

〔註77〕　〔明〕呂天成：《曲品》，頁 210。

〔註78〕　〔明〕祁彪佳：《遠山堂曲品》，《中國古典戲曲論著集成》，第 6 集，頁 129。

〔註79〕　〔明〕呂天成：《曲品》，頁 226。

〔註80〕　〔明〕沈德符：《野獲編》，卷 25，頁 482。

〔註81〕　〔明〕呂天成：《曲品》，頁 232。

劇作家主要分佈在浙江、江蘇、安徽、山東四省，也就明雜劇的重心和傳奇一樣，都是在江南。日人青木正兒《中國近世戲曲史》，曾統計元雜劇作家的分佈，即河北、山東、山西、河南、安徽、浙江、江蘇、江西等八省。八木氏又統計明傳奇作家二百九十一人，除上舉雜劇作家所分佈的十省外，尚有廣東、河南、江西等三省。由此可見明代戲劇作家分佈的地域較元代爲廣，以及南戲北劇與地域的關係。

　　第二，明雜劇作家兼作傳奇的計有：寧獻王、李開先、沈采、梁辰魚、林章、梅鼎祚、胡文煥、沈璟、顧大典、王驥德、陳與郊、汪廷訥、葉憲祖、佘翹、許潮、陳汝元、車任遠、史槃、呂天成、徐復祚、陸世廉、楊之烱、孟稱舜、王澹、袁于令、朱京藩、王應遴、樵風、湛然、陳情表、黃中正等三十一人。由此我們不難領悟出明代的雜劇何以會南化的原因。也就是說北劇南戲在明代是並行的，雜劇與傳奇在作家們的眼中，幾乎只是長短之別而已。

　　第三，明代藩王作雜劇的有寧獻王、周憲王二人。職官有二十八人。其中進士及第曾入仕途或竟成爲顯官的有王九思、康海、楊愼、陳沂、李開先、胡汝嘉、汪道昆、顧大典、沈璟、陳與郊、王衡、葉憲祖、來集之等十三人。按明胡侍《眞珠船》卷四「元曲」條云：

> 元曲如《中原音韻》、《陽春白雲》、《太平樂府》、《天機餘錦》等集，《范張雞黍》、《王粲登樓》、《三氣張飛》、《趙禮讓肥》、《單刀會》、《敬德不伏老》、《蘇子瞻貶黃州》等傳奇，率音調悠圓，氣魄宏壯。後雖有作，鮮與之京矣。蓋當時臺省元臣，郡邑正官及雄要之職，盡其國人爲之，中州人每每沈抑下僚，志不獲展，如關漢卿入太醫院尹（「尹」應作「戶」），馬致遠江浙行省務官，宮大用鈞臺山長，鄭德輝杭州路吏，張小山首領官，其他屈在簿書，老於布素者，尚多有之。於是以其有用之才，而一寓之乎聲歌之末，以舒其怫鬱感慨之懷，蓋所謂不得其平而鳴焉者也。〔註82〕

明李開先《閒居集·張小山小令序》也節取此文，並指出「以見元詞所由盛，元治所由衰也。」〔註83〕這種見解後來研究元曲的學者大多同意。可見元曲作家大部分是「沈抑下僚，志不獲展」的讀書人。而吉川幸次郎《元雜劇研

〔註82〕〔明〕胡侍：《眞珠船》，《筆記小說大觀》，第4編，頁3457～3458。
〔註83〕〔明〕李開先著，路工輯校：《李開先集》，上冊，頁298。

究‧上編》第二、三章俱考證敘述元雜劇作家的事跡及時代，極爲翔實，主旨說明許多元雜劇作者都是有教養、有身分的人士，不像一般人所誤解的那樣弇陋微賤。但是無論如何，元雜劇作者比起明代戲劇作家是要微賤得多的。八木氏檢討有明一代戲劇作家地位的結果，計有藩王三人、尚書兼大學士四人、尚書三人、卿二人、侍郎一人、少卿二人、其他十八人，合計三十三人。其中進士及第者至少有三十人，狀元及第者三人，榜眼及第者二人。少卿以上的顯官，尚有十二人之多。可見明代的帝室、親藩、宰相，以及中央政府、地方政府的官員，頗有以戲曲爲其專長者。他們在當代的文名皆爲世稱道，所作戲曲亦風行一時。八木氏說：

> 這與元代雜劇界的情形，大有區別，從此以後，原來發生於庶民之
> 間的戲曲，到了明代便移入古典文學修養較（高）的士大夫階級之
> 手而活躍於劇壇的士大夫階級之手了。〔註84〕

明雜劇雖然是明代戲劇的旁支，但根據我們上面的統計，其結論和八木氏並沒有兩樣。明代戲劇作家，儘管是沒有中舉仕官的，其古文學也都相當有根柢，他們可以說都是道道地地的傳統文人。娼夫、優伶的名字，在明雜劇作家中是找不到的。而再加上公安派諸人的提倡，明代戲劇的地位，較之元代，就崇高多了。

第四節　明代雜劇的資料

　　雜劇在元代，除了鍾嗣成，沒有發現有名的收藏著錄者，《元刻古今雜劇三十種》之外，更沒有其他當時刻本流傳下來。可見元代的雜劇，無論刊刻或收藏著錄都是很少的。明代則不然，洪武初親王之藩，賞賜詞曲「千七百本」，可見內廷藏曲之富。在民間，像康海的祖父汝楫；嘉靖間如章邱李開先、大名晁瑮、華亭何良俊等；萬曆間如臨川湯顯祖、餘姚孫鑛、山陰祁承爜、常熟趙琦美等，都是收藏雜劇的名家。明人對於雜劇更有刊佈流傳之功，尤其萬曆以後，刻本更多。明代雜劇的刊佈，有單行的，有合爲總集的，有并元人雜劇合刊的，有選輯零齣單套的。這些都是我們研究明代雜劇的珍貴資料。以下大致根據傅氏《元代雜劇全目》、《明代雜劇全目》，參以他書，分類介紹有關明代雜劇的各種版本。

〔註84〕〔日〕八木澤元：《明代劇作家研究》（臺北：道明書局，1977 年），頁 35。

甲、單行本

一、劉兌《金童玉女嬌紅記》：宣德間金陵積德堂原刻本。

二、楊訥《西遊記》：萬曆間刻本。

三、賈仲明《鐵拐李度金童玉女》：萬曆間繼志齋刻本。

四、朱有燉《誠齋雜劇三十一種》：宣德間周藩原刻本。

五、王九思《杜子美沽酒遊春記》、《中山狼院本》：崇禎十三年張宗孟重刻《王渼陂全集》本。

六、徐渭《四聲猿》：萬曆二十八年陶望齡校刻《徐文長三集》附刻本、萬曆間刻本、崇禎間刻本。

七、馮惟敏《梁狀元不伏老》：《海浮山堂詞稿》附刻本。

八、汪道昆《大雅堂四種》：萬曆間原刻本。

九、王衡《鬱輪袍》、《沒奈何》、《眞傀儡》：萬曆間刻本。

十、梅鼎祚《崑崙奴》：萬曆四十三年山陰劉氏刻本。

十一、葉憲祖《壯荊卿易水離情》、《琴心雅調》、《三義成姻》、《渭塘夢》：萬曆間刻本。

十二、葉憲祖《四艷記》：崇禎原刻本。

十三、沈璟《博笑記》：天啓三年刻本（傅氏《全目》所無）。

十四、王應遴《衍莊新調》：天啓間刻本。

十五、傅一臣《蘇門嘯》：崇禎十五年敲月齋刻本。

十六、來集之《女紅紗》、《碧紗籠》、《挑燈劇》：倘湖小築刊本（傅氏《全目》所無，此據鄭西諦〈雜劇的轉變〉）。

十七、黃方儒《陌花軒雜劇》：明刊本（傅氏《全目》所無，此據張全恭〈明代的南雜劇〉）。

十八、凌濛初《鬧元宵》：《二刻拍案驚奇》附錄。

乙、總　集

一、《盛明雜劇》：明沈泰編。崇禎二年（1629）刻本。共收明人雜劇三十種。近人武進董氏誦芬室有覆刻本；民國 19 年（1930）又有上海中國書店影石印本。民國 52 年台北文光出版社影原刻本。

二、《盛明雜劇二集》：沈泰編。崇禎刻本。此係《盛明雜劇》續集，亦選明人雜劇三十種，與初集合計六十種，為明代雜劇作品最豐富而重要之總集。誦芬室有覆刻本，文光出版社亦有影印本。

三、《雜劇十段錦》：明無名氏輯。嘉靖三十七（1558）紹陶室原刻本。
凡十集，共收明初人雜劇十種。民國 2 年（1913）誦芬室影印原本。

丙、與元雜劇合刊之總集

一、《古名家雜劇》：《古名家雜劇》八集，收元明雜劇四十種，《新續古名
家雜劇》五集，收元明雜劇二十種，著錄於《彙刻書目》，並標曰：「明
玉陽仙史編刊」。北平圖書館殘存《古名家雜劇》五種，及《新續古
名家雜劇》殘本八種。迨至也是園舊藏《脈望館鈔校本元明雜劇》發
現後，又於其中獲得《古名家雜劇》殘本五十三種，亦歸北平圖書館。
此脈望館校本中《女狀元》一劇卷尾，有牌記云：「萬曆戊子（十六
年，1588）夏五西山樵者校正，龍峰徐氏梓行。」是可考見此集刊刻
年代，至於龍峰徐氏，殆為書林中人。此書刊行於息機子、臧懋循諸
選之前，實為元明雜劇重要總集。按玉陽仙史，王靜安《曲錄》卷六
斷定為陳與郊。鄭因百師〈臧懋循改訂元雜劇平議〉（見臺灣大學《文
史哲學報》第 10 期）文中「古名家雜劇」下注云：「此書《彙刻書目》
題玉陽仙史編，王國維《曲錄》以為玉陽仙史是陳與郊，諸書多從其
說。今按：玉陽仙史是王驥德別署，見顧曲齋本《古雜劇》序文及序
後印章，王先生之說別無佐證，恐非是。但《古名家雜劇》一書似是
萬曆時書坊陸續刊行而假借玉陽仙史之名，並非親手編定。」〔註85〕
又八木澤元《明代劇作家研究》「陳與郊」一章亦曾討論此事，彼謂
據王驥德《曲律》四，王有《題紅記》傳奇，又按鈔本《舶載書目》
卷七記錄《題紅記》云：「上下，古越玉陽僊史編。」則玉陽僊史為
王驥德無疑。但八木氏最後仍謂：「著者曾探求《古名家雜劇》是王
伯良所編纂的線索，結果未能發現決定性的資料。因此，仍然依照通
說，認為《古名家雜劇》是陳玉陽所編纂。」〔註86〕義按：玉陽為與
郊別號，毫無可疑。王驥德《曲律》卷三且謂「僅陳玉陽《詅癡符記》
〔玉抱肚〕曲『打毬回，紛紛袯衣』獨是。」〔註87〕又李維楨《大泌
山房集》卷七十八〈太常寺少卿陳公墓誌銘〉有云：「自六籍外，留
心太玄、潛虛。」與郊《隅園集》卷十七〈自像讚〉中亦云：「衣羽

〔註85〕鄭騫：《景午叢編》（臺北：臺灣中華書局，1972 年），上編，頁 408。
〔註86〕〔日〕八木澤元：《明代劇作家研究》，頁 280。
〔註87〕〔明〕王驥德：《曲律》，頁 119。

衣、巾山巾也，飄飄一道民也。」〔註88〕則其性情、學問與「玉陽仙史」之別號甚爲稱合，因此，或者陳、王二氏均有「玉陽仙史」之別號。然《古名家雜劇》之版式不一，顯非出自一時一手之編定，故因百師之結論蓋得其實。

二、《元明雜劇》：民國18年（1929）南京國學圖書館影印錢塘丁氏八千卷樓舊藏《元明雜劇》二十七種，版式行款，殊不一致，蓋其中十八種係《古名家雜劇》殘本，其餘九種，雖亦爲萬曆間刻，然未知究出於何本。

三、《古今雜劇選》：明息機子編。息機子姓名，今不可考。萬曆二十六年（1598）刻本。原本選刊元人及明初雜劇，共三十種。北平圖書館藏有此書殘帙，散佚五種，存二十五種。也是園舊藏脈望館校本，存十五種，無在二十五種之外者，今亦歸北平圖書館。

四、《陽春奏》：明尊生館主人編。尊生館主人即黃正位。萬曆三十七年（1609）刻本。原書收元明雜劇共三十九種。北平圖書館藏有此書殘本，止存三種。

五、《古雜劇》：明顧曲齋編。顧曲齋即王驥德（見因百師〈臧懋循改訂元雜劇平議〉）。萬曆間刻本。原書共選雜劇若干種，已不可稽考。今傳於世者，北平圖書館並日本藏書家，約可得元人及明初雜劇十八種。

六、《童雲野刻雜劇》：明童雲野輯刻。此集選刊元明雜劇，共三十種。原書殆刻於萬曆中葉以後，惜未見流傳，幸存目錄，載於日本松澤老泉編《彙刻書目外集》，及羅振玉《編續彙刻書目》癸冊。

七、《元曲選》：明臧懋循編。萬曆四十四年（1616）雕蟲館刻本。此書選刊元代及明初雜劇共一百種，故書名別題：「元人百種曲」。內容豐富，流傳甚廣。惟惜臧氏選刻此集時，於原作文字，往往以意竄改，殊失原劇面目。除原刻本外，尚有：一、民國7年（1918）上海商務印書館影印原刻本。二、民國上海中華書局仿宋排印《四部備》要所收本。三、民國25年（1936）上海世界書局仿宋排印本。四、民國50年（1961）台灣啓明書局影排印本。另外民國17年（1928）上海錦文堂書局據

〔註88〕〔明〕陳與郊：《隅園集》，《四庫全書存目書》（臺南：莊嚴文化事業有限公司，1997年），集部第160冊，頁664。

元曲殘書石印本，僅收元朝雜劇三十種，題名「元曲大觀」。

八、《柳枝集》、《酹江集》：明孟稱舜編。崇禎六年（1633）刻本。此書
總題爲「古今名劇合選」。《柳枝集》標作：「新鐫古今名劇柳枝集」，
不分卷，共選元明雜劇二十六種。《酹江集》標作：「新鐫古今名劇
酹江集」，亦未分卷，共選元明雜劇三十種。此書附刊元鍾嗣成《錄
鬼簿》；上海圖書館藏本完整，北京圖書館藏本殘闕。近年有影印北
京圖書館藏本行世。

九、《名劇彙》：明祁理孫輯。此編爲祁氏讀書樓彙輯所藏元明雜劇若干
單帙簿冊，合訂而成，凡七十二冊，共收二百七十種，總題曰：「名
劇彙」。此編子目，詳載於祈氏讀書樓目錄，及《鳴野山房書目》。
原書存佚，今不可知。

十、《趙氏脈望館鈔校本元明雜劇》：明趙琦美鈔校。趙琦美，明末常熟
人，酷嗜雜劇，搜集大量元明雜劇，加以校訂，合爲一部總集。其
中有鈔本，亦有刻本。此總集並無專名，因趙氏藏書室名爲脈望館，
故後人稱之爲「趙氏脈望館鈔校本元明雜劇」。其後，此書歸於清初
常熟人錢曾。錢氏取名「古今雜劇」，將目錄載入其《也是園書目》，
故此總集又名「錢氏也是園舊藏古今雜劇」。民國 26、7 年間，此書
始因戰事在蘇州出現。由教育部出資收購，交由國立北平圖書館上
海辦事處庋藏。照《也是園書目》所記，全書應有雜劇三百四十二
種；歷經散佚，現存二百四十二種，內有四種重複，實存二百三十
八種。商務印書館於民國 30 年校印其中未見流傳之孤本一百四十四
種（其中《單刀會》等九種另有別本），即所謂《孤本元明雜劇》。
近年已將現存之全帙原本影印行世（據《大陸雜誌》第二十一卷第 1、
2 期合刊鄭因百師〈孤本元明雜劇讀後記〉）。

十一、《群音類選》：明胡文煥編。原書爲明萬曆間文會堂所輯刻《格致
叢書》之一種。現傳於世者二十六卷，實非足本；原書卷數今不可
考。所選錄元明南戲、北劇、諸腔之雜劇傳奇作品，頗稱豐富，且
多罕見流傳舊本，實爲戲曲選集之冠，惟僅錄曲文，未具賓白，至
爲憾事。

丁、選輯零齣單套之總集

一、《盛世新聲》：明正德間無名氏編。十二卷，附《萬花集》二卷；爲

選錄元明南北曲（散曲、戲曲）之總集。現存版本有：一、正德間戴賢校正本。二、正德十二年（1517）序刻本。三、嘉靖間刻本，題張祿輯。四、萬曆二十四年（1596）內府刻本，題寫：「重刊盛世詞調」。

二、《詞林摘艷》：明張祿編。凡十卷；係增訂《盛世新聲》者，所收元明戲曲，尤稱豐富。此集現存版本有：一、嘉靖四年（1525）原刻本。二、嘉靖十八年（1539）重刊增益本。三、嘉靖三十年（1551）徽藩重刻本。四、萬曆二十五年（1597）內府重刻本。五、民國 22 年（1933）石印嘉靖重刊增益本。

三、《雍熙樂府》：明郭勳編。凡二十卷。明代戲曲選集除《盛世新聲》、《詞林摘艷》兩集外，當以此書最稱重要。現存版本有：一、嘉靖四十五年（1566）原刻本。二、民國 22 年（1933）上海商務印書館出版《四部叢刊續編》所收影印嘉靖原本。

四、《萬壑清音》：明止雲居士編。居士姓名，今不可考。凡八卷；所選元明戲曲，雜劇傳奇，皆以北調為主。此書僅見天啟四年（1624）刻本。

清代及民國以來，也刊行或輯錄了不少有關明代雜劇的資料，茲援上述體例，分別介紹如下：

甲、元明戲曲選集

一、《今樂府選》：清姚燮編。此集輯錄元明以來雜劇約數百種，計五百卷（一說僅成一百九十卷）。原書尚未刊行，僅有底本存於世間，為鎮海李氏所藏。

二、《雜劇三集》：清初鄒式金編。收明末清初雜劇三十四種。康熙元年刊本。民國 30 年誦芬室翻刻本題名「雜劇新編」。近年又有影印翻刻本。

三、《暖紅室彙刻傳奇》：近人劉世珩編。清宣統間至民國 12 年（1923）貴池劉氏暖紅室刻本。此集計收元明清雜劇傳奇三十種，附錄十四種，附刊六種，別行一種，共五十一種。覆刻所用底本，多為明清善本。

四、《古今名劇選》：近人吳梅編，民國 8 年（1919）北京大學出版部排印本。卷首總目所載，此集共選元明清三代雜劇三十九種，散套一種，惜僅出版至卷三而止，故實收元明雜劇十五種。每種雜劇後，

皆附有吳氏跋文。原書係北京大學文科戲曲講義。

五、《奢摩他室曲叢第二集》：吳梅編。此集收明人雜劇——《誠齋樂府》二十四種，明人傳奇五種。每種作品，皆有吳氏跋文。民國 17 年（1928）上海商務印書館排印本。

六、《元人雜劇全集》：近人盧前編。民國 24 年至 25 年（1935～1936）上海雜誌公司初版排印本；僅出版八冊，並未印完，計收雜劇七十七種，佚文十二種，除《西遊記》（誤題元吳昌齡，應爲明楊訥）外，俱爲元人作品。

乙、零齣單套之選集

一、《綴白裘》：清錢德蒼編。收元明清三代戲曲作品亦頗豐富，曲文賓白俱備，皆爲清乾隆時代劇場演唱最稱流行之劇目。此書版本，有木刻、石印、鉛印，流傳頗多；重要刻本有：金閶寶仁堂原刻初印本、重刊合印本、集古堂刻本、四教堂刻本、增刊堂刻本。今有臺灣中華書局排印本。

其他宮譜、曲譜，明代如朱權《太和正音譜》、范文若《博山堂曲譜》（即《太和正音譜》），清代如《北詞廣正譜》、《九宮大成南北詞宮譜》、《納書楹曲譜》、《過雲閣曲譜》等，鄭因百師更有《北曲新譜》，也都是研究明代雜劇重要的資料。

以上所列舉的資料，著者尚有多種未能寓目，因此對於版本間的異同優劣無法詳予討論。同時，這個工作非常浩大，也不是短期所能完成。然而，由於版本不同，常會引起許多問題，一般的書籍如此，劇本所遭遇的增刪改竄尤甚，這類的問題更多，我們實在不能忽視。爲此鄭因百師有《校訂元刊雜劇三十種》（世界書局印行）與〈元人雜劇異本比較舉例〉（見《大陸雜誌》第二十九卷第 10 及 11 期合刊、《國語日報・書和人》第 98 期）之作。明代雜劇如將異本細加比較也會發現許多問題。以下以孟稱舜的兩本雜劇爲例。

甲、《殘唐再創》

一、劇名：《酹江集》作「鄭節度殘唐再創」，《盛明雜劇》作「英雄成敗」。

二、開場：《酹江》用楔子，由生扮鄭畋唱〔賞花時〕及〔么〕篇。《盛明》由末念〔菩薩蠻〕一闋，四句七言；此四句七言即《酹江》之

正目，置於楔子之前。

三、宮調：《酹江》四折依次為〔仙呂〕、〔黃鐘〕、〔雙調夜行船〕、〔正宮〕。盛明首折改用〔黃鐘〕，亦即將《酹江》楔子中黃巢之賓白保留，再接以《酹江》之次折。盛明次折之〔仙呂〕，即為《酹江》之首折。

乙、《桃源三訪》

一、劇名：《柳枝集》作「桃源三訪」，《盛明雜劇》作「桃花人面」。

二、開場：《柳枝集》用楔子，由旦扮葉蓁兒唱〔賞花時〕及〔么〕篇。《盛明》由末念〔鷓鴣天〕一闋，四句七言即《酹江》之正目，置於楔子之前。

三、套式：《柳枝》與《盛明》差異頗大。分析列舉如下：

第一折仙呂宮：

《柳枝》：〔點絳唇〕、〔混江龍〕、〔油葫蘆〕、〔天下樂〕、〔那吒令〕、〔鵲踏枝〕、〔寄生草〕、〔么〕、〔六麼令〕、〔醉扶歸〕、〔上馬嬌〕、〔元和令〕、〔翠裙腰〕、〔勝葫蘆〕、〔么〕、〔後庭花〕、〔賺尾〕。（計十七支曲）

《盛明》：〔沈醉東風〕。〔點絳唇〕、〔混江龍〕、〔油葫蘆〕、〔天下樂〕、〔那吒令〕、〔鵲踏枝〕、〔寄生草〕、〔么〕、〔元和令〕、〔上馬嬌〕、〔勝葫蘆〕、〔么〕、〔後庭花〕、〔賺尾〕。（〔沈醉東風〕不入套。計十四支曲）。

第二折正宮：

《柳枝》：〔端正好〕、〔滾繡毬〕、〔倘秀才〕、〔小梁州〕、〔么〕、〔塞鴻秋〕、〔叨叨令〕、〔普天樂〕、〔倘秀才〕、〔雙鴛鴦〕、〔朝天子〕、〔耍孩兒〕、〔三煞〕、〔二煞〕、〔一煞〕、〔尾聲〕。（計十六支曲）

《盛明》：〔端正好〕、〔滾繡毬〕、〔倘秀才〕、〔脫布衫〕、〔小梁州〕、〔么〕、〔普天樂〕、〔朝天子〕、〔四邊靜〕、〔上小樓〕、〔么〕、〔耍孩兒〕、〔四煞〕、〔三煞〕、〔二煞〕、〔一煞〕、〔尾聲〕。（計十七支曲）

第三折雙調：

《柳枝》：〔新水令〕、〔駐馬聽〕、〔喬牌兒〕、〔甜水令〕、〔挂玉鉤〕、

〔對玉環〕、〔得勝令〕、〔折桂令〕、〔七弟兄〕、〔梅花酒〕、〔收
江南〕、〔鴛鴦煞〕。（計十二支曲）

《盛明》：〔新水令〕、〔駐馬聽〕、〔喬牌兒〕、〔落梅風〕、〔甜水令〕、
〔得勝令〕、〔折桂令〕、〔雁兒落〕、〔川撥棹〕、〔七弟兄〕、〔梅
花酒〕、〔收江南〕、〔沽美酒〕。（計十三支曲）

第四折商調：

《柳枝》：〔集賢賓〕、〔逍遙樂〕、〔金菊香〕、〔醋葫蘆〕、〔後庭花〕、
〔梧葉兒〕、〔金菊香〕、〔青哥兒〕、〔望遠行〕、〔醋葫蘆〕、〔浪
裡來〕、〔么〕、〔高平煞〕、〔浪裡來煞〕。（計十四支曲）

《盛明》：〔賞花時〕、〔集賢賓〕、〔逍遙樂〕、〔金菊香〕、〔醋葫蘆〕、
〔後庭花〕、〔柳葉兒〕、〔青哥兒〕、〔醋葫蘆〕、〔醉扶歸〕、〔尾〕。
（計十一支曲）

第五折中呂宮：

《柳枝》：〔粉蝶兒〕、〔醉春風〕、〔滿庭芳〕、〔迎仙客〕、〔石榴花〕、
〔紅繡鞋〕、〔普天樂〕、〔朝天子〕、〔上小樓〕、〔么〕、〔十二
月〕、〔堯民歌〕、〔耍孩兒〕、〔三煞〕、〔二煞〕、〔一煞〕。（計
十六支曲）

《盛明》：〔粉蝶兒〕、〔醉春風〕、〔迎仙客〕、〔醉高歌〕、〔紅繡鞋〕、
〔普天樂〕、〔朝天子〕、〔上小樓〕、〔么〕、〔十二月〕、〔堯民
歌〕、〔耍孩兒〕、〔三煞〕、〔二煞〕、〔一煞〕、〔尾聲〕。（計十
六支曲）

四、曲文：由於套式不同，曲牌不同，曲文自然兩樣；即曲牌相同的，
曲文也有很大的出入。茲舉一、二支為例。

（一）〔油葫蘆〕

《柳枝》：行過了數里紅香錦翠圍，又則見花攢繡短籬，綠楊影裡畫
簾垂。堦兒上軟茸茸艸展莎茵細，砌兒邊錦菲菲花點香鈿碎。
野亭幽清夢長，亂雲深望眼迷。這一所小村莊隔斷了紅塵世，
俺待做避秦人與他同住武陵溪。〔註89〕

〔註89〕〔明〕孟稱舜編：《古今名劇合選》，《古本戲曲叢刊》，四集之八，明棠禎剡
本，第 8 冊，頁 3。

　　《盛明》：野樹花攢繡短籬，恰人住武陵溪。看誰家簾箔低垂，寂寂
　　　　　　春深，門掩無人至。聲聲杜宇叫徹花前淚。園長清晝長，一
　　　　　　覺留春睡。尋芳載酒知誰是，則俺芬崔生行春來到此。〔註90〕

（二）〔端正好〕

　　《柳枝》：昏慘慘曙光寒，愁黯黯微雲抹。春妝卸、秋景迴和，雁行
　　　　　　聲斷疏林末。把好夢都驚破。〔註91〕

　　《盛明》：風寂寂曙光寒，雲淡淡煙波鎖。恁心情、靚妝濃抹，閒步
　　　　　　庭前數花朵，淚漬花容破。〔註92〕

上邊所舉的雖然是較顯著的例子，但由此我們可以看出版本不同，常會影響
到劇本的體製、套式、曲文，甚至於關目等等方面的歧異。《盛明雜劇》刻於
崇禎六年，表面上《盛明雜劇》的版本稍「老」，但《酹江》、《柳枝》是孟稱
舜親手選刊的，他自己刊印自己的雜劇，無論如何是原本。《盛明雜劇》不同
於《酹江》、《柳枝》的地方，就是出自《盛明雜劇》的改動。如果我們再拿
盛明所選刊的憲王《牡丹仙》、《香囊怨》諸劇，核對周藩原刻本，更可以證
明沈泰也常常犯上臧懋循的毛病。由於沈氏的改動，使得原本頗合乎元人矩
矱的體製，變成具有南戲家門以及不以〔仙呂〕為首折的形式，至於套式的
不同、曲文的差異以及關目的改變，即使改本合律合法，文藝手腕較高，終
非孟氏本來面貌。而倘若以此本來品評孟氏在戲劇文學上的成就，豈不誤入
歧途？因此，我們無論閱讀或研究劇作，都應當儘量採取最「古老」的版本。
遺憾得很，由於時地的限制，著者在這方面未能盡如心意，只好作為另一論
題，留待將來。

第五節　明代雜劇體製提要

　　元雜劇的規律非常謹嚴，每本限定四折，每折一套北曲，所以又叫做北
雜劇。這四套北曲所用的宮調和所協的韻部都不能重複，而且必須由正末或
正旦一人獨唱到底，現存元雜劇極少例外。鄭因百師〈元人雜劇的結構〉（載
《大陸雜誌》二卷 11 期，又收入《從詩到曲》）一文中有云：

〔註90〕　〔明〕沈泰編：《盛明雜劇》（臺北：廣文書局，199 年），初集，卷 17，頁 3。
〔註91〕　〔明〕孟稱舜編：《古今名劇合選》，第 8 冊，頁 8。
〔註92〕　〔明〕沈泰編：《盛明雜劇》，初集，卷 17，頁 3。

現存元劇一百六七十種，其中只有《趙氏孤兒》、《五侯宴》、《東牆記》、《降桑椹》四種各有五折。但元刊本《趙氏孤兒》原只四折，《元曲選》本有五折，而第五折文字風格與前大異，情節亦嫌蛇足，顯然是後人加上去的；《五侯宴》等三種是否元人舊作大有問題，我在〈元劇作者賢疑〉文中曾論到《東牆記》至少不是白樸原本（義按：見《大陸雜誌特刊》〈元劇作者質疑〉）。《錄鬼簿》著錄張時起撰《賽花月秋千記》，特別注明六折，舊鈔本《錄鬼簿》則無此注。《秋千記》已亡，無從考查。《錄鬼簿》著錄雜劇五百餘種，只此一種注明折數，可見四折之數甚少例外。〔註93〕

關於「獨唱及末本旦本」之例外，鄭師云：

只有《貨郎旦》，正旦唱一折，副旦唱三折；《張生煮海》，旦唱三折，末唱一折《生金閣》末唱三折，旦唱一折，是例外之作。《西廂記》有時一折之中旦末合唱，此劇有明人竄改之處，須當別論。《東牆記》中也有旦末合唱，此劇根本不是白樸舊本。〔註94〕（義按：武漢臣《生金閣》正末唱三折，正旦唱一折，亦是例外）。

可見元劇之限定四折幾無例外，其唱法亦只《貨郎旦》、《張生煮海》、《生金閣》三本略變成規而已。但是這種謹嚴的體製，到了明代，由於傳奇的興起而逐漸被破壞。它不再限定四折，它不必由一人獨唱，甚至於連最根本的音樂也改用南曲了。當然，這種體製上的變革絕不是一朝一夕所能促成，它還是慢慢演進而來的。因此，為了瞭解明雜劇體製的特色，和探究它逐漸由元雜劇蛻變的痕跡，這裡且先將現存的明雜劇的體製做個簡單的提要，那些已散佚不存，但可從祁氏《劇品》獲知體製大略的，也一併附入；然後再略加整理，試圖能由此得到一點結論。

為了使這個提要眉目清醒，我們按照雜劇發展的態勢分作三個階段：即宣德以前謂之初期雜劇，正統至嘉靖謂之中期雜劇，隆慶以後謂之後期雜劇。第一個階段的雜劇，有許多是無名氏的作品，它們的時代未能確定，學者大都認為係屬元明間作品，茲從之，而列之於寧獻王朱權之前。另外教坊劇十餘種，其中有些可以認定係成化作品，而《五龍朝聖》一劇更有「嘉靖年海宴河清」之句，似乎可以認為是嘉靖中作品。但此種教坊劇，歷朝相傳，伶

〔註93〕 鄭騫：《景午叢編》，上編，頁196。
〔註94〕 鄭騫：《景午叢編》，上編，頁197。

人因時制宜，將原本略予更改，即可應用，因此它們確實的著作年代還是很難斷定。不過，它們是嘉靖以前的作品是可以斷言的。所以我們姑且將它歸入初期，而列之於周憲王朱有燉之後。至於祁氏《劇品》中所著錄的作品，有些作家生平無可考，有些根本是無名氏，傅氏《全目》大抵把它歸入後期，從它們的體製看來，大概「雖不中亦不遠」，所以也只好將它們列入後期。

其次，這篇提要編寫的方法是：劇本用簡名，繫於作者名下，然後將它的折數、曲類（南曲或北曲或合套）、唱法（末唱或旦唱或合唱）等依次注明。折數以中文數目字表示，其下括弧中之阿拉伯數目即表示該劇本中之楔子數，用北曲則注「北」字，南曲則注「南」字，南北合套則注「合」字。如一劇或一折中兼用南曲與北曲，或南曲與合套，甚至於南曲、北曲、合套俱用的，則分別注明「南北」、「南合」、「南北合」字樣。但是祁氏《劇品》碰到合套的情形俱注爲「南北」，本提要劇名下如注明「佚」字的，其體製皆錄自《劇品》，這些劇本注有「南北」的，可能包括「南合」的情形，但由於原本已佚，作統計時，只好以「南北」視之。另外，末本注「末」字，旦本注「旦」字，末旦雙本注「末旦」字，若由眾多角色任唱則注「眾」字。至於聯套，因其分量過繁，且在本書以下各章分論各期雜劇時，將述及各劇本聯套與排場配搭得失，所以這裡姑予省略。

一、初期雜劇

羅本

　　《龍虎風雲會》　四（1）　北　末

王子一

　　《悞入桃源》　四（1）　北　末

劉兌

　　《嬌紅記》　二本八折（2）　北　末（第三折〔出隊子〕與〔刮地風〕
　　　　諸曲，並作「旦唱」，然觀其曲意，實是正末口吻，應是傳本誤刊）。

谷子敬

　　《城南柳》　四（1）　北　末

高茂卿

　　《兒女團圓》　四（1）　北　末

賈仲明

《對玉梳》　　四（1）　　北　　旦

《蕭淑蘭》　　四　北　旦

《金安壽》　　四　北　末

《昇仙夢》　　四　合　　末北旦南

《裴度還帶》　　四（1）　　北　　末

李唐賓

《梧桐葉》　　四（1）　　北　　旦

楊訥

《西遊記》　　六本二十四折　　（2）　　北　　旦一本，末旦五本

《劉行首》　　四　北　末

劉君錫

《來生債》　　四（1）　　北　　末

黃元吉

《流星馬》　　四　北　末

無名氏：計九十八本，茲分為兩大類：

（一）遵守元人成規者八十四本

1. 含楔子之末本（未注數目者皆只一楔子）：《村樂堂》、《凍蘇秦》、《神奴兒》、《臨潼鬥寶》、《伐晉興齊》、《吳起攻秦》、《衣錦還鄉》、《騙英布》、《暗度陳倉》、《三出小沛》（2）、《龐掠四郡》、《五馬破曹》（2）、《魏徵改詔》（2）、《智降秦叔寶》（2）、《四馬投唐》（2）、《紫泥宣》、《午時牌》、《打韓通》、《開詔救忠》、《破天陣》、《大破蚩尤》（2）、《岳飛精忠》、《九宮八卦陣》、《貧富興衰》、《下西洋》（2）、《拔宅飛昇》（2）、《度黃龍》、《鎖白猿》、《南極登仙》、《存孝打虎》、《澠池會》（2）、《伊尹耕莘》、《三戰呂布》（2）、《老君堂》（2），計三十四本，含二楔子者十二本。

2. 不含楔子之末本：《賺蒯通》、《小尉遲》、《樂毅圖齊》、《題橋記》、《聚獸牌》、《捉彭寵》、《雲臺門》、《桃園結義》、《杏林莊》、《單戰呂布》、《石榴園》、《怒斬關平》、《娶小喬》、《東籬賞菊》、《鞭打單雄信》、《慶賞端陽》、《登瀛州》、《陰山破虜》、《浣花溪》、《破風詩》、《曹

彬下江南》、《活拏蕭天佑》、《十樣錦》、《東平府》、《薛苞認母》、《三
化邯鄲》、《李雲卿》、《齊天大聖》、《斬健蛟》、《那吒三變化》、《蔣
神靈應》、《十探子》、《二郎神射鎖魔鏡》，計三十三本。

3. 含楔子之旦本：《爭報恩》、《謝金吾》、《隔江鬥智》、《孟母三移》、《龍
門隱秀》、《認金梳》(2)、《女眞觀》、《女姑姑》(2)、《勘金環》、《洞
玄昇仙》、《魚籃記》、《智勇定齊》，計十二本，含二楔子者二本。

4. 不含楔子之旦本：《臨江亭》、《馮玉蘭》、《女學士》、《渭塘奇遇》、《蘇
九淫奔》，計五本。

（二）改變元人科範者十四本

1. 五折者：《大戰邳彤》、《定時捉將》、《刀劈四寇》(2)、《陳倉路》(1)、
《打董達》、《大劫牢》、《鬧銅台》(1)、《降桑椹》。以上八本俱屬末
本，旦本唯《五侯宴》一本。共計九本。

2. 演唱方法改變者五本：

　　《雷澤遇仙》　　五(2)　　北　　末旦
　　《東牆記》　　　五(1)　　北　　眾
　　《桃符記》　　　四(1)　　北　　二旦
　　《風月南牢記》　四(1)　　北　　眾
　　《雙林坐化》　　四(1)　　北　　末旦

朱權（寧獻王）

　　《沖漠子》　　　四　　北　　末
　　《卓文君》　　　四(1)　　北　　末

朱有燉（周憲王）：三十一本，分兩類述之：

（一）遵守元人成規者二十本：《得騶虞》(2)、《常椿壽》、《十長生》、《八
生慶壽》、《踏雪尋梅》、《小桃紅》(1)、《喬斷鬼》、《豹子和尚》、《義
勇辭金》。以上九本爲末本。以下十一本爲旦本：《慶朔堂》、《桃源
景》(2)、《繼母大賢》（由卜獨唱）、《團圓夢》(1)、《香囊怨》、(1)、
《復落娼》(1)、《辰鉤月》(1)、《半夜朝元》(1)、《悟眞如》(2)、
《烟花夢》(2)、《海棠仙》。

（二）改變元人科範者十一本：

　　　《仗義疏財》　　五(1)　　北　　二末
　　　《仙官慶會》　　四　　北　　二末

《蟠桃會》　四　北　眾（末旦主唱）

《神仙會》　四（1）　北　眾（末主唱）

《牡丹仙》　四　北　生旦（旦主唱）

《牡丹品》　四　北　眾（末主唱）

《牡丹園》　五（2）　北　眾旦

《曲江池》　五（2）　北　眾（末旦主唱）

《靈芝慶壽》　四　北　眾（末旦主唱）

《賽嬌容》　四　北　眾旦

《降獅子》　四　北　眾

教坊劇：十七本，分兩類述之：

（一）遵守元人成規者十五本：《寶光殿》（1）、《獻蟠桃》、《慶長生》、《賀元宵》、《鬥鍾馗》（1）、《八仙過海》（1）、《五龍朝聖》（2）、《慶千秋》、《群仙祝壽》、《廣成子》、《群仙朝聖》、《萬國來朝》、《太平宴》、《黃眉翁》（1），以上十四本均係末本。且本唯《紫微宮》一本。

（二）改變元人科範者二本：

《慶賞蟠桃》　四　北　眾

《長生會》　五　北　旦

二、中期雜劇

康海

《中山狼》　四　北　末

《王蘭卿》　四（1）　北　旦

王九思

《沽酒遊春》　四（1）　北　末

《中山狼院本》　一　北　末

楊慎

《洞天玄記》　四　北　生

許潮：《泰和記》二十四本，存八。

《蘭亭會》　一　南北　眾

《武陵春》　一　南北　末北眾南

《寫風情》　一　南北　眾

《午日吟》　一　南北　眾

《南樓月》　一　南北　眾

《龍山宴》　一　南北　眾

《同甲會》　一　南　　眾

《赤壁遊》　一　南　　眾

陳沂

《苦海回頭》　四　北　末

李開先

《園林午夢》　一　北　眾

《打啞禪》　一　北　眾

徐渭：《四聲猿》，包括四個獨立劇。

《漁陽三弄》　一　北　眾

《翠鄉夢》　二　合　眾

《雌木蘭》　二　北　眾

《女狀元》　五　南　眾

沖和居士

《歌代歗》　四　北　末旦

馮惟敏

《不伏老》　五（1）　北　末

《僧尼共犯》　四　北　淨旦末

汪道昆：《大雅堂四種》

《高唐夢》　一　南　眾

《五湖遊》　一　合　生北旦南

《遠山戲》　一　南　眾

《洛水悲》　一　南　眾

梁辰魚

《紅線女》　四　北　旦

三、後期雜劇

王衡

《鬱輪袍》　七　北　末

《沒奈何》　一　北　末

《眞傀儡》　一　北　末

蘅蕪室主人

《再生緣》　四　北　生旦

沈璟：博笑記十種。

《巫孝廉》　三　南　眾

《乜縣佐》　二　南　眾

《虎扣門》　二　南　眾

《假活佛》　三　南北　眾

《叔賣嫂》　三　南　眾

《假婦人》　三　南北　眾

《義虎記》　四　南　眾

《賊救人》　二　南　眾

《賣臉人》　二　南　眾

《出獵治盜》　三　南合　眾

王驥德

《男王后》　四（1）　北　眾旦（正旦主唱）

《棄官救友》（佚）　四　南北

《倩女離魂》（佚）　四　南

《兩旦雙鬟》（佚）　四　南

《金屋招魂》（佚）　四　南北

呂天成

《齊東絕倒》　四　合　生北眾南

《秀才送妾》（佚）　八　南

《兒女債》（佚）　四　南北

《耍風情》（佚）　四　南北

《纏夜帳》（佚）　四　南

《姻緣帳》（佚） 四 南北

《勝山大會》（佚） 四 南北

《夫人大》（佚） 四 南北

汪廷訥

《廣陵月》 七 南 眾

《中山救狼》（佚） 六 南北

《青梅佳句》（佚） 六 南北

《詭男爲客》（佚） 六 南

《損盫嫁婢》（佚） 八 南

《太平樂事》（佚） 一 北

桑紹良

《獨樂園》 四 北 末

梅鼎祚

《崑崙奴》 四 北 末

王澹

《櫻桃園》 四 南 眾

徐復祚

《一文錢》 六 南五北一 生北眾南

陳與郊

《昭君出塞》 一 南合 眾

《文君入塞》 一 南 眾

《袁氏義犬》 五 南四合一 眾

《淮陰侯》（佚） 四 南北

《中山狼》（佚） 五 南北

葉憲祖

《罵座記》 四 北 生旦

《寒衣記》 四（1） 北 旦

《易水寒》 四 合 生北眾南

《北邙說法》 一 北 生

《團花鳳》 四（1） 南二南北一合一 眾

《四艷記》：

　　《夭桃紈扇》　八　南　眾

　　《素梅玉蟾》　八　南　眾

　　《碧蓮繡符》　八　南　眾

　　《丹桂鈿合》　七　南　眾

《琴心雅調》　八　南　眾

《三義成姻》　四　南三北一　眾

《渭塘夢》　四　南　眾

《會香衫》（佚）　八　北二本

《碧玉釵》（佚）　四　南

《玳瑁梳》（佚）　八　南

《鴛鴦寺冥勘陳玄禮》（佚）　四　南北

《芙蓉屏》（佚）　四　南北

《西樓夜話》（佚）　四　南

《桃花源》（佚）　四　南北

《死生緣》（佚）　四　北

《龍華夢》（佚）　四　南北

《巧配閣越娘》（佚）　八　南北二本

《賀季眞》（佚）　一　北

程士廉：《小雅四紀》（祁氏《劇品》謂南北四折）：

《帝妃遊春》　一　南　眾

《秦蘇夏賞》（佚）　一

《韓陶月宴》（佚）　一

《戴王訪雪》（佚）　一

車任遠

《蕉鹿夢》　六　南　眾

陳汝遠

《紅蓮債》　四　北　眾

湛然

《魚兒佛》　四　北　眾

《地獄生天》（佚） 五　南北

沈自徵：《漁陽三弄》。即：

《鞭歌妓》 一　北　末

《簪花髻》 一　北　末

《霸亭秋》 一　北　末

王應遴

《逍遙遊》 一　南北　眾

徐陽輝

《有情痴》 一　北　末

《脫囊穎》 四　南二合二　眾

凌濛初

《虯髯翁》 四　北　末

《鬧元宵》 八　南六北一合一　眾（南曲眾唱、北曲末獨唱、合套
　　　　之北曲淨獨唱）

《莽擇配》 四　北　旦

《禰正平》（佚） 一　北

《顛倒因緣》（佚） 四　北

《驀忽姻緣》（佚） 四　北

《劉伯倫》（佚） 一　北

《穴地報仇》（佚） 四　北

傅一臣：蘇門嘯十二種，即：

《買笑局金》 四　南三合一　眾

《賣情扎囤》 七　南　眾

《沒頭疑案》 六　南　眾

《截舌公招》 六　南　眾

《智賺還珠》 六　南五合一　眾

《錯調合璧》 五　南　眾

《賢翁激婿》 八　南六北一合一　眾

《義妾存孤》 六　南　眾

《人鬼夫妻》 七　南　眾

《死生讎報》　八　南六北二　眾

《蟾蜍佳偶》　七　南　眾

《鈿盒奇姻》　七　南　眾

孟稱舜

《桃花人面》　五（1）　北　生旦

《花前一笑》　五（1）　北　生旦

《死裡逃生》　四　南三合一　眾

《英雄成敗》　四（1）　北　黃巢

《眼兒媚》　四　北　旦

卓人月

《花舫緣》　四（1）　北　末旦

徐士俊

《春波影》　四（1）　北　眾旦

《絡冰絲》　一　合　生北旦南

祁麟佳

《錯轉輪》　四（1）　北　眾

《救精忠》（佚）　四　北

《紅紛禪》（佚）　四　南北

《慶長生》（佚）　四　北

吳中情奴

《相思譜》　九　南八北一　眾

茅孝若

《蘇園翁》　一　北　生

《秦廷筑》　三　北　外、生

《金門戟》　一　北　老旦、生

《醉新豐》　四（1）　北　生、末、小生

《鬧門神》　一　北　末

《雙合歡》　一　北　生、老旦

袁于令

《雙鶯傳》　七　南　眾

葉小紈

　　《鴛鴦夢》　四（1）　北　末

鄭瑜

　　《鸚鵡州》　一　北　生

　　《汨羅江》　一　北　生

　　《黃鶴樓》　一　北　生

　　《滕王閣》　二　南一北一　生

孫源文

　　《餓方朔》　四（1）　北　旦

黃家舒

　　《城南寺》　二　生　北

陸士廉

　　《西臺記》　四　南三北一　眾南生北

黃方儒：《陌花軒雜劇》，含七本，未見，據張全恭〈明代的南雜劇〉（祁氏《劇品》著錄謂《柳浪雜劇》南北十折）。

　　《倚門》　四

　　《淫僧》　一

　　《再醮》　一

　　《偷期》　一

　　《督妓》　一

　　《戀童》　一

　　《懼內》　一

來鎔：三種俱存，未見。

　　《紅紗》　一　北

　　《碧紗》　四　北

　　《閒看牡丹亭》　一　南

鄒式金

　　《風流冢》　四　南　眾

鄒兌金

　　《空堂話》　一　北　末

屠畯（以下諸家連同無名氏作品俱已散佚，不再注明「佚」字）

　《崔氏春秋補傳》　四　北

王湘

　《梧桐雨》　一　南

佘翹

　《鏁骨菩薩》　三　北

史槃

　《蘇臺奇遘》　六　北

　《三卜眞狀元》　六　南北

　《清涼扇餘》　四　南北

徐羽化

　《羅浮夢》　一　北

張岱

　《喬坐衙》　一　北

陳情表

　《鈍秀才》　八　南北

祁豸佳

　《眉頭眼角》　四　南北

顧思義

　《餘慈相會》　一　南

朱京藩

　《玉珍娘》　一　北

董玄

　《文長問天》　一　北

李磐隱

　《度柳翠》　四　北

陳□□

　《朱翁子》　九　南

胡汝嘉

《暗掌銷兵》　四　北

祁駿佳

《鴛鴦錦》　四　南北

陳六如

《九曲明珠》　九　南北

吳禮卿

《嬭童公案》　八　南北

楊伯子

《都中一笑》　三　南北

葉汝薈

《夫子襌》　八　南北

金粟子

《雪浪探奇》　一　南

冶城老人

《衍莊》　一　北

田藝衡

《歸去來辭》　一　南

錢珠

《問貍倩諧》　八　南北

黃中正

《五老慶賀》　一　南北

諸葛味水

《女豪傑》　四　南北

楊繼中

《偷桃獻壽》　四　北

王淑忭

《蟠桃記》　七　南北

胡士奇

《小青傳》　六　南北

李大蘭

　《裴渭源》　一　北

　《白鹿洞》　一　南

　《華陽叟》　一　南北

　《訪師論道》　一　南北

　《老歸西道》　一　北

鐸夢老人

　《可破夢》　六　南北

胡文煥

　《桂花風》　六　南北

凌星卿

　《關岳交代》　四　南北

陳清長

　《一麟三鳳》　一　南北

樵風

　《孝感幽明》　四　南

　《劍俠完貞》　七　南北

　《參禪成佛》　六　南北

　《宦遊濟美》　四　南北

王素完

　《玻璃鏡》　四　南北

高□□

　《五老慶庚星》　一　南

張大諶

　《誅雄虎》　一　北

　《三難蘇學士》　四　南

　《報恩虎》　四　南

李槃

　《庳國君》　一　北

《獨君教子》　一　北

《夏六賢》　一　北

《周文母》　一　北

《趙宣孟》　一　北

《魯敬姜》　一　北

《首陽高節》　一　北

《王開府》　一　南

謝天惠

《孝義記》　六　南

《善惡分明》　七　南

無名氏

《城南柳》　一　北

《醉寫赤壁賦》　四　北

《鬧風情》　一　南

《穀儒記》　一　南

《喝采獲名姬》　五　北

《陶彭澤》　四　北

《琪園六訪》　六　南北

《東方朔》　一　南北

《宋公明》　四　南北

《功臣宴》　四　北

《西天取經》　四　北

《氣伏張飛》　四　北

《秋夜梧桐雨》　五　南北

《青樓夢覺》　六　南

《小春秋》　五　南

《泣魚固寵》　一　南

《五嶽遊》　二　南北

《鼓盆歌》　四　南北

《折梅驛使》　一　北

《青樓訪妓》　一　南

《分錢記》　七　南

《善戲謔》　二　南

《竹林小記》　十一　南北

《男風記》　三　南北

《斬貂蟬》　五　北

《舉烽取笑》　一　南

《遊觀海市》　四　北

《黃梁夢》　四　北

《秦樓簫史》　一　南

《竹林勝集》　一　南

《截髮留賓》　一　南

《魯男子》　一　南

《銅雀春深》　一　南

《相送出天臺》　一　南

《逢人騙》　一　北

《同心記》　五　南北

　　以上列舉現存明雜劇二百九十三本，散佚者一百三十六本，共計四百二十九本。另外現存的還有無名氏《捉袁達》和李逢時《酒懂》各一本，一時搜尋未得，祁氏《劇品》亦未著錄，故未列入提要中。我們藉此四百餘本來探討明雜劇的體製，也足以概見其演變的態勢了。且先將各項統計列述如下：

甲、初期雜劇，一百六十八本，其中：

（一）遵守元人成規者，末本一百二，旦本三十三，計一百三十五，約佔百分之八十‧四六。

（二）改變元人科範者，三十三本，約佔百分之十九‧五四。又可分作以下數個小類：

1. 四折北曲而非一角色獨唱者，末旦雙本七，雙旦本一，眾旦本一，眾唱本七，計十六本。

2. 五折北曲由一角色獨唱者，末本八，旦本二，計十本。

3. 五折北曲而非一角色獨唱者，二末本二，眾旦本二，末旦本一，眾唱本一，計六本。

    4. 四折俱用合套者，一本。

乙、中期雜劇，二十八本，其中：

  （一）遵守元人成規者，末本四，且本二，計六本，約佔百分之二十一·
　　　　四三。

  （二）改變元人科範者二十二本，約佔百分之七十八·五七。又可分作
　　　　以下數個小類：

    1. 四折北曲末旦雙唱者一本。

    2. 四折北曲淨末旦三唱者一本。

    3. 五折北曲末獨唱者一本。

    4. 五折南曲眾唱者一本。

    5. 二折北曲眾唱者一本。

    6. 二折合套眾唱者一本。

    7. 一折北曲末獨唱者一本。

    8. 一折北曲眾唱者三本。

    9. 一折合套生北旦南者一本。

   10. 一折南曲眾唱者五本。

   11. 一折南北眾唱者六本。

丙、後期雜劇，二百三十五本，其中現存者九十九本，散佚者一百三十六本。
現存而著者未見者十本，亦歸入散佚類。故下面統計之百分比以現存八
十九本，散佚一百四十六本為準。

  壹、現存八十九本中：

  （一）遵守元人成規者，末本五，且本四；計九本，佔百分之十·一一。

  （二）改變元人科範者，八十本，佔百分之八十九·八九。

  貳、後期雜劇二百三十五本之各項統計：本期改變元人科範之情形極為
　　　繁瑣，故分折數、曲類，唱法三方面統計之。

  （一）折數

    1. 一折七十六本。

    2. 二折九本。

    3. 三折八本。

    4. 四折八十本。

    5. 五折十一本。

6. 六折十八本。

7. 七折十二本。

8. 八折十六本。

9. 九折四本。

10. 十一折一本。

（二）曲類

1. 北曲八十四本。

2. 南曲六十七本。

3. 南北六十本。

4. 南合八本。

5. 合套三本。

6. 南北合二本。

（三）唱法

1. 末獨唱者二十一本。（含生在內）

2. 旦獨唱者四本。

3. 末旦雙唱者七本。（含生旦、生老旦在內）

4. 生北旦南者一本。

5. 外、生雙唱者一本。

6. 生、末、小生三唱者一本。

7. 生北眾南者一本。

8. 眾旦唱者二本。

9. 眾唱者三十七本。

以上純用北曲者約佔百分之三十五・七四，純用南曲者約佔二十八・五一，南北曲兼用者約佔三十五・七五。

總計有明一代現存雜劇，遵守元人成規者，末本一百十一，旦本三十九，共一百五十本。用北曲而改變元人科範者七十一本。純用南曲者三十三本。南北曲合用者三十本，其中純用合套者六，南北合腔者十三，南合兼用者九，南北合兼用者二。若以折數計，則一折者三十六，二折者八，三折者三，四折者一百九十一，五折者二十二，六折者八，七折者八，八折者六，九折者二。若合散佚雜劇計之，則一折者九十二，二折者十一，三折者八，四折者二百四十，五折者二十九，六折者八，七折者十二，八折者十六，九折者四，

十一折者一。純用北曲者二百六十五，純用南曲七十三，南北曲合用者九十三。此外，關於明雜劇的體製，尚有下列幾點值得注意：

一、北劇重用宮調者有：《紅蓮債》（二、四兩折俱用雙調）、《魚兒佛》（一、三兩折俱用仙呂宮）、《花舫緣》（一、四兩折俱用雙調）、《花前一笑》（一、五兩折俱用雙調）等四本。按元雜劇僅李直夫《虎頭牌》二、三兩折同用雙調。

二、北劇首折不用仙呂宮者有：《嬌紅記》（次本用中呂）、《再生緣》（越調）、《英雄成敗》（《盛明》本用〔黃鐘〕）、《紅蓮債》（越調）、《魚兒佛》（中呂）、《眼兒眉》（雙調）、《桃花人面》（雙調）、《花舫緣》（雙調）、《春波影》（雙調）等九本。按元雜劇首折不用仙呂宮者有《燕青博魚》用〔大石〕、《雙獻功》用正宮、《西廂》第五本用商調。

三、北劇楔子所用曲變易常規者有：《村樂堂》（〔新水令〕）、《團花鳳》（〔普天樂〕）、《悟眞如》、《煙花夢》（二本俱用〔三轉賞花時〕）、《義勇辭金》（〔後庭花〕帶過〔柳葉兒〕）、《錯轉輪》（〔清江引〕五支）、《醉新豐》（〔端正好〕、〔賞花時〕、〔么篇〕、〔八聲甘州〕）等七本。按元劇楔子用曲變易常規者為《崔府君》用〔憶王孫〕、《雙獻功》用〔金蕉葉〕帶〔么篇〕、《西廂》次本用〔正宮端正好〕全套。

四、一折由兩套北曲構成者有：《狂鼓史》（仙呂、中呂）、《罵座記》（正宮、雙調）等二本。

五、北劇開場用傳奇家門形式者有：《洞天玄記》、《歌代嘯》、《桃花人面》、《英雄成敗》、《錯轉輪》等五本。

六、南劇開場用家門者有：《高唐夢》、《五湖遊》、《遠山戲》、《洛水悲》、《四艷記》、《三義記》、《廣陵月》、《帝妃春遊》、《蕉鹿夢》、《逍遙遊》、《死裡逃生》、《蘇門嘯》十二劇、《齊東絕倒》等二十七本。

七、合數劇為一劇者有：《四聲猿》、《泰和記》、《大雅堂雜劇》、《漁陽三弄》、《十孝記》、《四艷記》、《小雅四紀》、《蘇門嘯》、《陌花軒雜劇》等九種。

八、北劇重用韻部者有：《西遊記》第三本、《勘金環》、《風月南牢記》、《洞天玄記》、《曲江池》、《鬱輪袍》、《餓方朔》（四折俱家麻）等七本。

九、北劇混用韻部者有：《女姑姑》、《貧富興衰》、《苦海回頭》、《雌木蘭》、《桃源三訪》、《春波影》、《紅蓮債》等七本。

十、〔般涉耍孩兒〕帶〔煞〕曲成套單用者有：《狂鼓史》、《雌木蘭》、《有情癡》、《錯轉輪》等四本。

十一、北曲套式零亂者有:《洞天玄記》、《狂鼓史》、《翠鄉夢》、《英雄成敗》、《寫風情》、《崑崙奴》、《錯轉輪》等七本。

十二、北曲套前以隻曲為引場者有:《仙官慶會》、《得騶虞》、《義勇辭金》、《錯轉輪》、《桃花人面》、《北邙說法》等六本。

十三、北曲套後有散場曲者有:《仙官慶會》(〔後庭花〕、〔柳葉兒〕)、《豹子和尚》(〔窮河西〕、〔煞〕)、《義勇辭金》(〔後庭花〕帶過〔柳葉兒〕)等三本。散場之說見鄭因百師《從詩到曲》。〔註95〕

十四、套中夾套者有:《神仙會》(北夾南)、《王蘭卿》(北夾北)等二本。

十五、一套分作三折者有:《秦廷筑》一本。

十六、劇中演劇者有:《嬌紅記》、《八仙慶壽》、《復落娼》、《義犬記》、《同甲會》、《真傀儡》、《酒懵》(見青木正兒《戲曲史》)等七本。

第六節　明代雜劇演進的情勢

明代雜劇大略可以分作三個時期,即憲宗成化以前(1368～1487)一百二十年間為初期,孝宗弘治以迄世宗嘉靖(1488～1566)約八十年間為中期,穆宗隆慶以至明亡(1567～1644)約八十年間為後期。每個時期各有其特色。

明初,潛伏在民間的南戲已逐漸抬頭,與北雜劇同時流行。《大明律講解》卷二十六〈刑律雜犯〉云:

> 凡樂人搬做雜劇、戲文,不許妝扮歷代帝王后妃忠臣烈士先聖先賢
> 神像,違者杖一百;官民之家,容令妝扮者與同罪,其神仙道扮及
> 義夫節婦孝子順孫勸人為善者,不在禁限。〔註96〕

《大明律》是洪武六年(1373)刑部尚書劉惟謙等奉敕所撰的。可知當時官家、民家演出雜劇,同時也演出戲文。但雜劇勢力仍舊凌駕戲文之上,《永樂大典》卷五十四,二質韻著錄雜劇目共一百一十本,卷三十七,三未韻著錄南戲目才三十四本;又周憲王《香囊怨》,劉盼春向客人陸源、周恭數她所記得的「清新傳奇」,她一口氣就數出了北雜劇三十二本;而這時的南戲除了《荊》、《劉》、《拜》、《殺》和高則誠《琵琶記》外,更找不出什麼有名的作

〔註95〕此書已收入《景午叢編》,上編。

〔註96〕〔明〕無名氏:《大明律講解》,楊一凡編:《中國律學文獻》(哈爾濱:黑龍江人民出版社,2004年),第1輯第4冊,頁468～469。

家和作品；北雜劇則有十六子和寧周二藩活動其間，另外無名氏的作品也佔
了很大的分量。因此，明初的戲壇仍以北雜劇爲主，它保持著元代的餘勢。

　　但是，十六子都是由元入明，宣德間，雜劇作者只有寧周二王，英宗正統
四年（1439）周憲王去世後，直到憲宗成化末（1487），五十年間，北劇沒有一
個有名氏作家，就是南戲也只有一個作《五倫全備記》的邱濬，這是很奇怪的
現象，以下要就此問題加以探討。何良俊《四友齋曲說》云：

> 祖宗開國，尊崇儒術，士大夫恥留心辭曲，雜劇與舊戲文本，皆不
> 傳，世人不得盡見。雖教坊有能搬演者，然古調既不諧於俗耳，南
> 人又不知北音，聽者既不喜，則習者亦漸少，而《西廂》、《琵琶記》
> 傳刻偶多，世皆快覩，故其所知者，獨此二家。〔註97〕

因爲改朝換代，士大夫的風氣也跟著轉變，元代加在士大夫身上的許多束縛，
至此既已解除，科舉又爲最佳的進身之階，則恥留心戲曲，雜劇與舊戲文本
子漸至不傳是自然的現象。何良俊所謂北雜劇不爲人所欣賞，那是當時嘉靖
年間的情形，若明初，人們還是習於以北雜劇來娛樂。但是他所說的「祖宗
開國，尊崇儒術，士大夫恥留心辭曲。」卻正說明了明初戲曲有名氏作家絕
少的重要原因之一。其他原因則大概和明初對於演戲的種種限制，以及宣德
間禁止官妓有很密切的關係（見下）。

　　上面引述的《大明律》規定雜劇、戲文只能妝扮神仙道扮及義夫節婦孝
子順孫勸人爲善者，而對於扮演歷代帝王后妃忠臣烈士先聖先賢則予以禁
止，這固然由於太祖爲了建立鞏固統治者威權，以免被優伶褻瀆尊嚴；但因
此戲劇的生命被拘限了。到了成祖，更嚴厲的執行他父親這項律令。明顧起
元《客座贅語》卷十〈國初榜文〉云：

> 永樂九年七月初一日，該刑科署都給事中曹潤等奏乞勅下法司，今
> 後人民倡優裝扮雜劇，除依律神仙道扮、義夫節婦、孝子順孫、勸
> 人爲善及歡樂太平者不禁外，但有褻瀆帝王聖賢之詞曲駕頭雜劇，
> 非律所該載者，敢有收藏傳誦印賣，一時拿送法司究治。奉聖旨，
> 但這等詞曲，出榜後，限他五日都要乾淨將赴官燒毀了。敢有收藏
> 的，全家殺了。〔註98〕

「限他五日都要乾淨將赴官燒毀」，否則「全家殺了」。這樣的嚴刑峻法，不

〔註97〕〔明〕何良俊：《四友齋曲說》，任中敏編：《新曲苑》，第1冊，頁73。
〔註98〕〔明〕顧起元著，陳稼禾點校：《客座贅語》，卷10，頁347～348。

止作者廢筆、演員畏縮，就是觀眾也裹足不前。戲劇限制到成為宣傳宗教、道德的工具，比起元代自由發展的恢宏氣魄，自然要萎縮退化了。太祖這條律令和成祖這道榜文非常有效，有明一代的劇本，碰到非借重皇帝不可的地方，便只好以「殿頭官」來敷演；至於像羅本《龍虎風雲會》扮演宋太祖，那恐怕是禁令之前的作品，羅本是元人入明的。呂天成《齊東絕倒》扮演堯舜、程士廉《帝紀遊春》扮演唐明皇以及臧晉叔《元曲選》之刊行《漢宮秋》、《梧桐雨》諸劇，那大概是末葉禁令鬆懈了的緣故。

對於官妓，在太祖時代就有禁止官吏宿娼的命令，違者「罪亞殺人一等，雖遇赦，終身弗敘。」〔註99〕（明王錡《寓圃雜記》卷上）但並沒有禁止官妓侑酒唱曲。直到宣德中由於顧佐一疏，才嚴禁官妓。《野獲編・補遺》卷三〈禁歌妓〉條云：

> 宣德中，以百僚日醉狹邪，不修職業，為左都御史顧佐奏禁，廷臣有犯者至褫職。迄今不改。好事者以為太平缺陷。〔註100〕

又崔銑《後渠雜識》云：

> 宣德初許臣僚燕樂，歌妓滿前，紀綱為之不振。朝廷以顧公為都御史，禁用歌妓，糾正百僚，朝綱大振。天下想望其風采，元勳貴戚俱憚之。陝西布政司周景貪淫無度，公齒（此字疑誤）欲除之，累置之法，上累釋之，不能伸其激濁之志。〔註101〕

根據清徐開仁《明名臣言行錄》，顧佐奏禁是在宣德三年（1428），沈德符寫萬曆《野獲編・補遺》時是在萬曆四十七年（1619），猶說「迄今不改」。上文我們說過，樂戶妓女是戲劇的主要演員，官員宴會禁用官妓，對於戲劇的發展自是很嚴重的打擊，也因此，席間用孌童「小唱」及演劇用孌童「妝旦」，就應運而生了（見《野獲編》卷二十四、二十五）。有了這三點原因，再加上上文所說的，英宗不喜好戲劇，那麼這時期有名氏作家之稀少和正統、成化五十年間戲劇界之消沈，就很自然了。

《太和正音譜・古今群英樂府格勢》列「國朝一十六人」，即所謂明初十六子。他們是王子一、劉東生、王文昌、谷子敬、藍楚芳、陳克明、李唐賓、

〔註99〕〔明〕王錡著，張德信點校：《寓圃雜記》（北京：中華書局，1984年），卷上，頁7。

〔註100〕〔明〕沈德符：《野獲編》，補遺，卷3，頁675。

〔註101〕〔明〕崔銑：《後渠識》，《中國野史集成》（四川：巴蜀書社，1993年），第37冊，頁76。

穆仲義、湯舜民、賈仲名、楊景言、蘇復、楊彥華、楊文奎、夏均政、唐以初。其中王（文昌）、藍、陳、穆、蘇、夏及楊彥華七人，非但沒有作品傳世，連著作目錄也沒有。另外《錄鬼簿續編》列舉鍾繼先等七十一人，其中有作品傳世或存目者，除去和十六子重複的，還有須子壽、金文質、陳伯將、陶國瑛、李時英、邾仲誼、丁埜夫、汪元亨、羅貫中、鍾繼先等十人。鍾繼先就是著《錄鬼簿》的鍾嗣成，他是元至順間人。其他大概都是由元人入明的「勝國遺民」。在《也是園書目》中，尚有黃元吉作元明間人，而其《流星馬》一劇尾聲末句作「都慶賀一統江山大明國」，可見此劇是入明之後的作品。由於他們都是由元入明，所以無論體製或風格，大抵都能遵守元人的科範，不失元人的韻味。但是，由於時代的改變，戲劇禁令限制，以及樂戶的遍布，在內容方面自然偏重於神仙道化和煙花粉黛；像元雜劇之描寫社會人情的，除了高茂卿的《兩團圓》外，未見第二本；至於公案綠林諸劇，更幾乎絕跡。在文字方面，王子一、劉兌、谷子敬、賈仲明、李唐賓、楊訥等都走王實甫、馬致遠的途徑，以雅麗見長，王、谷、楊三家確有可觀，其他則非庸即弱；高茂卿、劉君錫、黃元吉三家都頗得關漢卿、高文秀本色質樸的功夫，但無論綺麗、本色，其俊拔之氣已自不如鼎盛之際的元人風貌。而在體製方面，賈仲明《昇仙夢》之用合套，楊景賢《西遊記》套式之異乎常格，以及其平仄格律之與元人不同，都已顯示出逾越羈縻，脫韁而出的徵兆了。

　　寧周二王以宗藩提倡雜劇，對於雜劇的復興有很大的功勞。寧獻王《太和正音譜》更給北曲立下了規範，從那僅存的兩本雜劇看來，皆不失元人矩矱，而且文字相當可觀。他對於倡優作家有很大的偏見，他說：「子昂趙先生曰：『娼夫之詞，名曰綠巾詞。』其詞雖有切者，亦不可以樂府稱也。故入於娼夫之列。」〔註102〕所以他將趙敬夫、張國賓、花李郎、紅字李二都屏斥在「樂府群英」之外，而別立「娼夫不入群英者四人」一目，甚至於更將趙敬夫字改為「趙明鏡」，張國賓字改為「張酷貧」，他的理由是，娼夫「異類托姓，有名無字。」故「止以樂名稱之耳，亙世無字。」〔註103〕同時他更發表了以下這麼一段議論：

　　　　雜劇，俳優所扮者，謂之娼戲，故曰勾欄。子昂趙先生曰：良家子
　　　　弟所扮雜劇謂之行家生活；倡優所扮者，謂之戾家把戲。良人貴其
　　　　恥，故扮者寡，今少矣，反以娼優扮者謂之行家，失之遠也。或問

〔註102〕〔明〕朱權：《太和正音譜》，《中國古典戲曲論著集成》，第3集，頁44。
〔註103〕同上註，頁44。

其何故哉？則應之曰：雜劇出于鴻儒碩士、騷人墨客，所作皆良人也。若非我輩所作，娼優豈能扮乎？推其本而明其理，故以爲戾家也。關漢卿曰：「非是他當行本事，我家生活，他不過爲奴隸之役，供笑獻勤，以奉我輩耳。子弟所扮，是我一家風月。」雖是戲言，亦合于理，故取之。〔註104〕

關漢卿是否說過那麼幾句話，已無可徵，但若以關氏本人的生活和同時的士大夫李時中、馬致遠與花李郎、紅字李二合撰《黃梁夢》的事實看來，關氏是不會那麼說的。寧獻王這一段議論簡直將戲劇宣布成貴族、文士的特權和私有物，明代雜劇也因此走上了貴族化、文士化的途徑，其內容、感情也逐漸和民間脫節。

周憲王著有《誠齋雜劇》三十一種，俱存。著作之多除了元代的關漢卿和高文秀，無人可以比擬，若以現存作品來說，則其數量之多是元明第一了。他的作品既多，音律諧美，方面又廣，文字且有「金元風味」，更重要的是在體製和排場藝術上都有相當大的變化和改進，此後的作者每從他得到了啓示和發展。因此，他在元明雜劇史上，可以說居於樞紐的地位。在他之前，雜劇不失元人本質；在他之後，雜劇逐漸染上明人的氣息，終於形成獨特的精神面貌。他的重要性是可以大書特書的。

也是園《古今雜劇》中有近百種的無名氏雜劇，其時代有些可以由劇本內容和體製來斷定，但無法推測的尚有不少，學者大抵以爲係屬元明間作品。《古今雜劇》中另有十七本教坊編演的雜劇，經著者考訂，大多數是成化年間的作品。它們的體製大體遵守元人科範，文字則由於多數出自內府伶工之手，往往庸劣不足觀，但是像《八仙過海》、《鬥鍾馗》、《鎖白猿》、《桃符記》、《風月南牢記》、《勘金環》諸劇則皆不失爲明劇中的佳品。

明初雖然有種種禁令限制了戲劇的發展，但由於「勝國遺民」和寧、周二藩的努力，北雜劇仍舊呈現相當蓬勃的氣象，他們的劇作往往十來種，甚至於數十種，就文學創作的態度來說，可以說是「專業」的劇作家，十六子中可能有幾位尚是「書會」中的「才人」。可是弘治至嘉靖這八十年間，雖然可以找出康海、王九思、楊慎、陳沂、李開先、許潮、徐渭、馮惟敏、汪道昆、梁辰魚、陳鐸、高應玘、胡汝嘉等十三位有名氏作家，但是各家劇作不過一、二種，多亦不過數種而已，他們都是士大夫，有功名、官職，戲劇對他們只是興到隨筆，

〔註104〕〔明〕朱權：《太和正音譜》，頁24～25。

其創作目的，是爲了寫寫個人的胸懷志向，或者發發個人的抑鬱牢騷；甚至於只是藉這個戲劇的體裁來逞逞個人美麗的詞藻，表現個人的風雅和享樂；戲劇在他們手裡，自然造成一種情感空虛、故事單薄的傾向。他們對於題材的選擇以文人掌故爲主，以佛道爲副；因爲這兩種題材最適合於抒憤寫懷，作爲失意時的寄託。他們的思想生活完全是屬於貴族縉紳一類的，民間的疾苦和人情物態，在他們眼中或許曾經出現過，但他們絲毫不措意於此，所以像元雜劇那樣的社會劇固然看不到，就是像明初《兒女團圓》、《來生債》那樣的作品也無從尋覓。這種題材取捨的趨向一直到後期，甚至於延伸到清人雜劇，都是如此。因此中期以後的雜劇，就完全成了文人之曲的局面。

掌握在文人手中的雜劇，對於戲劇本身的藝術和舞台搬演的效果，自然是不太明顯的。他們對於關目的布置，雖然有時也甚見匠心，但對於排場的處理就往往失敗了。周憲王在戲劇排場藝術上的改進，他們未曾留意，也不知取法。在音樂方面，他們又只注重「單唱」和「清彈」，像康海、王九思、楊愼都是琵琶能手，梁辰魚教人度曲，「爲設廣床大案，西向坐而序列之，兩兩三三，遞傳疊和，一韻之乖，觥罰如約。爾時騷雅大振，往往壓倒當場。」〔註105〕（張元長《梅花草堂曲談》）而對於曲調，有如畫地爲牢，拘拘於講究平仄聲韻；凡此，在個人方面，固然也有成就和發展，但是對於戲劇生命所寄託的群眾舞臺卻一天遠似一天。從此雜劇開始走向酒筵歌席，供文人雅士賞心樂事的紅氍毹之上，同時也有從紅氍毹之上漸走向案頭清供之勢了。

在體製方面，由於前七子的復古運動籠罩文壇，雜劇也間接受到影響，所以像王九思、康海、陳沂等都能恪守元人規律。但是嘉靖間，南曲諸腔已經普遍流行，北雜劇受到很大的威脅。楊愼《詞品》卷一云：

> 《南史》，蔡仲熊曰：「吾音本在中土，故氣韻調平；東南土氣偏詖，故不能感動木石。」斯誠公言也。近世北曲，雖皆鄭衛之音，然猶古者總章北里之韻，梨園教坊之調，是可證也。近日多尚海鹽南曲，士夫稟心房之精，從婉變之習者，風靡如一，甚者北土亦移而就之。更數十年，北曲亦失傳矣。白樂天詩：「吳越聲邪無法用，莫教偷入管絃中。」東坡詩：「好把驚黃記宮樣，莫教絃管作蠻聲。」〔註106〕

〔註105〕 〔明〕張元長：《梅花草堂曲談》，任中敏編：《新曲苑》，第 1 冊，頁 157～158。

〔註106〕 〔明〕楊愼：《詞品》，《百部叢書集成・天都閣藏書》（臺北：藝文印書館，

何良俊《四友齋叢說》說他家小鬟能記五十餘曲，而散套不過四五段，其餘皆金元人雜劇詞，為南京教坊人所不能知，因而深為正德時樂工老頓所賞。由這些跡象都可以看出北曲在明中葉已經走下坡。蓋人情喜新厭舊，北曲流行至此幾將三百年，人們的感受已覺得「老態龍鍾」，同時北曲嚴整的規律也實在是一種束縛，因此像徐渭、許潮、馮惟敏、李開先、汪道昆等則繼誠齋之後，對元人科範大量破壞。其破壞之跡象，較之明初期雜劇尤甚。它的眾唱本增多，折數有少至一折的，有一折中用兩套北曲的，有數劇合成一劇的，有開場用南戲家門形式的，也有用北隻曲組場成劇的，汪道昆、徐渭、許潮等甚至更用南曲來創作了。這一期的雜劇現存不過二十七本，而改變元人科範卻如此之多，這不正可以看出，北雜劇此時已經走上衰亡的道路嗎？汪道昆諸人用南曲創作雜劇，即所謂「南雜劇」，王驥德在《曲律・四》中說：

> 余昔譜《男后》劇，曲用北調，而白不純用北體，為南人設也。已
> 為《離魂》，並用南調，鬱藍生謂自爾作祖，當一變劇體。既遂有相
> 繼以南詞作劇者。後為穆考功作《救友》，又於燕中作《雙鬟》及《招
> 魂》二劇，悉用南體，知北劇之不復行於今日也。〔註107〕

可見王氏以南雜劇的創始人自居。其實，雜劇用南曲決不自王氏始。徐渭的《女狀元》據王氏說是晚年之作，雖用南曲，尚在《離魂》之後。王氏為徐氏弟子，料想不敢掠乃師之美。但現存的許潮《太和記》、汪道昆《大雅堂四種》俱較王氏為早，許氏為嘉靖十三年（1534）舉人，汪氏生於嘉靖四年（1525），成進士在嘉靖二十六年（1547），卒於萬曆二十一年（1593）。王氏《曲律・自序》為萬曆庚戌（三十八年，1610），其間距許氏中舉人已七十七年，距汪氏成進士已五十四年，當時王氏年齡雖不可考，但據《曲律》毛以燧跋，謂其卒於天啟癸亥（三年，1623）。假定王氏享壽七十六歲，則汪氏成進士時王氏剛出生，更無論許氏中舉人之時。故許、汪二氏是不可能以王氏《離魂》為法來創作南雜劇的。王氏《曲律》云：「世所謂才士之曲，如王弇州（世貞）、汪南溟（道昆）、屠赤水（隆）輩，皆非當行。僅一湯海若（顯祖）稱射鵰手，而音律復不諧，曲豈易事哉！」然則王氏固曾讀過《大雅堂四種》（汪氏所作僅此），其「已為《離魂》並用南調」，也許還是受了汪氏的啟示。（此段參酌周貽白之說）但是，或許伯良和鬱藍生認為不僅用南曲而且

1965 年），卷 1，頁 24。

〔註107〕〔明〕王驥德：《曲律》，頁 179。

必須四折，才算是南雜劇，因爲它是從北曲四折「一變」過來的。否則，像成弘間的沈采《四節記》不早是「南雜劇」的合集了嗎？若果如此，王氏自然夠資格「作祖」，因爲據祁彪佳《遠山堂劇品》，他的《倩女離魂》、《兩旦雙鬟》都是「南四折」，祁氏且謂「南曲向無四出作劇體者，自方諸與一二同志創之。」〔註108〕則我們對於伯良自居「作祖」，也不必譏其狂妄了。

中期這些作家，雖然疏於排場結構，但都以曲辭見長。他們一方面汲取元人本色質樸的特長，另方面又加上古典文學的修飾；由此而形成不鄙俚、不浮艷，以清新韶秀見長的風格。同時由於他們所表現的內容情感正合乎一般士大夫的胃口，所以像康海、王九思、徐渭、馮惟敏便都有很高的評價。其中尤以徐渭之蔑視規律，任意縱橫捭闔，更得「詞場飛將」的雅稱。

大抵說來：中期在整個明代的雜劇，是屬於過渡的時期。其中有繼承初期而更予以向前擴展的，如體製規律的破壞；有由此轉變而另成格局的，如文人劇之走上紅氍毹，趨向案頭；而曲辭之清新韶秀，則可以說是本期的最大特色和成就。有此成就，雖然八十年間作家稀少，作品寥寥，但卻放出了頗爲燦爛的光采。明人評論雜劇作家，往往以誠齋、對山、渼陂、文長、海浮、辰玉、君庸爲代表，七人中本期就佔了四位，可見本期在整個明雜劇中也是相當重要的。

到了後期，無論雜劇、傳奇都呈現非常蓬勃的氣象，絕大部分的作家和作品都集中在這個時期。這時期的雜劇作家有八十餘人，作品有二百餘種，現存者有百餘種。「專業」作家在這時期又多起來，像沈璟、王伯良、呂天成、葉憲祖等都是。所以造成這樣興盛的原因是戲劇已經取得了文學正式的地位，政府的禁令也已經逐漸鬆懈，尤其是崑曲駕諸腔而上之，風靡全國，戲劇音樂達到最高的造詣。也因此，中期即見衰微的北曲，這時更是沒落了。沈德符一再說「自吳人重南曲，皆祖崑山魏良輔，而北調幾廢。」〔註109〕（《野獲編》卷二十五）「今南方北曲瓦缶亂鳴，此名北南，非北曲也。……今之學者頗能談之，但一啓口，便成南腔，正如鸚鵡效人言，非不近似，而禽吭終不能脫盡，奈何強名曰北。」〔註110〕（卷二十五）「近日沈吏部所訂南九宮譜

〔註108〕〔明〕邦彪佳：《遠山堂劇品》，《中國古典戲曲論著集成》，第6集，頁161～162。

〔註109〕〔明〕沈德符：《野獲編》，卷25，頁485。

〔註110〕同上註，卷25，頁481。

盛行，而北九宮譜反無人問，亦無人知矣。」〔註111〕陳繼儒《白石樵眞稿》
卷十九〈旅懷曲〉條亦謂「吾松弦索幾絕統，近來諸名家始稍稍起廢，然不
久便散逸。」〔註112〕呂天成《曲品》卷上亦云：「傳奇既盛，雜劇浸衰。北里
之管絃播而不遠，南方之鼓吹簇而彌喧。」〔註113〕王驥德在《曲律》卷三中
也說金元人之北詞，「其法今復不能悉傳。」〔註114〕沈寵綏《度曲須知》更說
明了北曲沒落的情形：

> 惟是北曲元音，則沈閣既久，古律彌湮：有牌名而譜或莫考，有曲
> 譜而板或無徵，抑或有板有譜，而原來腔格，若務頭、顛落，種種
> 關捩子，應作如何擺放，絕無理會其說者。〔註115〕

北曲到了這種地步，所以有些作家像汪廷訥、王驥德、王澹、陳與郊、徐復
祚、葉憲祖、程士廉、車任遠、傅一臣等便轉而從事南雜劇的創作了。然而
這時候的北雜劇作者仍復不少，像桑紹良《獨樂園》、梅鼎祚《崑崙奴》、凌
濛初《虯髯翁》、葉小紈《鴛鴦夢》俱完全遵守元人韻度。像王衡、陳汝元、
湛然、沈自徵、孟稱舜、卓人月、徐士俊、祁麟佳等雖破壞元人規矩，但仍
是以北曲創作。也就是說這時期南北雜劇的作者勢均力敵，這又是爲什麼緣
故呢？那就是由於元雜劇的大量刊行，人們目睹口誦，體會到元雜劇的妙處，
因此油然產生景仰之心與模倣之意。臧晉叔說他編《元曲選》的動機是因爲
元曲音律精嚴，妙在「不工而工」，對於當代名家如汪道昆、徐渭、湯顯祖，
又認爲他們瑜不揜瑕，更無論其他作者。所以「選雜劇百種，以盡元曲之妙，
且使今之爲南者，知有所取則云爾。」〔註116〕孟稱舜編《古今名劇合選》的
目的是希望「賞觀者其以此作文選諸書讀。」〔註117〕他也認爲明人「終不足
盡曲之妙，故美遜於元。」〔註118〕選劇者具此心理、具此目的，閱讀者自然
更進而有倣作的衝動了。但無論如何，北曲的機運已經過去，倣作者儘管才
高八斗，也不免畫虎類犬，非驢非馬之譏。《度曲須知‧絃索題評》云：

〔註111〕同上註，卷25，頁481。
〔註112〕〔明〕陳繼儒：《白石樵眞稿》，《四庫全書禁毀書叢刊》（北京：北京出版社，
　　　　　2005年），集部第66冊，頁314。
〔註113〕〔明〕呂天成：《曲品》，頁209。
〔註114〕〔明〕王驥德：《曲律》，頁155。
〔註115〕〔明〕沈寵綏：《度曲須知》，《中國古典戲曲論著集成》，第5集，頁198。
〔註116〕〔明〕臧晉叔編：《元曲選》（北京：中華書局，1985年），頁4。
〔註117〕〔明〕孟稱舜編：《古今名劇合選》，第1冊自序，頁9。
〔註118〕同上註，第1冊自序，頁8。

> 今之北曲，非古北曲也；古曲聲情，雄勁悲激，今則盡是靡靡之響。
> 今之絃索非古絃索也；古人彈格有一定成譜，今則指法游移，而鮮
> 可捉摸。〔註119〕

又云：

> 至如絃索曲者，俗固呼爲北調，然腔嫌嬝娜，字涉土音，則名北而
> 曲不眞北也。年來業經釐別，顧亦以字清腔勁之故，漸近水磨，轉
> 無北氣，則字北而曲豈盡北哉？〔註120〕

當北雜劇盛行的時候，南戲自《拜月亭》之外，如《呂蒙正》、《王祥》、《殺狗》、《江流兒》、《南西廂》、《翫江樓》、《詐妮子》、《子母冤家》等八種，即所謂戲文，皆上絃索（《四友齋叢說》）。而一旦南曲盛行，北曲「盡是靡靡之音」、「漸近水磨」，這豈不正是「北調南唱」嗎？天道好還，曲亦不殊。也因此，這時的北雜劇諸家，除了王衡、沈自徵含茹元曲既深，尚有雄渾勁切之氣外，大抵俱無氣格可言。而何以在模古的風氣之下，大部分的北劇作家仍舊破壞格律呢？那是因爲雜劇南化既深，無法擋住其滲透的力量。這就好像南戲傳奇自北雜劇的王國中成長出來，也無法摒除其影響一樣。南北曲既然如此交化，所以像徐復祚《一文錢》、王應遴《逍遙遊》、凌濛初《鬧元宵》、傅一臣《賢翁激壻》、《死生儷報》等等，在一劇中便都南北曲兼用。這種情形在初期僅見賈仲明《昇仙夢》用四折合套，中期也只有徐渭《翠鄉夢》用二折合套和許潮《太和記》八種中有六種其一折中用合腔。而到了這時，「南北」、「南合」、「南北合」的情形便比比皆是了。也就是如果折數較多的，便以南曲爲主而偶雜北曲或合套，折數少至一二折的，便純用北曲，或南曲，或合套、合腔，其家門形式及演唱方法則往往與傳奇不殊。雜劇的體製這時眞是混亂已極。於是學者有所謂「南雜劇」與「短劇」之稱。

「南雜劇」這一名詞，據張全恭說是出自胡文煥的《群音類選》。其界說有廣狹二義。狹義的南雜劇，是指每本四折，全用南曲，王驥德所謂「自我作祖」的劇體，其形式和元人北雜劇正是南北相反。廣義的南雜劇，則指凡用南曲塡詞，或以南曲爲主而偶雜北曲、合套，折數在十一折之內任取長短的劇體。因爲這樣的劇體和傳奇只是長短的不同而已，應當也是屬於南北曲交化後的南曲範圍，所以仍可稱之爲南雜劇。

〔註119〕〔明〕沈寵綏：《度曲須知》，頁 202～203。
〔註120〕同上註，頁 198～199。

　　「短劇」這一名詞，大概始於盧前的《明清戲曲史》，他說「曲有場上之曲，有案頭之曲，短劇雖未必盡能登諸場上，然置諸案頭，亦足供文士吟詠。無論何種文體之興，其作也簡，其畢也鉅。雜劇之起為四折，終而至於有數十齣之傳奇；物極必反，繁者亦必日益就簡；短劇之作，良有以也。」〔註121〕從他這段話，我們對於短劇的定義還是很模糊。大抵說來，短劇也有廣狹二義：廣義的短劇是與傳奇相對待而言的，亦即上文所說的廣義的南雜劇，因為它較之傳奇，只是長短的不同而已。狹義的短劇，則專指折數在三折以下的雜劇，因為它比起一般觀念中四折的雜劇是更為短小了。

　　本論文對於「南雜劇」取其廣義，對於「短劇」則取其狹義。無論南雜劇或短劇，其形製均較傳奇為短小，同時偶而運用或兼用北曲，這兩點無疑是元人北雜劇的遺跡；而其運用南曲，或雖北曲而採分唱、合唱以及家門形式，則顯然是南戲傳奇的現象；因此，後期的南雜劇與短劇，其實是南北曲的混血兒。它改進了元劇限定四折四套北曲和末或旦獨唱的刻板形式，而代以南戲傳奇排場聯套的諸多變化，以調劑冷熱，並給予各角色均可任唱的自由。對於長短，它既不受四折的限制，也不採取傳奇式的冗長，它僅依照劇情的需要而在最多十一折之限內任意長短。所以南雜劇與短劇可以說是改良後最進步的戲劇形式，周憲王對於戲劇藝術的改進，也在這裡得到支持和發展，這樣的戲劇形式才真正是有明一代的特有產物，我們若說到明雜劇，實在應當以南雜劇與短劇為代表才是。短劇發軔於中期，至後期而朝氣蓬勃，降及滿清更登峰造極，只是逐漸古典化，終至脫離氍毹、登上案頭，而變成辭賦的別體了。

　　最後，我們引用鄭西諦《清人雜劇・序言》中的一段話來結束本節，藉此以縱觀明代雜劇演進的情勢。鄭序云：

> 明興有王子一、湯式、賈仲明、谷子敬、朱權、楊景言、楊文奎、劉東生諸家，揚其波瀾，蔚成壯觀；朱有燉一人作劇至三十餘種，李夢陽〈汴中元宵〉絕句有「齊唱憲王新樂府，金梁橋外月如霜」語，豪情勝概，未遜盛元。正嘉之間，作者漸見消歇，然康海、王九思、馮惟敏、楊慎輩所作蒼莽渾雄，元氣未衰。隆萬以降，傳奇繁興而雜劇復盛，梁辰魚、汪道昆、徐渭、王驥德、許潮、梅鼎祚、陳與郊、葉憲祖、王衡、沈自徵、孟稱舜諸家並起，光芒萬丈，足

〔註121〕盧前：《明清戲曲史》（臺北：商務印書館，1971年），頁880。

與金元作者相輝映。南溟子塞輩所作，律以元劇規矩殊多未合，蓋雜劇風調至此而一變。以取材言，則由世俗熟聞之《三國》、《水滸》、《西遊》故事，《蝴蝶夢》、《滴水浮漚》諸公案傳奇，一變而爲《邯鄲》、《高唐》（車任遠有《邯鄲》、《高唐》等《四夢記》雜劇）、《簪髻》、《絡絲》（沈自徵有《簪花髻》雜劇、徐士俊有《絡冰絲》雜劇）、《武陵》、《赤壁》（許潮有《武陵源》、《赤壁遊》諸劇）、《漁陽》、《西臺》（徐渭有《漁陽》等劇、陸世廉有《西臺記》）、《紅綃》、《碧紗》（梁辰魚有《紅綃》劇、來集之有《碧紗》劇）以及《灌夫罵座》、《對山救友》（葉憲祖有《灌夫罵座》劇、王驥德有《救友》劇）諸雅雋故事，因之人物亦由諸葛孔明、包待制、二郎神、燕青、李逵等民間共仰之英雄，一變而爲陶潛、沈約、崔護、蘇軾、楊愼、唐寅等文人學士。以格律聲調言，亦復面目一新，不循故範，南調寫北劇，南法改北腔者，比比而然。墨守成法之家，幾同鳳毛麟角。緣是雜劇無異短劇之殊號，非復與傳奇爲南北對峙；民眾、伶工漸與疏隔，徒供藝林欣賞，稀見登臺演唱者矣。〔註122〕

鄭氏這段話很扼要中肯。但有幾點必須修正。第一、「正嘉之間作者漸見消歇，然康海……」不如改作「正統、成化間作者漸見消歇，及正嘉之際，康海……」比較合乎事實。第二，梁辰魚、汪道昆以歸入嘉隆間爲宜，正嘉間應刪去楊愼，因其作品成就不高。第三，《三國》、《水滸》的故事，俱見於也是園《古今雜劇》，《西遊記》更有楊訥之作。因之不能說諸葛孔明等人物在明雜劇中沒出現過，只是鄭氏所說的大旨是對的。第四，短劇雖稀見登臺演唱，然酒筵歌席紅氍毹之上正是佳品，此點需要說明。

第七節　餘　論
——明代雜劇的特色及其對清代雜劇的影響

由於時代背景不同，政治、社會、思想、文學各方面的影響，明雜劇對於元雜劇也表現一些不同的特色，對此，上文已經零碎提到過，現在予以歸納並稍作補充，扼要條述如下。

一、劇作家：可從兩方面來觀察。第一，作家籍貫分佈，元雜劇據統計

〔註122〕鄭振鐸：《清人雜劇初二集》（香港：龍門書店，1969 年），頁 3。

分佈於河北、河南等八省，偏重於北方；明雜劇分佈於浙江、江蘇等十省，偏重於南方，且分佈的範圍較廣。第二，作家身分，元雜劇作者大多數沈抑下僚，著名作家如關漢卿入太醫院戶（《錄鬼簿》作太醫院尹，誤）、馬致遠江浙行省務官、宮大用釣台山長、鄭德輝杭州路史。同時元雜劇作者多半有做子弟的本領，偶倡優而不辭，像關漢卿、李時中、馬致遠即是顯著的例子。明雜劇作者則有藩王二人，職官二十八人，其中進士及第者十三人；又元雜劇作家中像趙敬夫、張國賓、花李郎、紅字李二都是所謂「娼夫」，這在明雜劇中是未嘗有的。因此明代雜劇有上移的趨勢，這種情形，傳奇也是如此。也因此，原來發生在庶民之間的戲曲，到了明代便移入古典文學修養較高的貴族和士大夫之手了。

二、內容思想：我國戲劇的題材，大都取自以前流傳下來的故事，而尤以改編前人劇作的為多。所以元明雜劇的題材，基本上並沒有兩樣。但是由於時代環境和劇作家身分的不同，其對於題材的運用和表現的思想也就頗有差異。第一，元雜劇以文人故事為題材的不多，像馬致遠的《薦福碑》和宮大用的《范張雞黍》，雖然也吐露了文人不遇的牢騷，但尚不至於藉題諷刺，甚至於謾罵。明雜劇由於操之士大夫之手，這類題材非常多，而且大多數有寄托，像徐渭《漁陽三弄》、馮惟敏《不伏老》、王九思《杜甫遊春》、王衡《鬱輪袍》、沈自徵《泥神廟》等是最顯著的例子。第二，由於元代政治社會極為黑暗，所以產生許多平反冤獄的公案雜劇和除暴安良的綠林雜劇。明雜劇中公案和綠林很少，而且所表現的思想內容也與元雜劇兩樣。譬如馮惟敏的《僧尼共犯》和傅一臣的《截舌公招》，其意味與關漢卿的《竇娥冤》、《蝴蝶夢》等便截然不同，前者僅是表現社會上一段桃色案件，目的不過告誡世人淫為萬惡之首；後者則含著人生的不平，發抒著無限的悲憤，同時也暴露了異族的壓迫和權勢的可惡。又周憲王《豹子和尚》和《仗義疏財》中的魯智深、李逵與無名氏《黃花峪》和高文秀《雙獻功》中的魯李形象也完全兩樣。因為明太祖掃除胡元，恢復漢唐衣冠，民族被壓迫之感在明代是沒有的。第三，明代重視貞節，所以憲王筆下的妓女，如《香囊怨》、《團圓夢》、《小桃紅》以及康海筆下的《王蘭卿》等，都具有貞烈的節操。而元雜劇如關漢卿的《謝天香》、《救風塵》的趙盼兒便都是十足的妓女形象。因此明代雜劇中的妓女與節婦無殊，而元代雜劇的妓女仍保存其浪漫鮮活的形象。

三、體製：元雜劇規律非常謹嚴，眾人皆知；現存元劇，例外之作極少。

明初雜劇尚保存元劇餘勢，故遵守元人科範之作約佔百分之八十，破壞者只佔百分之二十。所謂破壞尚僅限於折數（由四折增爲五折）、唱法（採用分唱、合唱、接唱），除了賈仲明《昇仙夢》用四合套外，尚無以南曲作雜劇者。到了中期合乎科範者降爲百分之六十，改變者增爲百分之四十。變化的跡象很顯然，折數少至一折，一折中有用兩套北曲者，有數劇合成一劇者，有開場用家門形式者，合套之外，更有用合腔與南曲來創作的了。到了後期，由於傳奇發展到顛峰狀態，雜劇作家在這種環境下，自然大量運用南曲來創作，傳奇中的許多規格形式，也自然摻進雜劇之中。所以此時合乎科範者僅有百分之十，破壞者高達百分之九十。其折數少僅一折，多至十一折。所謂南雜劇、所謂短劇，眞是到了朝氣蓬勃的狀態。元明雜劇至此成爲完全不同的兩種面貌。

　　四、音律：元曲有死腔活板之說，襯字的運用較爲自由，但每支曲中該平該仄或該上該去，仍有很嚴格的地方；其聯套規律也頗爲謹嚴，那些曲牌該在前，那些該在後，那些該連用，那些可以互借、增減，都有一定的法則；甚至於那一個宮調用在第幾折也有它的慣例；而庚青之於眞文、寒山之於監咸……幾無混用的現象。可是到了明代這種謹嚴的規律也逐漸被破壞了。守律的固然不乏其人，但「韻雜宮亂」的情形隨時可見。即如明初的賈仲明、楊景賢在平仄和套式間便有和元人很不相同的地方；他如徐渭之套式稀奇古怪，許潮、徐陽輝、陳汝元等更以傳奇中合腔式之北曲作爲雜劇中之套數，甚至於茅維更將一整套〔新水令〕分作三折來處理了。此外以散套專用曲入聯套、套前以北隻曲或南曲引場，以及首折不用〔仙呂〕，〔宮調〕、韻協重複、庚青、眞文混押……等現象，也是屢見不鮮的。

　　五、關目與排場：元雜劇除了關漢卿、武漢臣等少數幾個作家外，對於關目一向不重視，因此關目拙劣可以說是元雜劇的共同特色，而排場冷熱的調劑也極少注意到。像元劇中兩本名著，白樸的《梧桐雨》和馬致遠的《漢宮秋》，其關目、排場的布置、處理，便都很失敗。明雜劇則從周憲王開始，對於關目的配搭與排場的調劑，就很重視。因此除了那些題材、形式已經限定非供案頭不可的作品之外，大都能針線細密，冷熱得體。其調劑冷熱的方法，有用插曲以演滑稽、歌舞，有用雜技以取勝，甚至於劇中演戲（院本、弋陽戲）的情形也時有所見。

　　六、文學造詣：王國維《宋元戲曲史》謂元曲的佳處在自然，具體的說就是坦率和眞摯；其原因由於襯字、雙聲疊韻字、狀聲字、俗語以及成語、

經史語、詩詞語等靈活運用，其文辭顯得活潑而富機趣（見張清徽師〈元明雜劇描寫技術的幾個特點〉，《大陸雜誌》第十卷第 10 期）。無論以質樸本色見長的關派作家，或是以典雅清麗見長的王派作家，都有一股蒼莽的清剛之氣往來其間；因之本色者不流於粗俗，雅麗者不落入萎靡。也就因為這一點而使得元曲得與楚辭、漢魏樂府、唐詩、宋詞有同樣的價值。明雜劇雖鉅構偉編仍所在多有，如明初的羅本、王子一、谷子敬、寧周二王，中期的康海、王九思、徐渭、馮惟敏，晚期的陳與郊、王衡、沈自徵、孟稱舜等皆尚能略得元人之神髓。但其餘諸家，便完全在當時傳奇駢儷派的籠罩之下，文字典雅而往往失之板滯，其或出以白描者，又顯得平實迤沓，鮮有韻味可言。其故即不知元人遣詞造句之三昧，而時代環境之轉移，實是最大的原因。大抵說來，明雜劇在文辭這方面較之元雜劇是顯得遜色的。

總結以上所論，元雜劇文辭優美，純文學的價值較高，又內容較為豐富，所保存和表現當時的社會狀況較深刻；明雜劇則藝術的成就較高，其體製獲得改進，因而使雜劇成為更合理精緻的戲劇形式。

雜劇到了清代仍然繼續發展，鄭西諦《清人雜劇初集‧序言》謂「純正之文人劇，其完成當在清代。」〔註123〕「雍乾之際，可謂全盛……短劇完成，應屬此時。風格辭采，以及聲律，並臻絕頂，為元明所弗逮。」〔註124〕鄭氏選輯之《清人雜劇》，已刊者《初集》三十種，《二集》四十種，未刊者《三集》一百種，《四集》一百種，可見雜劇在清代仍舊相當興盛。但是無論如何，清代雜劇是明代雜劇的遺緒。明代雜劇對於清代雜劇的影響是很大的。這也要分兩點說明。

一、作家及內容：清代雜劇仍舊操在文人學士的手中，內容仍是文人的雋雅之事，也常常寄託個人的憤慨和牢騷。前者如尤侗《弔琵琶》、《讀離騷》、《桃花源》、《清平調》，周如璧《孤鴻影》，薛旦《昭君夢》，張龍文《旗亭讌》，裘璉《昆明池》、《集翠裘》、《鑑湖隱》、《旗亭館》，石韞玉《花間九奏》之《伏生授經》、《羅敷采桑》、《桃葉渡江》、《桃源漁父》、《梅妃作賦》、《樂天開閣》、《賈島祭詩》、《琴操參禪》、《對山救友》等；後者如嵇永仁《續離騷》之《扯淡歌》、《泥神廟》、《笑布袋》、《罵閻羅》，張韜《續四聲猿》之《霸亭廟》、《薊州道》、《木蘭詩》、《清平調》，桂馥《後四聲猿》之《放楊枝》、《題園壁》、《謁

〔註123〕鄭振鐸：《清人雜劇初二集》，頁 3。
〔註124〕同上註，頁 4。

府師》、《投園中》等。後者這一類顯然受徐文長的影響很大。惟一不同的是清初諸家由於遭受亡國的慘痛，往往表現著故國黍離之悲，像王夫之的《龍舟會》，吳偉業的《臨春閣》、《通天台》莫不如此，這種情感在明代的作家中是沒有的。

二、體製：清代雜劇完全遵守元人科範的像尤侗《弔琵琶》、張源《櫻桃宴》那樣，已經很少。但明末所造成的摹古風氣，餘波未息，故以北曲作劇者，仍舊很多，如吳偉業、尤侗、嵇永仁、周如璧、查繼佐、土室遺民等。至於南雜劇，自然也繼承明代陸續發展。純用南曲者如南山逸史之《京兆眉》、《翠鈿緣》，堵廷棻之《衛花符》，裘璉之《旗亭館》；以南曲為主而兼用合套、合腔者如南山逸史之《半臂翁》、《長公妹》、《中郎女》，周如璧之《夢幻緣》，碧蕉軒主人之《不了緣》，薛旦之《昭君夢》，張龍文之《旗亭讌》等。一折之短劇在清代最為發達，如徐石麒《浮西施》、《拈花笑》，葉承宗《孔方兄》、《賈閬仙》，張韜《續四聲猿》四種，嵇永仁《續離騷》四種，桂馥《後四聲猿》四種，曹錫黼《四色石》四種，張聲玠《玉田春水軒》九種，石韞玉《花間九奏》九種，嚴廷中《秋聲譜》三種等。又合劇也很盛行，如上舉之《續離騷》、《續四聲猿》、《後四聲猿》、《四色石》、《秋聲譜》、《玉田春水軒雜劇》、《花間九奏》等皆是。

此外，音律、排場、文辭也多少有明人的面貌，只是清人雜劇又更精緻、更辭賦化了。

第二章　初期雜劇

　　明代初期雜劇的一般情形，已見前章〈總論〉；本章僅就此時期的作家及作品，分別討論。作家事蹟可考者並不太多，所以討論重點在於作品的內容。本章全部共分四節：一，明初十六子。二，寧獻王朱權及其他諸家。三，教坊劇。四，無名氏劇。

第一節　明初十六子

一、王子一

　　王子一，名、號、籍貫、生平事蹟俱不詳。《太和正音譜》收有他的散曲五支，可以看出他的懷抱。

> 嗟予學問疏，羨君懷抱好。目前事業付酕醄，身後功名從落魄。想當日錦衣花帽，鑄金蹄都買鳳凰簫。（〔醋葫蘆〕）〔註1〕

> 編排籬落，闢地栽蔬，臨池詠草。黃庭罷、細和離騷。靜向芸窗運兔毫。不強如另巍巍邁險凌高。丹宵搏鳳，碧水屠龍，黑海連鰲。（〔逍遙樂〕）〔註2〕

> 得寬，且盤桓；袖著手誰彈貢禹冠。興亡盡人漁樵斷。把將軍素書休飲。春秋謾將王霸纂，請先生史筆休援。（〔調笑令〕）〔註3〕

> 無世累、爭長競短，有家常、奉喜承歡。粗衣糲食飽又暖。一簇簇、

〔註1〕〔明〕朱權：《太和正音譜》，頁187～188。
〔註2〕同上註，頁186。
〔註3〕同上註，頁175～176。

一攢攢，團欒。（〔禿廝兒〕）〔註4〕

　愛的是短牆外、山環翠巒，喜的是小橋下、溪流錦湍。倚閣了、雲
　窗月館，收拾向、烟村霧疃。（〔金蕉葉〕）〔註5〕

看樣子王子一早年也有一段「錦衣花帽、鑄金蹄、買鳳凰簫」的歲月。後來
大概遇到挫折就消極起來，落魄之餘，不免在酕醄中討生活。慢慢的也看開
了，覺得生命只要舒適就可以，因此「編排籬落，闢地栽蔬」，粗衣糲食，既
飽且暖，「愛的是短牆外山環翠巒，喜的是小橋下溪流錦湍。」閒時在芸窗之
前運運兔毫，與家人話話家常，一點俗累也沒有。在這種境況之下，他對於
古今興亡和那「丹宵搏鳳、碧水屠龍、黑海連鰲」，「另巍巍邁險凌高」的事
業功名之士，就覺得無聊了。他的雜劇只存《悞入天臺》一種，其他《鶯燕
蜂蝶》、《楚台雲》、《海棠風》三種俱已散佚。

　《悞入天臺》係根據《列仙傳》演晉劉晨、阮肇入山採藥，遇仙女於桃
源洞中，結爲配偶事。首折敍對時世之懷抱與隱居之樂，次折寫與仙女相見
之歡，楔子演思歸送別，三折述返回故里，感人事滄桑；鄭廷玉《忍字記》
第四折寫劉均佐返家已隔三世，關目與此略同。四折敍仙蹤杳渺，重尋無處，
惆悵欲投崖自殺，幸得太白金星指引，得與仙女重會。事既有所本，關目尚
稱自然，惜排場稍嫌平板。又以太白金星始終作合其間，先把關目講明，不
免使觀閱者失去神奇之感，而以團圓收場也不免落入俗套；倘能以惆悵低迴
結束全篇，似更有餘味。

　《太和正音譜》以王子一爲明初十六子之首，稱其作品風格「如長鯨飲海」，
又說：「風神蒼古，才思奇瑰，如漢庭老吏判辭，不容一字增減，老作！老作！
其高處如披琅玕而叫閶闔者也。」〔註6〕眞是推崇備至。且舉幾支曲子來看看：

　一上天臺石徑滑，踐翠霞，則見這竹籬茅舍兩三家。聽得那夕陽杜
　宇啼聲煞，這些時春風桃李花開罷。我雖不伴長沮事耦耕，學鴟夷
　理釣槎，常則是杖頭三百青錢挂，抵多少坐三日縣官衙。（〔油葫蘆〕）
　〔註7〕

　去去山無盡，行行路轉差，則爲那白雲漸漸迷高下，不由咱寸心悄

〔註4〕同上註，頁176。
〔註5〕〔明〕朱權：《太和正音譜》，頁174。
〔註6〕同上註，頁22。
〔註7〕陳萬鼐主編：《全明雜劇》（臺北：鼎文書局，1979年），第2冊，頁67。

悄擔驚怕。見一個村翁遠遠來迎迓。我這里爲迷山路問樵夫，抵多
少因過竹院逢僧話。（〔寄生草么〕）〔註8〕

吳梅《古今名劇選‧悞入桃源跋》謂「通本詞藻濃麗，與元詞以本色見長者
不同，文氣稍薄，此亦氣運使然，非古今人之智慧不齊也。」〔註9〕青木正兒
《中國近世戲曲史》則謂「曲辭之端莊流麗，具有元馬致遠之風格。此一點，
當可冠其他諸人之作。」〔註10〕從右引二曲看來，青木氏的話說得較爲中肯，
其音調瀏亮，文采煥然，自有清芬異趣拂拂其間。馬致遠也有《劉阮悞入桃
花源》一劇，未知子一是否直接承襲他的衣缽。在歌詠隱居閒適之樂外，子
一也流露出他對於現實的憤慨。

並不想有軒車、有駟馬。我則願無根椽、無片瓦。出來的一品職、
千鍾祿，那裡有六韜書、三略法。他都是井中蛙，妄稱尊大。比周
公不握髮，比陳蕃不下榻。空結實，花木瓜；費琢磨，水晶塔；斗
筲器，不久乏；糞土牆，容易塌；兒童見，驚煞訝；識者論，不足
誇。（〔後庭花〕）

空一帶江山江山如畫，止不過飯囊飯囊衣架，塞滿長安亂似麻。每
日家出入公衙，省院行踏；大纛高牙，宰相頭搭。人物不撐達，服
色倒奢華，心行更奸猾，舉止少謙洽。紛紛擾擾由他，多多少少欺
咱，言言語語參雜，是是非非交加。因此上不事王侯，不求聞達，
隱姓埋名做莊家，學耕稼。（〔青哥兒〕）〔註11〕

這裡寫的雖然是劉晨所以「不事王侯，不求聞達」，甘心「隱姓埋名做莊家，
學耕稼」的原因，其實是子一不滿現實所發洩出來的一肚子牢騷，其激昂慷
慨雖尚比不上馬致遠的《薦福碑》，而痛快淋漓則與宮天挺的《范張雞黍》相
彷彿。我們將前面所引的五支散曲來和這兩支曲子參閱，更可以看出子一是
一個頗有骨氣的潦倒文人。本劇佳曲極多，大抵俊拔遒麗，絕無明人晦澀釘
餖之習。孟稱舜《柳枝集》評云：「此劇有悲憤語、淒涼語，然語氣自是秀逸
清麗，不得以粗雄目之。」〔註12〕明初十六子除谷子敬外是無人可與比擬的。

〔註8〕 同上註，頁70。
〔註9〕 蔡毅編著：《中國古典戲曲序跋彙編》（濟南：齊魯青社，1965年），頁807。
〔註10〕〔日〕青木正兒著，王吉廬譯：《中國近世戲曲史》（臺北：臺灣商務印書館，1965年），頁135。
〔註11〕 陳萬鼐主編：《全明雜劇》，第2冊，頁72～73。
〔註12〕〔明〕孟稱舜：《古今名劇合選》，第6冊，頁1。

－83－

《詞林摘艷》卷三錄有子一〔中呂〕〔粉蝶兒〕散套，題「十面埋伏」，詠楚漢相爭，垓下之圍，氣勢極為雄渾，所謂「長鯨飲海，風神蒼古」，可以在這裡得其神貌。卷三另錄一〔中呂〕〔粉蝶兒〕套，題「八仙慶壽」，卷五又錄一〔雙調〕〔新水令〕套，題「紀夢」，風格清麗芊綿，與《遊天臺》相似。

另外必須一提的是以劉晨、阮肇遊天臺為題材的雜劇，除馬致遠、王子一外，還有汪元亨《劉晨阮肇桃源洞》與陳伯將《晉劉阮誤入桃源》二種。因為王子一的名號籍貫生平均不詳，《錄鬼簿續編》也沒有他的名字（《續編》著錄明初作家較《正音》詳細），同時《正音譜》所著錄的劇目是「劉阮天臺」，而傳本並作「悮入天臺」，所以嚴敦易《元劇斟疑》懷疑今本可能不是王子一之作。鄭西諦《插圖本中國文學史》則列為汪氏之作，其注云：「《太和正音譜》作王子一，未知孰是。」〔註13〕他們雖然都懷疑，但拿不出有力的證據，因此我們還是把它算作王子一的作品。

二、劉 兌

劉兌，字東生。生平事蹟不詳。江都丘汝乘〈嬌紅記序〉末署「宣德乙卯二月既望日」，中云：「越人東生劉先生，待予以忘年之交。一日過顧，示以茲編，繼索為序。」〔註14〕據此知道他是浙江人。宣德乙卯（十年）當西元 1435 年，去洪武元年（1368）已六十六年，那時東生還在人間，可見必享高壽。其雜劇作品可考者二種，《嬌紅記》二本尚存，《世間配偶》一本僅存曲文。

《嬌紅記》上下卷二本共八折，算是長篇之作。「嬌紅」是指女主角王嬌娘和侍女飛紅，敘申純與嬌娘戀愛經過，根據元宋梅洞《嬌紅傳》敷演而成。東生對於關目的處理，除了將悲劇改成喜劇，令金童玉女下凡的男女主角婚配團圓回歸仙界外，幾乎依樣畫葫蘆的把《嬌紅傳》所有的情節完全搬進去，甚至連小說中許許多多的詩詞也不肯捨棄。如此八折之中而必欲網羅所有的情節，乃不得不用冗長的賓白來補述顛末，同時一意寫嬌娘與申生兩人的癡情，不令飛紅活躍，因之不但關目煩冗蕪雜，即排場亦平板無生氣；無論場上案頭，都教人困頓欲眠。青木正兒謂其「手段最為庸劣，斷非佳作。」〔註15〕我們若把《嬌紅傳》與《嬌紅記》對看，更可以看出東生簡直是個笨伯。譬如《嬌紅傳》

〔註13〕鄭振鐸：《插圖本中國文學史》（臺北：莊嚴出版社，1991 年），頁 770。

〔註14〕陳萬鼐主編：《今明雜劇》，第 2 冊，頁 113。

〔註15〕〔日〕青木正兒著，王吉盧譯：《中國近世戲曲史》，頁 141。

寫嬌娘與申生因飛紅的一闋詞而引起誤會，「嬌曰：『此飛紅詞也，君自彼得之，何必詐妾？』」描摹聲口非常活潑傳神，可是《嬌紅記》卻把它改成這的句子：「這詞是飛紅做的，你怎麼說道是我做的？」其神情語態完全走樣，呆板得毫無韻味可言。東生寫作《嬌紅記》幾乎全是用這種「庸劣」的手法，因此不僅原作的好處不能保留，而且點金成鐵了。

　　《太和正音譜》評論明初十六子，置東生於第二，稱其風格「如海嶠雲霞」〔註16〕，並說：「鎔意鑄詞，無纖翳塵俗之氣，迥出人一頭地，可與王實甫輩並驅，藹然見於言意之表，非苟作者，宜列高選。」丘汝乘的〈嬌紅記序〉說：「展而讀之，一唱三歎，鏗乎金石，燦乎文錦也。夙以漸者，於斯見矣！可覺□哉！於戲！是詞所能，非褐寬博也。必沈潛音律，厭餕絲竹，抵其極者，非東生孰能任歟！且夫其詞之才，朱絃翠管，不足以盡其華；聯珠駢玉，不足以似其美；月夕風宵，不足以□其清；倒峽奔流，不足以壯其勢。悲若己懷，懽若己出，釣深彰德，宛極事態，靡靡盡於是矣。白居易有云：『元微之能遣人室中事』，東生良及矣。李溉之嘗題〈崔張傳〉曰：『安得斯人復生，相與弄琴舉酌，逝西江之水，酌長安之月，□括巫山一夜秋，風流未必下□人也。』余謂劉先生誠能盡其美矣。」〔註17〕朱權和丘汝乘都把劉東生推崇得這麼高，而且朱權還認為可以和王實甫並驅。現在引錄《嬌紅記》中四支曲子，加以討論。

　　　廝摟定煖玉嬌香的解語花，我趁他困騰騰細覷咱，越風流越俊煞。金釵兒鬢下壓，脂粉不須搽。是一個丹青描下，描下的美人圖畫。畫兒上畫的只是假。（〔錦征袍〕）〔註18〕

　　　悄悄蹙蹙攢著黛眉，兩點兒遠山尖橫暮碧；氣氳氳的紅了面皮，恰似兩朵桃花初破蕊。一味對著人慘綠紅意，是誰曾惱犯著你？又沒甚風情弊，我其實猜著這囤圇謎。（〔古鮑老〕）〔註19〕

　　　若閒愁遊絲落絮中，催別恨斜陽芳樹底，說相思流不盡金塘水，似這後園中花亭晝靜無人到，煞強如繡閣裡翠被春寒有夢知，恰今日重相會。未受用齊眉舉案，又謫量執手臨歧。（〔耍孩兒么〕）〔註20〕

〔註16〕〔明〕朱權：《太和正音譜》，頁22。

〔註17〕陳萬鼐主編：《全明雜劇》，第2冊，頁113～116。

〔註18〕同上註，頁176。

〔註19〕同上註，頁210。

〔註20〕同上註，頁216。

你説起千般恨，我擔著一擔愁。誰想道從天降這一場惡事頭？你做
了三軍帥、萬戶侯，那裡不尋個好人家俊女流。你邊廷上鎮守，兵
機上慣熟；強打拆鳳凰樓，硬併上燕鶯儔。呸！這便是你汗馬上立
功勳的得志秋，你怎下得把俺這美恩情一旦休。（〔秋江送〕）〔註21〕

以上所列諸曲，〔錦征袍〕寫申嬌幽會；〔古鮑老〕寫嬌娘因飛紅詞惱怒；〔耍
孩兒〕寫申嬌在庭院中遊賞，行將分別；〔秋江送〕寫申生聽說孫都統欲強娶
嬌娘。這些曲文讀來音調和諧，尚堪稱流麗柔媚，不致於沾脂粉帶膩氣，寫
男女私情也頗為細緻宛轉。他走的顯然是王實甫《西廂》的路子，但他較《西
廂》缺少的是表現人物鮮活的生命力，因之氣格減弱，非但沒有「海嶠雲霞」
的出塵脫俗，更看不到「倒峽奔流」的壯勢。朱、丘二氏對東生未免過譽，
明初十六子中，東生實尚在谷子敬、楊景言下。

　　《嬌紅記》在體製上有三點值得注意。一是上本楔子中用金童玉女合唱
〔賞花時〕一支，下本首折末旦合唱一支〔蔓菁菜〕。另外上本第三折〔出隊
子〕與〔刮地風〕諸曲並作「旦」唱，然觀其曲意，實是正末口吻，應是傳
本誤刊。〔賞花時〕不是正曲，可以不必限定角色獨唱，但〔蔓菁菜〕一曲如
非誤刊，則本劇在唱法上已經突破元人科範，並非純正的「末本」了。

　　其次一點是插演院本有七處之多。作者之意似在用院本的滑稽或歌舞來
補救雜劇的單調，這種情形在戲劇裡也還常見，如《西廂記》和《降桑椹》
的《雙鬥醫》院本，南戲《錯立身》也插演院本（名目不知）。茲將本劇插演
之院本列述如下：

　　一、院本（無名）：見上本第一折。申純初訪王通判家，以院本為家宴中
　　　　餘興上演。
　　二、院本〔說仙法〕：見上本第二折。申純遊承天寺一場中上演。
　　三、院本（無名）：見上本第三折。在申純遊街之一場中。
　　四、院本〔店小二哥〕：見上本第四折。在申純與王通判一同旅行之一場
　　　　中演出。
　　五、院本（無名）：見下本第一折。在申純登第後，王通判祝賀一場中演出。
　　六、院本〔黃丸兒〕：見下本第三折。在申純臥病召醫者診察之一場中演
　　　　出。
　　七、院本〔師婆旦〕：見下本第四折。在申純臥病招巫降神之一場中演出。

〔註21〕同上註，頁 260。

胡忌《宋金雜劇考》第四章第十三節〈嬌紅記〉所錄院本資料研究，以為院本〔店小二哥〕應是「打略拴搐」一類的院本，院本（第五）屬「沖撞引首」之類，院本〔黃丸兒〕已見《輟耕錄》，當為庸醫胡鬧的滑稽戲。院本〔師婆旦〕當係諸雜劇大小院本中的「師婆兒」。

　　第三點是次本首折用〔中呂〕而不用〔仙呂〕，這是元人所無之例。

　　「嬌紅記」本是個熱門題目，在東生之前有王實甫，略與同時的有湯式、金文質，稍後有沈受先，另外尚有無名氏的《鴛鴦塚》和孟稱舜的《節義鴛鴦塚嬌紅記》傳奇，其中除了《鴛鴦塚》尚有殘文外，具已散佚不存，則東生此劇在《嬌紅記》群著中，算是碩果僅存的了。

　　東生另有《世間配偶》一種，《太和正音譜》列其目，《錄鬼簿續編》則未著錄，僅云：「作《月下老定世間配偶》四套，極為駢麗，傳誦人口。」〔註22〕既明稱為「四套」，則似乎不認其為雜劇。《詞林摘艷》選錄〔仙呂〕、〔正宮〕、〔雙調〕三套，題「皇明劉東生月下老問世間配偶雜劇」。〔黃鍾〕一套，見於《雍熙樂府》，《正音譜》錄其中隻曲，題「東生散套」，後來《北詞廣正譜》，更作「明初劉東生世間配偶劇」。〔仙呂〕、〔正宮〕、〔雙調〕三套是寫的春、夏、冬三季之景物，〔黃鍾〕套恰寫秋景，《世間配偶》到底是雜劇還是散套，頗難斷定。不過它守著雜劇分析聯套的規律，全由旦色主唱；但它只是分詠春、夏、秋、冬四季的夫婦生活狀態，好像沒有情節故事。周貽白有〈元劇輯逸與世間配偶〉一文，惜無從覓得，未知他的意見如何。顧隨有《世間配偶》輯本，見《燕京學報》22 期〈元明雜劇八種〉一文。

三、谷子敬（附論《昇仙夢》、《常椿壽》）

　　谷子敬，名號不詳。據《錄鬼簿續編》：「金陵人。樞密院掾史。洪武初，戍源時。明《周易》，通醫道。口才捷利。樂府、隱語，盛行於世。嘗下堂而傷一足，終身有憂色，乃作《耍孩兒》樂府十四煞，以寓其意，極為工巧。」〔註23〕子敬洪武初戍源時，大概因為他在元末曾做過官的緣故。下堂傷足，終身有憂色，用的是《禮記》子春傷足的典故，可見他頗具孝心。他作有雜劇五種，《枕中記》、《鬧陰司》、《借屍還魂》、《一門忠孝》四種均已散佚，現存的只有《城南柳》一種。五種中有四種和神仙鬼怪有關，也可見子敬取材

〔註22〕〔明〕無名氏：《錄鬼簿續編》，頁 292。
〔註23〕〔明〕無名氏：《錄鬼簿續編》，頁 282。

的路線。

《城南柳》是敷演神仙度化樹精的故事，元代馬致遠已經有《岳陽樓》一劇。本劇可以說是《岳陽樓》的改編，因此關目架構大抵相同，但同中有異，藝術的手法子敬是後來居上的。《城南柳》首折略模仿《岳陽樓》，別出心裁的是以劍賒酒，假酒保之手砍殺柳桃精，以「去其土木形骸」。次折改《岳陽樓》之吃殘茶爲柳桃奉侍洞賓飲酒，並以歌舞侑之。後桃隨洞賓出家，柳怒而追之。關目不似《岳陽樓》之荒唐，排場亦得宴賞之娛。三折洞賓化作「獨釣寒江雪」的漁翁，先寫漁人的悠閒，次寫柳求渡，再寫雪天景色，最後向柳指點路途，及柳見桃而怒殺之。將《岳陽樓》率爾爲之的渡口一段，擴充爲長套大折，層次井然，排場清新，頗有世外桃源之感。子敬剪裁去取，確是獨具慧眼。范子安《竹葉舟》第三折寫布袋和尙度脫，也化作漁翁，或許子敬此折是得到子安的啓示。四折演柳因殺桃，官府受審一段。將殺妻罪過委之於柳，並假洞賓之手殺之；而於閉目受刑，刀劍將下，令人屏氣凝神，極度緊張之際，忽地豁然開朗。判官、祗候易爲神仙，排場光怪陸離，而柳亦於此時頓悟。語語精簡，步步緊湊，確能動人觀聽。《岳陽樓》則以誣告坐郭馬兒死罪，法理上頗覺不合，而在「推出去殺壞了者」之後，又由洞賓說「要我救你不救」等等話語，不止辭費，也把原來緊張的場面沖淡，其後判官祗候之易爲神仙，便失去令人驚愕的效果。《城南柳》在「柳」悟道後，緊接群仙同赴蟠桃會，以得道之「桃」奉獻金母，一面將桃的著落點明，同時以大場面收煞。其手法之高妙，比起《岳陽樓》，眞是「青出於藍」。又《岳陽樓》次折與楔子間，關目的發展沒有必然的關係，三、四兩折間，其承遞也稍嫌鬆懈。《城南柳》則每折發展到最後，必伏下折開展之機，縮合處自然妥貼，結構之謹嚴，也可以說後來居上。梁廷枏《藤花亭曲話》卷二云：

> 元人雜劇多演呂仙度世事，疊見重出，頭面強半雷同。馬致遠之《岳
> 陽樓》即谷子敬之《城南柳》，不惟事蹟相似，即其中關目線索亦大
> 同小異，彼此可以移換。其第四折必於省悟之後，作列仙出場，現
> 身指點，因將羣仙名籍數說一過，此岳伯川之《鐵拐李》、范子安之
> 《竹葉舟》諸劇皆然，非獨《岳陽樓》、《城南柳》兩種也。〔註24〕

《岳陽樓》和《城南柳》的關目線索固然大同小異，但若謂「彼此可移換」則不然。梁氏大概沒有仔細比較過它們的藝術手腕，所以才有這樣含糊武斷

〔註24〕〔明〕梁廷枏：《藤花亭曲話》，《中國古典戲曲論著集成》，第8集，頁258。

的說法。至於第四折數說群仙名籍的雷同，那是元劇的一個窠臼，也是園《古今雜劇》中無名氏的神仙道化劇以及周憲王都不能免「俗」。

另外，和谷子敬同時，賈仲明的《昇仙夢》以及後來周憲王的《常椿壽》，其題材也和《岳陽樓》、《城南柳》相同。爲了比較研究的方便，一併移到這裡討論。

《城南柳》將《岳陽樓》中的「梅」改爲「桃」，《常椿壽》更將純陽子呂洞賓改爲純陽子紫陽，岳州岳陽樓改爲成都錦香樓，柳樹改爲椿樹，桃花改爲牡丹。但《常椿壽》是一意在模仿《城南柳》的。憲王《繼母大賢》傳奇引有云：

　　國朝惟谷子敬所作傳奇尤爲精妙，誠可望而不可及者也。〔註25〕

可見憲王對於子敬甚爲推重，而其模仿《城南柳》可能基於仰慕的心理。《常椿壽》首折關目之進展、排場之處理，幾全同於《城南柳》。次折於牡丹隨紫陽出家之際，椿亦悟紫陽必爲神仙，乃追蹤求度，此稍異。三折紫陽化爲賣花人於江上度脫椿樹。四折群仙聚會，祝賀牡丹、椿樹之入道。關目之布置較《城南柳》簡略而單純，椿之悟性敏捷，則似失草木應有的莽昧氣味，且因此使關目的發展平淡無奇，失去曲折騰挪的波瀾。且第四折的慶會，群仙雜沓，除了硬湊熱鬧外，實在沒有關目上發展的必要，而繼之以四毛女唱〔道情〕收場，亦嫌蛇足。

賈仲明的《昇仙夢》有意擺脫《岳陽樓》的模式，所以關目、排場的布置往往別出心裁。其第一折雖尚有《岳陽樓》氣息，但安排桃柳月下約會，土木形骸而具有人性，演成一片旖旎風光，這是突出前人的地方。其後三折皆爲賈氏自運，以二、三兩折演第二度，第四折演第三度。桃柳於第二度即已省悟，但必再出以三度，看似累贅，實爲加強說明塵緣之不易了結。次折前半演重陽日招致街坊宴賞，社長前來取鬧，與首折之文靜場面映襯，頗能調劑冷熱。第二、三次度化，皆假於夢寐，於虛處傳神。柳春前後喊出兩聲「有殺人賊」，於是夢境結束。高潮乍然突起，又遽然直下；從極度緊張之際，猛然歸於空幻泡影。神仙道化的趣味十足。柳春第二次由夢中醒來時說：「原來是呂純陽又使這權術。」〔註26〕兩次度化都使用同一權術，於夢中殺人，呂純陽未免「技盡於此」；但劇中演來，尚不覺重複可厭。此劇關目配搭，較

〔註25〕陳萬鼐主編：《全明雜劇》，第 3 冊，頁 1091。
〔註26〕陳萬鼐主編：《全明雜劇》，第 3 冊，頁 828。

上述《岳陽樓》、《城南柳》、《常椿壽》三劇爲新鮮，其故除善用夢境外，在音律上亦突破元人科範，採用〔仙呂〕、〔中呂〕、〔越調〕、〔雙調〕合套，使末唱北曲，且唱南曲，末旦有相等的分量，運筆較爲自如，尤爲主要的原因。元末沈和雖以南北調合腔，創始合套，但只用於散套，如《瀟湘八景》、《歡喜冤家》之類。用於雜劇當以賈仲明爲嚆矢，這一點是很值得注意的。

就文字而論，四劇中當以《城南柳》爲第一。馬致遠之高處在雅麗中不失勁健雄渾之氣，《岳陽樓》第一、二折頗具這種韻味，但三、四折轉用白描，非東籬所長，因此淪於平淡寡味。《城南柳》則通劇隨處牽入桃柳典故，而能天衣無縫，雅致俊逸，機趣橫生，見其才氣之俊發與運筆之精妙。

> 雖是箇不識字、煙波釣叟，卻做了不思凡、風月神仙。儘他世事雲千變。實丕丕林泉有分，虛飄飄鐘鼎無緣。想著那鬧吵吵東華門外，怎迭得靜巉巉西塞山前。腳蹤兒、不上凌煙。夢魂兒、則想江邊。覷了那忘生捨死的將軍過、虎豹關中。無榮有辱的朝士擁、麒麟殿前。爭如俺設憂沒愁的儂家住、鸚鵡洲邊。苟延。數年。我其實怕見紅塵面。雲林邊，市朝遠。遮莫你天子呼來不上船。飲興蕭然。(〔梁州第七〕)〔註27〕

> 恰纔共野老清辰飲，因此伴沙鷗白晝眠。覺來時、怎生這釣魚船不見。這其間黃蘆岸潮平，白蘋渡水淺。不在紅蓼花新灘下，莫不在綠楊樹古堤邊。則見那人影裡牽回棹，原來是柳陰中纜住船。(〔牧羊關〕)〔註28〕

> 見一箇龐眉老叟行在前面，見一箇絕色佳人次著後肩，恰渡過芳洲早望不見。多管在竹林寺邊，桃花塢前，便趁東風敢去不遠。(〔隔尾〕)〔註29〕

> 可見漫地漫天，更撲頭撲面。雪擁就浪千推，雪裁成花六出，雪壓得柳三眠。你這般愁風怕雪，甚的是帶雨拖煙。你索拳雙足，瞑雙目，聳雙肩。(〔感皇恩〕)〔註30〕

> 那搭兒別是一重天，盡都是翠柏林巒。那裡取綠楊庭院，數聲鶴唳

〔註27〕同上註，第2冊，頁309～310。
〔註28〕同上註，頁311。
〔註29〕同上註，頁312。
〔註30〕同上註，頁313～314。

呵不比那箇黃鸝囀。縱有那驚俗客、雲間吠犬，須無那聒行人、風

外鳴蟬。你休錯誤做章臺路，管取你誤入武陵源，那裡有碧桃千樹

都開徧。你去那叢中尋配偶，便是花裡遇神仙。（〈賀新郎〉）

以上諸曲都是《城南柳》第三折中的曲子。本折每支曲子都是超妙精品，字

字珠璣。寫漁人悠閒逸趣，出塵超凡，沒有雕琢氣，沒有淺鄙語，幾非食人

間煙火者。而以極清極麗之筆點染，色彩繽紛，如天女散花。雪天景色，小

桃去處，亦極其瀟灑清綺之致。孟稱舜《柳枝集》謂〔一枝花〕、〔梁州〕諸

曲「一篇漁父詞，恣情嘯傲，綽有仙風。」〔註31〕〔牧羊關〕一曲「景色妍

美」，〔賀新郎〕一曲「絕好文字，一一湊泊得來。」〔註32〕李開先《詞謔》

選錄本劇一、二、四折，謂「次套，谷子敬生平得意詞也。」〔註33〕全劇四

折，讀來琳瑯鏗鏘，真如「崑山片玉」（《太和正音譜》），晶瑩溫潤，高爽精

潔，而「機鋒話甚，韻致泠然，一吐一咳，迥出塵外，在元人中亦為錚錚。」

「與賈仲名度金童玉女科套略同，而填詞有天凡之別。」〔註34〕（孟稱舜評）

難怪憲王驚為「可望而不可及」了。

　　吳梅《常椿壽・跋》云：「就曲文論，首折之〔油葫蘆〕、〔醉扶歸〕，第

二折之〔梁州〕、〔牧羊關〕，第三折之〔倘秀才〕、〔呆骨朵〕，皆是妙詞。凡

作游仙語，不可貪襲道家言，王作妙就椿樹、牡丹發揮，便合本地風光，非

憑空結撰也。」〔註35〕《常椿壽》第一折〔點絳唇〕、〔油葫蘆〕二曲為模倣

《城南柳》而來，其協魚模韻，亦與之相同。「就椿樹、牡丹發揮」和「隨處

牽入桃柳典故」也是同一手法。憲王此劇模倣《城南柳》的跡象是很顯然的。

你笑我心狂蕩，我笑你春正迷。忘了你那、昔日容儀。怕不你年紀

兒恰正青春，子你那根科兒十分舊矣。你子待戀花枝、新富貴，全

不知思慕景、老相識。可知你椿木性難分解，到不如牡丹花先綻蕊。

（〔牧羊關〕）〔註36〕

我恰纜載花船、來到這菰蒲岸東，見一個龐眉叟、引定個風流女童。

他道是勾引春光泛落紅。他道是有來尋的呵，只來在蓬島畔，相會

〔註31〕〔明〕孟稱舜編：《古今名劇合選》，第6冊，頁12。

〔註32〕同上註，頁16。

〔註33〕〔明〕李開光：《詞謔》，《中國古典戲曲論著集成》，第3集，頁310。

〔註34〕〔明〕孟稱舜編：《古今名劇合選》，第6冊，頁1。

〔註35〕蔡毅編著：《中國古典戲曲序跋彙編》，頁850。

〔註36〕陳萬鼐主編：《全明雜劇》，第3冊，頁1415～1416。

向大羅中。知他是我癡呆耶你懵懂。（〔倘秀才〕）〔註37〕

用白描的手法而能見清淡雋永的趣味，是《誠齋樂府》的普遍風貌，這兩支曲子頗能得其韻致。但就通劇看來，則不過整潔而已；較之《城南柳》，不只「警拔稍遜」（王世貞語），兼亦覺其「才情未至」（沈德符語）。所幸《常椿壽》並非憲王佳作，如果《誠齋雜劇》三十一種大都如此，憲王在明雜劇中的地位就要另行評價了。

《昇仙夢》，王季烈《孤本元明雜劇·提要》譽為「曲文清麗，可誦可歌；後之《誠齋樂府》，及內廷供奉諸神仙劇，大都脫胎於此。」〔註38〕《誠齋樂府》及內廷供奉諸神仙劇，無論風格手法都和《昇仙夢》不甚相侔，王氏這句話是沒什麼根據的。至於「曲文清麗」，就第三折來觀察，尚可當之無愧，若首折則「惰氣瀰漫」，不只「麗」談不上，兼覺板滯庸俗，其二、四折也不過平整而已，並沒什麼動人的句子。

夕陽古道，客旅人稀，老樹槎枒。一林紅葉，三徑黃花。看了那高低禾黍，紛紛桑共麻。俺則為功名牽掛，今日個背井離鄉，幾時得任滿還家。（〔紫花兒序〕）

你道是功名牽掛，早過了夕陽下，一帶雲山似圖畫。眼巴巴，幾時得到京華。過山遙路遠怎去他，教我心驚膽顫怕。如今容顏瘦，到不如受辛勤還家罷。我如今力困筋乏。（〔南訴衷腸〕）〔註39〕

以上兩曲雖不如《太和正音譜》所說「錦帷瓊筵」那樣的富貴華麗，但「清麗」兩字是恰如其分的。可惜全劇四折挑不出幾支這樣的曲子來。所以，《昇仙夢》的勝處在排場、關目而不在曲文。

總上所論，《岳陽樓》關目、排場欠妥，文字亦未能始終不懈，瑕瑜互見，未臻完美。《昇仙夢》關目能別出心裁，排場亦有可觀，惜文字未能相稱。《城南柳》結構模仿《岳陽樓》，而獨運機杼處，均能出奇制勝，非常謹嚴妥貼。其文字尤神妙，元明仙佛渡化劇中，堪稱巨擘。子敬雖僅此一劇傳世，戲曲史上自有其一席地位。憲王好將舊作翻新，往往超越前人；可是《常椿壽》之於《城南柳》，無論結構、文字均有不及。蓋子敬已極其「精妙」，後人惟

〔註37〕同上註，頁 1422。
〔註38〕〔清〕王季烈：《孤本元明雜劇提要》（臺北：臺灣商務印書館，1971 年），頁12。
〔註39〕陳萬鼐主編：《全明雜劇》，第 3 冊，頁 818～819。

「可望」而欣賞品味之，若欲強行仿效，必「不可及也」。李白見崔顥題黃鶴樓詩而擱筆，則憲王此劇似難免於浪費筆墨之譏了。

四、賈仲明

賈仲明，《太和正音譜》作「賈仲名」，《錄鬼簿續編》作賈仲明。《續編》傳略云：「山東人。天性明敏，博究群書，善吟詠，尤精於樂章、隱語。嘗侍文皇帝於燕邸，甚寵愛之，每有宴會，應制之作，無不稱賞。公丰神秀拔，衣冠濟楚，量度汪洋，天下名士大夫，咸與之相交。自號雲水散人。所作傳奇、樂府極多，駢麗工巧，有非他人之所及者。一時儕輩，率多拱手敬服以事之。後徙居蘭陵，因而家焉。所著有《雲水遺音》等集行於世。」〔註40〕據此則仲明是個聰明博學、風度翩翩，受知於明成祖，名重一時的人物。天一閣鈔本《錄鬼簿》附有仲明補撰弔曲，無名氏的《錄鬼簿續編》中有一篇〈書錄鬼簿後〉，即賈氏說明他補撰弔曲的緣由，末署「永樂二十年壬寅中秋，淄川八十雲水翁賈仲明書於怡和養素軒」〔註41〕。永樂壬寅為西元 1422 年，由此推算，仲明當生於元順帝至正三年（1343）。卒年未詳。《錄鬼簿續編》未署明作者，為審慎起見，自以稱「無名氏作」為妥。但有人以為可能係賈仲明所作，其所持之理由是：「賈翁既有雅興補撰鍾《錄》的弔詞，繼之而為《續編》是有可能的。而且如此熟悉當代戲曲作家的生平，恐亦非身為劇作家又好事如賈翁者莫辦。還有，《續編》中〈羅貫中傳〉說：『與余為忘年交。至正申辰復會，別來又六十餘年。』可知作者寫《續編》時，年齡必在八十以上，這正與賈仲明作〈書錄鬼簿後〉自稱『八十雲水翁』相符合的。……或者有人說，《續編》是賈仲明作，為什麼裡面又有賈的傳記，而且評價甚高呢？這個問題是可以解釋的：劇曲作家們自負才名，往往有當仁不讓的作風的。清初高弈撰《傳奇品》，也把本人作的傳奇十四種攙入，且自加評價，『言之津津，有似他人稱賞之語，了不為怪。』那末，我們正不當怪所不怪了。」這樣的理由是沒什麼破綻的。《續編》為賈氏之作的可能性極大。

賈氏雜劇作品可考者共十七種，即《對玉梳》、《菩薩蠻》、《玉壺春》、《金童玉女》、《昇仙夢》、《裴度還帶》、《雙林坐化》、《梅杏爭春》、《七世冤家》、《碧桃花》、《雙獻頭》、《燕山怨》、《英山夢》、《節婦牌》、《雙告狀》、《調風

〔註40〕〔明〕無名氏：《錄鬼簿續編》，頁 292。
〔註41〕〔元〕鍾嗣成筆：《錄鬼簿、傳奇品等》（臺北：洪氏出版社，1982 年），頁 5。

月》、《意馬心猿》。《對玉梳》至《裴度還帶》六種尚存,其中《昇仙夢》已在谷子敬一節附帶討論過。

《對玉梳》、《菩薩蠻》、《玉壺春》三本同屬風情劇。《對玉梳》述荊楚臣與妓女顧玉香因鴇母逼迫分離,斷玉梳為二,各執其半,資助楚臣赴舉,後楚臣得官,玉梳重合,結為夫婦。為尋常妓女劇,蓋本南唐宋齊邱事敷演。關目平板,排場亦無可取。青木正兒所謂「前半雖稍有可觀,然至後半,遂惰氣瀰滿。」〔註42〕曲辭止於平整,缺少的是動人的韻致。孟稱舜《柳枝集》評本劇,謂「辭氣似是龐莽,却愈覺雅醇,當與韓昌黎詩並觀。」〔註43〕殊覺不然。

《菩薩蠻》述溫州書生張世英,館其友蕭山蕭讓家。蕭讓妹淑蘭年十九,有意張生。一日窺兄嫂掃墓,家中無人,遂入張生書房,道達其意。張生責其非禮,不之許(一折)。淑蘭由是相思臥病,作〔菩薩蠻〕詞,托老嫗寄張生(二折)。張生益怒,題詩壁間,去而之西興。淑蘭悲哀不堪,重賦〔菩薩蠻〕詞以寄情(三折)。兄嫂憫其志,致書張生,送妹所作之詞,又遣官說親。遂擇日成婚(四折)。按蕭淑蘭事,見卓人月《詞統》。《詞統》收有蕭作〔菩薩蠻〕二闋,其一為〈寄張世英〉。可知本劇蓋敷演實事。但《詞統》所收蕭作是否假託,則無從查考。

本劇寫一位熱情奔放的年輕女子,大膽的突破禮教,向私戀的男子求愛。這種關目在我國的戲劇中是很少見的。張世英的迂腐拘謹與蕭淑蘭的大膽熱情,正成一有趣的對比。當官媒引鼓樂來請新郎時,世英還向淑蘭說:「非吾就親,令兄願命,不敢有違,盡乎人心。」又說:「若非令兄相待之厚,不負卿之始初誠心。豈敢玷污名教乎?」〔註44〕其多烘頭巾之氣,真教人不能忍耐。淑蘭不知說過「天壤之間乃有此張郎」否?關目、排場也都平凡無足觀。本劇最為人稱道的是用險韻而能用得自然。王驥德《曲律三·論險韻》第二十八有云:

> 作曲好用險韻亦是一癖,須韻險而語則極俊,又極穩妥,方妙。……
> 國初人《蕭淑蘭》劇,全押廉纖、監咸、侵尋、桓歡四韻,亦字字穩俏。近見押此等韻者,全無奇怪峭絕處,只是湊得韻來,便以為

〔註42〕〔日〕青木正兒著,王吉盧譯:《中國近世戲曲史》,頁138。
〔註43〕〔明〕孟稱舜:《古今名劇合選》,第7冊,頁1。
〔註44〕陳萬鼐主編:《全明雜劇》,第3冊,頁764。

難事。〔註45〕

又孟稱舜評云：

> 賈仲名曲雄莽處極類韓吏部詩，此劇用韻險仄亦復相似，而輕俊儇
> 俏更爲不可及。〔註46〕

又吳梅《古今名劇選・蕭淑蘭跋》云：

> 此劇四折皆用窄韻，實是有意顯神通，而語如鐵鑄，不覺選韻之苦，
> 此由才大，非關人力。元人中似此者，亦不多覯也。惟劇中情節太
> 簡，又專寫閨閣，割雞牛刀，未免小題大做耳。〔註47〕

底下且舉兩支曲子來看看：

> 秀才每難托志誠心，好喫開荒劍，一條擔兩下裡脫尖。有多少胡講
> 歪談信口唦。喬文談、拘恥拘廉。我看你瘦懨懨眼札眉苦，多敢是
> 家菜不甜野菜甜。你怎消得俺嬌滴滴桃腮杏臉，香馥馥玉溫花艷。
> 則好去破窰中風雪斷虀鹽。（〔賺煞〕）〔註48〕
> 我著些言語來探，將他來賺，他那裡急截舌緊攙。秀才每自古眼睛
> 饞，不似這生忒銅心鐵膽。哎！你個顏叔子秉燭眞個堪，柳下惠等
> 閑沒店三。酸溜溜《魯論》《齊論》，醋滴滴〈周南〉〈召南〉。（〔鬼
> 三台〕）〔註49〕

〔賺煞〕是淑蘭初挑世英受拒時所唱的曲子，〔鬼三臺〕是嬤嬤代淑蘭傳情受
訓斥後所唱的曲子。憤憤之情見於字裡行間，雖用窄韻，而運筆自然，寫得
伶俐俊俏，把秀才的「德性」也罵盡了。王氏所謂「字字穩俏」，孟氏所謂「輕
俊儇俏」都說得很中肯。不過仲明儘管「才大」，有時難免也要犯上湊韻的毛
病，如「只待要坐取公侯伯子男」則滑氣太甚。因此本劇曲辭雖藻麗，而韻
澀氣咽的地方也不少。所謂「雄莽」，未知何由見得。

　　《玉壺春》，《元曲選》本題元武漢臣撰。息機子《古今雜劇選》本作無
名氏。也是園《古今雜劇》黃蕘圃待訪目中，列於元無名氏項下。近人嚴敦
易《元劇斟疑》根據天一閣鈔本《錄鬼簿》考核其題目正名，並由劇中賓白
的地方得到佐證，認定當是賈氏作品。其說證據確鑿，當可信。

〔註45〕〔明〕王驥德：《曲律》，頁135～136。
〔註46〕〔明〕孟稱舜編：《古今名劇合選》，第7冊，頁1。
〔註47〕蔡毅編著：《中國古典戲曲序跋彙編》，頁813～814。
〔註48〕陳萬鼐主編：《全明雜劇》，第3冊，頁748。
〔註49〕陳萬鼐主編：《全明雜劇》，第3冊，頁752。

本劇演李唐斌和妓女李素蘭戀愛的故事。無非「妓女愛俏，鴇兒愛鈔」，惡人作梗其間，經歷悲歡離合，終於團圓收場。關目排場仍是平凡不足稱。但曲辭清麗，頗有可誦之曲。

> 我則待簪花滯酒賦詞章，至如我折桂攀蟾，也不似這淺斟低唱。誰想甚禹門三月桃花浪，我則待伴素蘭風清月朗，比爲官另有一種風光。誰待奪皇家龍虎榜，爭如占花叢燕鶯場。我則要做梨園開府頭廳相，我向這花柳營調鼎鼐，風月所理陰陽。（〔賀新郎〕）〔註50〕

> 我爲戀著春風蘭蕊嬌容放，嗨！早忘了秋日槐花舉子忙。玉壺生拜辭了素蘭香，向著個客館空床，獨宿有梅花紙帳。那寂寞，那凄涼，那悲愴。雁杳魚沈兩渺茫，冷落吳江。（〔二煞〕）〔註51〕

〔賀新郎〕將應科舉與做子弟混爲一談，互相對照映襯，極爲巧妙。〔二煞〕寫離別，頗不落俗套。讀來流利宛轉，可以說是仲明曲中的上品。

《金童玉女》演李鐵拐度化金童玉女降凡之金安壽、童嬌蘭夫婦重登仙籍事。主題與《甐江亭》完全一樣，爲仙佛劇中習見的「三度劇」。關目無聊，但排場頗爲講究，運用歌舞，使刻板的場面顯得活潑熱鬧，首折插入歌兒引細樂舞唱〔滿堂紅〕、〔大德歌〕、〔魚游春水〕、〔芭蕉延壽〕諸曲。四折先由末旦作女眞舞，再由八仙歌舞青天歌，以歌舞爲終始，演之場上，必然可觀。又第三折以蓬萊一夢點化，雜以嬰兒、姹女、猿馬，光怪陸離，得神奇變化之致。這種場面的安排改進，後來的周憲王可以說從這裡得到啓示，同時更予以發揚光大，使得明代的戲劇藝術更邁進一步。至於曲辭，麗而不鮮，濃而不化，缺少「生香活色」，殊不能感人。

> 叵奈這無端的鐵拐使機謀，不知怎生用些道術，將俺那小姐，迷惑來去赴玄都。挫挫挫扯碎俺姻緣簿，忽剌入掘斷俺前程路。空沒亂槌胸跌足，揉腮瞪目。將一朵娃頭蓮，磕可可兩分處。生拆散燕鶯孤，吉丁當摔碎連環玉。（〔望遠行〕）〔註52〕

像這樣自然明白，活潑有致的曲子，在本劇中殊不多見，就好像是大魚大肉中的少許青菜了。

《裴度還帶》，《孤本元明雜劇》從趙琦美《脈望館鈔校古今雜劇》題關

〔註50〕〔明〕藏晉叔：《元曲選》，頁 480。
〔註51〕同上註，頁 481。
〔註52〕陳萬鼐主編：《全明雜劇》，第 3 冊，頁 785。

漢卿撰。鄭因百師〈元劇作者質疑〉，從題目正名考定爲賈仲明之作（見《大陸雜誌特刊》第一輯）。

　　本劇演唐宰相裴度寒微時，在山神廟拾得玉帶，還給失主韓瓊英，瓊英因此得以救父，後來度與瓊英結爲夫婦，享受榮華。事出唐王定保《摭言》，惟增飾相士趙野鶴之名、姨夫王員外、失帶者韓瓊英，且後即嫁度，關目自然。不過賓白中有些小舛錯，如忽然說在洛陽，忽然說在汴梁，玉帶初云兩條，後又云一條。凡此連同許多不必要的重沓複述，弄得蕪雜不堪，這大概是內府本的通病，原作或許並不如此。王季烈提要云：

> 漢卿所撰雜劇有六十餘種之多，此本在漢卿著作中，尤爲上乘文字。
> 如第一折之〔點絳唇〕、〔混江龍〕二曲，第二折之〔一枝花〕、〔梁
> 州第七〕、〔隔尾〕三曲，第三折之〔醉太平〕、〔倘秀才〕、〔塞鴻秋〕
> 三曲，皆絕妙好詞，其餘亦多本色樸質，非明人所能及。〔註53〕

王氏誤以本劇爲漢卿作品，並極力推許，認爲「在漢卿著作中，尤爲上乘文字。」其佳處在「本色樸質，非明人所及。」底下且把他所說的絕妙好詞舉幾支來看看。

> 幾時得否極生泰，看別人青雲獨步立瑤堦。擺三千珠履，列十二金釵。
> 我不能彀丹鳳樓前春中選，伴著這蒺藜沙上野花開。則我這運不至，
> 我也則索寧心兒耐。久淹在桑樞甕牖，幾時能彀畫閣樓臺。（〔混江龍〕）
> 〔註54〕

> 看路徑行人絕跡，我可便聽園林凍鳥時啼。這其間袁安高臥將門閉，
> 這其間尋梅的意懶，訪戴的心灰，烹茶的得趣，映雪的傷悲。冰雪
> 堂凍蘇秦懶謁張儀，藍關下孝韓湘喜遇昌黎。我我我，飄的這眼眩
> 耀，認不的箇來往回歸。是是是，我可便心恍惚，辨不的箇東西南
> 北。呀呀呀！屯的這路瀰漫分不的箇遠近高低。瓊姬表衣，紛紛巧
> 剪鵝毛細，戰八百萬玉龍退，敗鱗甲縱橫上下飛，可端的羞殺馮夷。
> （〔梁州第七〕）〔註55〕

> 我則待蔬衣淡飯從吾樂，我一心待要固窮守分天之道，我則待存心

〔註53〕〔清〕王季烈：《孤本元明雜劇提要》，頁2。

〔註54〕〔清〕王季烈：《孤本元明雜劇》（北京：中國戲劇出版社，1958年），第1冊，頁1。

〔註55〕〔清〕王季烈編：《孤本元明雜劇》，第1冊，頁4。

謹守先王教，可不道君子不奪人之好。夫人處患難，小生甘窮薄。

咱正是搖鞭舉棹休相笑。（〔塞鴻秋〕）〔註56〕

以上三曲即王氏所極力稱賞的代表作。王氏所舉諸曲，〔點絳唇〕、〔混江龍〕二曲表面上看來頗有雄直勁切之氣，可是骨子裡又俗又腐。〔一枝花〕以下三曲寫雪天景色，甚矯揉造作，堆砌典故，生硬隔膜，一點味道也沒有。〔醉太平〕以下三曲平板無生氣，絕非所謂「本色樸質」。鄭因百師在本劇之後批云：

王氏提要云此本在漢卿著作中尤爲上乘文字，不知何所見而云然。以余觀之，直下駟耳。王氏所舉諸曲俱不見佳，須知質而不俚方是本色佳處，否則叫街擂磚之詞皆成文學名品矣。俚尚可存，俗則無救。

又云：

王氏以本色質樸稱此曲，余故有右數語。若此劇之劣處，則在平庸呆板，尚談不到質樸與華麗也。

鄭師的評語正道中本劇的病根。其「平庸呆板」的文字眞是到處充斥，像〔那吒令〕、〔鵲踏枝〕、〔牧羊關〕、〔賀新郎〕、〔新水令〕、〔慶東原〕、〔喬牌兒〕等曲莫不然。我們也不必在這裡一一列舉了。

　　縱觀賈仲明諸劇，曲辭雖麗而乏生氣；關目除《裴度還帶》外，俱失之平凡；排場則神仙二劇頗有可觀，其他亦無足取。《太和正音譜》謂「如錦帷瓊筵」，我們則覺其富貴不足；《錄鬼簿續編》謂「駢麗工巧，有非他人之所及者。一時儕輩，率多拱手，敬服以事之。」〔註57〕如果《續編》眞出自仲明之手，未免過甚其辭了。

五、李唐賓

　　李唐賓，有雜劇《梨花夢》、《梧桐葉》二種，《梨花夢》已佚。《元曲選》收「梧桐葉」一本，未題撰者姓名。今考其正名與《錄鬼簿續編》李唐賓名下「梧桐葉」所註明相同，故《元曲選》之《梧桐葉》應即李氏作品。關於李唐賓生平，《元劇斟疑》以爲賈仲明《玉壺春》即寫其事。茲先將《玉壺春》梗概介紹如下。

　　李斌，字唐賓，號玉壺生，維揚人。遊學至嘉興府，與上廳行首李素蘭

〔註56〕同上註，頁11。

〔註57〕〔明〕無名氏：《錄鬼簿續編》，頁292。

相戀，互贈信物，做一程兒伴（一折）。李往謁故友陶伯常，陶規之進取功名，李戀素蘭，託陶進京，代上萬言長策（楔子）。至金盡時，虔婆擬趕其出門，另留山西商人甚黑子。李斌正賦〈玉壺春詞〉，並畫一玉壺，中插素蘭花。與虔婆爭執，負氣出門，素蘭則剪髮不肯另嫁（二折）。李斌至陳玉英姨姨處與素蘭相會，款洽間，虔婆引甚黑子至，遂又起爭論，互往見官。適陶伯常新任嘉興府太守，帶一行人返衙勘問（三折）。陶告李斌，進策後蒙恩加其爲本府同知，已成同僚，重責甚黑子，並將李素蘭除籍，與李斌爲夫人。虔婆尚云二人均姓李，不可爲婚，素蘭自白身本張姓，乃其義女，遂由李出銀與之，做爲恩養錢（四折）。

　　《元劇斠疑》的看法大抵是這樣：《錄鬼簿續編》應當是賈仲明作的。其記李唐賓生平云：「廣陵人，號玉壺道人，淮南省宣使，與余交久而敬，衣冠濟楚，人物風流，文章樂府俊麗。」〔註58〕可見他們是好朋友。而《玉壺春》中男主角的字、號、籍貫，正和李氏相合；又《雍熙樂府》卷八，〔南呂〕〔一枝花〕，有贈妓女的二套散曲，二妓一爲李素蘭，一爲陳玉香，未注作者姓名。但《北宮詞》紀「贈李素蘭」一套，卻標作湯式作，湯氏與賈、李皆爲同時之人，則李素蘭亦實有其人。《玉壺春》劇中，李素蘭以下的第二個行首，恰好名叫陳玉英，很可能就是雍熙所見的陳玉香。由這些跡象看來，《玉壺春》即寫李唐賓的一段戀愛史，大概是沒什麼問題的。

　　另外，《元劇斠疑》還認爲「梧桐葉」所寫的也和唐賓本人有關。他列舉了一些影射的跡象，但事實上正如他自己所說的「不免穿鑿」。因爲本劇所敷演的情節是以《太平廣記》卷一百六十定數類十五與馮夢龍《情史》卷二〈侯繼圖〉條爲藍本的。劇中任繼圖應當是侯繼圖之誤，也許是故意改的。當然，劇中有些情節是原故事所沒有的，爲作者隨意敷演，不必強爲牽引，認爲與唐賓有關。

　　《梧桐葉》一劇就其正名《李雲英風送梧桐葉》看來，「梧桐葉」似應爲關目始終作合處，乃在本劇中，其分量不過與寺壁題詩相等，不免雙頭並駕，無輕重之別；且任既已中狀元，名滿天下，焉有雲英仍然未知，尚陪金哥拋繡毬之理？題壁與題葉俱爲任繼圖所得，以「巧」爲關目發展的方法，上承《拜月》，下開石巢四種、笠翁十種，實是戲劇惡道。總而言之，本劇關目布置甚覺不自然，排場亦失之平板，唯曲辭尚有可觀。

〔註58〕〔明〕無名氏：《錄鬼簿續編》，頁284。

你與我起青蘋，一陣陣吹將去，到天涯只在須臾。休戀他醉瓊姬、歌扇桃花，休搖動攪離人、空庭翠竹。休入桃源洞，休過章臺路，遞一葉起商飆梧葉兒，恰便似寄青鸞腸斷書。（〔呆骨朵〕）〔註59〕

這狀元慢加鞭、催玉驄，那狀元意徘徊、將寶鐙挑。我倚欄縱目頻瞻眺，莫不是老天肯念離人苦，今日街頭廝抹著。那狀元臨去也金鞭裊，他心兒裡作念，意兒裡斟酌。（〔二煞〕）〔註60〕

〔呆骨朵〕是風送梧桐葉的主曲，算是雅麗了，可惜韻味未足；〔二煞〕一曲從雲英眼中寫文武狀元，咫尺天涯，恍忽疑似的神情，表現得頗為生動。大抵唐賓為中駟之才，其文辭雖麗未臻於「俊」，《正音譜》所謂「如孤鶴鳴皋」那種清厲蒼遠的風格是看不到的。《正音譜》、《廣正譜》、《九宮大成》都選錄唐賓小令〔商調〕〔望遠行〕一支，《雍熙樂府》卷十二載有他的〔雙調〕〔風入松〕套數一，其風格與所作雜劇並無二致。

六、楊 訥

　　楊訥，原名暹，字景賢（《太和正音譜》作景言），號汝齋，蒙古人，家於錢塘，因從姊夫楊鎮撫，人以楊姓稱之。善琵琶，所製戲曲，出人頭地。好戲謔，尤工於隱語。明永樂初，特重語禁，召訥入直宮中，以備顧問。與賈仲明甚友善，交五十年，後卒於金陵。（《錄鬼簿續編》）湯舜民有〔雙調〕〔夜行船〕套「送景賢回武林」（此套殘存，見《全元散曲》），由此可見景賢與舜民交情頗厚。而套中所說：「酒中遇仙，詩中悟禪；有情燕子樓，無意翰林院。」〔註61〕正是景賢的為人。他大概是個在歌場舞榭中浪蕩的才子，永樂中入直禁中，應當是他得意的日子，可惜他這時已經年老了。他著有雜劇十八種，十六子中，論數量以他為第一。僅存《西遊記》、《劉行首》二種。其他《天臺夢》、《生死夫妻》、《翫江樓》、《偃時救駕》、《西湖怨》、《為富不仁》、《待子瞻》、《三田分樹》、《紅白蜘蛛》、《巫娥女》、《保韓莊》、《盜紅綃》、《鴛鴦宴》、《東嶽殿》、《海棠序》、《兩團圓》等十六種均已散佚。周憲王《煙花夢》傳奇引有云：「錢塘楊訥為京都樂籍中妓女蔣蘭英作傳奇而深許之。」不知是指那一本，或是在十八種之外。

〔註59〕陳萬鼐主編：《全明雜劇》，第2冊，頁398。
〔註60〕同上註，頁411。
〔註61〕隋樹森編：《全元散曲》（北京：中華書局，1964年），下冊，頁1480。

　　《西遊記》，傳本題吳昌齡撰。近人孫楷第根據天一閣抄本《錄鬼簿》上卷，「吳昌齡西天取經」下注「老回回東樓叫佛，唐三藏西天取經」，證其內容與今本不合。又李中麓《詞謔》錄楊景賢《玄奘取經》第四折，正與今本《西遊記》第四折相同（文字略有出入，乃中麓所改），因而斷定今本《西遊記》爲景賢之作（《輔仁學誌》八卷 1 期〈吳昌齡與雜劇西遊記〉），其說已成定論。吳氏所作《西遊》劇則只存二套，一〔雙調〕套，見《萬壑清音》、《北詞廣正譜》、《九宮大成譜》、《納書楹曲譜》，題爲「回回迎僧」；一〔仙呂〕套，見《萬壑清音》及《納書楹曲譜》，題爲「諸侯餞別」或「北餞」。後者至民國初年尚有傳唱。

　　本劇共六本二十四折，較《西廂記》猶多一本四折，爲現存元明雜劇中篇幅最長的劇作。二十四折每折都有題目，由題目可以看出內容的梗概：

第一卷

一、之官逢盜。二、逼母棄兒。三、江流認親。四、擒賊雪仇。

敘述唐僧的身世。是開場的一段，未入《西遊》正文。

第二卷

一、詔餞西行。二、村姑演說。三、木叉售馬。四、華光署保。

極力鋪張玄奘起程時行色的壯偉，以及諸神的決定盡力護衛。

第三卷

一、神佛降孫。二、收孫演咒。三、行者除妖。四、鬼母皈依。

完全是孫行者的故事，此卷可名爲「孫行者卷」。

第四卷

一、妖豬幻惑。二、海棠傳耗。三、導女還裴。四、細犬禽者。

完全是豬八戒的故事，此卷可名爲「豬八戒卷」。

第五卷

一、女王逼配。二、迷路問仙。三、鐵扇兇威。四、水部滅火。

著力描寫女人國王及鐵扇公主，爲西遊歷程中最可注目的兩件大事。

第六卷

一、貧婆心印。二、參佛取經。三、送歸東土。四、三藏朝元。

孫行者被留在佛土，玄奘則由神道送歸。

其中〈之官逢盜〉一折蓋本宋周密《齊東野語》卷八某郡倅江行遇盜增

飾而成。本劇除了改編吳昌齡《西天取經》外，宋人話本《大唐三藏取經詩話》中「行程遇猴行者處」、「入鬼子母國處」、「經過女人國處」等，應當也提供了不少材料和啓示。孫悟空在《取經詩話》是以白衣秀士出現，本劇則是一個喜歡收攝美女的妖猴，有如《陳巡檢梅嶺失妻》中的那個猿精，和吳承恩《西遊記》小說中的「齊天大聖」（本劇孫悟空爲通天大聖，齊天大聖是他哥哥）是完全兩樣的。

本劇寫唐僧家世與收伏八戒各用去一本四折，就整體看來，顯得很鬆懈。〈海棠傳耗〉一折孫行者打走豬八戒，直接救回裴氏女就可以，卻還要替她傳言，再請二郎來收伏八戒。真是畫蛇添足，浪費筆墨。又〈神佛降孫〉反以金鼎公主爲主；銀額將軍事跡與豬八戒又復相似；都不免輕重失衡與雷同之弊。此外，唐僧之遇難，緊張刺激、風雲詭幻的情節，在本劇也是看不到的。因此，就關目來說，本劇究竟是《西遊記》的雛形，和吳承恩的鉅製比起來是索然無味的。周貽白《中國戲劇史長編·元雜劇的排場及其演出》一節有云：

> 《西遊記》有六本，共二十四折一楔子，其布局比任何一種元劇都來得闊大。照故事情節說，應當是以唐僧、孫行者、豬八戒、沙和尚等一行四人爲主體，而且，其正名便叫「唐三藏西天取經」。但這四人卻沒有唱詞，主唱的都是些不大重要的人物，其形式最爲別致。〔註62〕

這種「別致」的形式，正是使得本劇主要人物個性不分明，關目迤沓平板的主要原因。

關目雖然不甚精采，但就文辭來看，卻有不少清新妙曲。

> 這裡有船無路，玉驄不慣識西湖。鄉關何處，煙景模糊，一片錦帆雲外落，千里繡嶺望中舒。江聲洶湧，風力喧呼，猶懷著千古英雄怒。這山見幾番白髮，這水換幾遍皇都。（第一折〔混江龍〕）〔註63〕
>
> 雲山縹緲，下隱黃泉，上接青霄。曉來登眺，眼前景物週遭。石洞起雲清露冷，金縷生寒秋氣高。故國迢遙，恨壓眉梢。（第九折〔八聲甘州〕）〔註64〕

〔註62〕周貽白：《中國戲劇史長編》（上海：上海書店，2004年），頁216。
〔註63〕陳萬鼐主編：《全明雜劇》，第2冊，頁478。
〔註64〕同上註，頁499。

這些時懶將玉粒餐，偷將珠淚彈；端的是不茶不飯，思昏昏恰便似
一枕槐安。身邊有數的人，眼前無數的山。聽了些水流深澗，野猿
聲啼破高寒。碧梧露冷冰飢瘦，紅葉秋深血淚乾。改盡朱顏。（第十
五折〔滾繡毬〕）〔註65〕

明月照疎林花果，寒露滴空山薜蘿。四面青山緊圍裏，松梢聞鶴唳，
洞口看猨過，與凡塵間隔。（第十九折〔倘秀才〕）〔註66〕

耳邊庙微風乍響，腳底下輕雲漸長，白馬上經生火光，碧天外人迎
太陽。（第二十三折〔金蕉葉〕）〔註67〕

孟稱舜《柳枝集》「二郎收豬八戒」眉批云：「（《西遊記》）幽艷恢奇，該博玄
雋，遂與王（實甫）揚鑣分路。此四折尤《西遊》中之標奇極妍者。」〔註68〕
大抵情景相生，聲韻鏗鏘，描寫深刻，文字雖經過鍛鍊，而脫去陳腔濫調，
頗得冷艷幽奇之致，即《正音譜》所謂「雨中之花」。此外像「擓一縷白練，
寫兩行紅字，赴萬頃清流。」「蛩帶秋聲鳴屋角，雁拖雲影過江南。」「對一
溪春水，臥半畝閒雲。」「腳根牢、跳出陷人坑，手梢長、指破迷魂陣。」「靉
靉濃雲連屋角，霏霏細雨灑溪斜。」「悶來時、擔山趕日，閑來時、接草量天。」
等都是很精緻的句子。但若與吳昌齡現存的兩套曲比較起來，則本劇於吳之
古樸蒼渾，尚遜一籌。

　　在體製方面，本劇有幾點值得注意的現象：

一、本劇六本，每本四折，而齣目相連，各有正目，每折又有小題。楔
　　子不獨立，包括在折中。不注明角色，但以劇中人物為名。

二、第一本四折一楔子，由陳夫人獨唱，係旦本。第二本由尉遲敬德
　　（男）、村姑（女）、木叉（男）、華光（男）各獨唱一折。第三本
　　由金鼎國王女（女）、山神（男）、劉太公（男）、鬼子母（女）各
　　獨唱一折。第四本四折一楔子，一至三折及楔子由裴氏（女）獨唱，
　　第四折由二郎神（男）獨唱。第五本由女人國王（女）、仙人（男）、
　　鐵扇公主（女）、電母（女）各獨唱一折。第六本四折，分別由貧
　　婆（女）、給孤（男）、成基（男）、飛仙（男）獨唱。以上五本均

〔註65〕同上註，頁516。
〔註66〕陳萬鼐：《全明雜劇》，第2冊，頁526。
〔註67〕同上註，頁536。
〔註68〕〔明〕孟稱舜編：《古今名劇合選》，第5冊，頁1。

屬末旦雙本。

三、第三本〔仙呂〕套與〔雙調〕套重協齊微韻。

四、〔雙調〕套首曲用〔豆葉黃〕，而將〔新水令〕連入套中。〔端正好〕之後接〔蠻姑兒〕，再接〔滾繡毬〕。〔點絳唇〕用〔么篇〕。〔中呂〕〔粉蝶兒〕後照例必接〔醉春風〕，此接〔正宮〕〔六么遍〕。〔南呂宮〕首曲必爲〔一枝花〕，次曲必接〔梁州第七〕。此則用〔南宮〕〔玉交枝〕、〔么〕、〔么〕、〔么〕、〔醉鄉春〕。〔雙調〕套借〔南呂〕〔金字經〕。以上聯套方式，均爲雜劇中之孤例。

五、〔黃鐘〕套原本〔刮地風〕誤題〔四門子〕，〔四門子〕誤題〔寨兒令〕，〔古水仙子〕誤題〔神仗兒〕。前人不察，以爲是另一種套式。以上四、五條見鄭因百師〈北曲套式彙錄詳解〉。

《劉行首》一劇，《太和正音譜》「古今無名氏」下列《馬丹陽度脫劉行首》一目，而楊景賢名下僅列《海棠亭》及《生死夫妻》二目，不及《劉行首》。《錄鬼簿續編》，則於楊景賢名下，列《劉行首》一本，全題作《王祖師三化劉行首》；又於「諸公傳奇失載名氏」項下，列《劉行首》一本，題目正名注作《王祖師單化鄧夫人，馬丹陽三化劉行首》，《脈望館校藏古名家雜劇》收《劉行首》一本，題元楊景賢撰。「元」字上以朱筆改爲「明」字，「楊景賢」三字以墨塗去，又朱筆注云：「《太和正音譜》作無名氏」，欄上標云：「《太和正音譜》作本朝人」，題目正名作：「大夫松假作章臺柳，頃刻花能造逡巡酒。醉猱兒魔障欠先生，馬丹陽度脫劉行首。」《元曲選》亦收《劉行首》，署楊景賢撰。內容與《古名家雜劇》本沒什麼歧異，而其正目卻作「北邙山倡和柳梢青，馬丹陽度脫劉行首。」由《錄鬼簿續編》，可知《劉行首》應有二本，即一爲楊景賢之作，一爲無名氏之作品。而今傳本之正名與《續編》所注楊氏此劇之全題不盡相符，倒與《正音譜》所列無名氏相同，因之不禁令人懷疑到今有傳本的《劉行首》事實上就是無名氏的作品，而楊氏的《劉行首》，關目與今本稍異，今已不存。但是，《古名家雜劇》本與《元曲選》本，其內容甚少異同，顯然是一劇無疑，而其正目卻相差得這麼大。同時馬丹陽之度脫劉行首係奉王祖師之命，那麼《續編》作「王祖師三化劉行首」也沒什麼不可以。因此在還沒有足夠的證據可以推翻傳本爲楊氏所作之前，我們還是把它當作楊氏的作品。（以上參考嚴氏《元劇斟疑》）

本劇演仙師度脫妓女的故事，後來周憲王《小桃紅》也屬這類，爲一般

習見的三度劇。關目排場均無特殊表現，曲辭充滿勸解度脫語，極少新意。較之《西遊記》，眞是望塵莫及。即此又使我們覺得本劇似非楊氏之作。

　　另外尚值得一提的是《錄鬼簿續編》在楊景賢名下著錄的《待子瞻》，正目作「牡丹嬌風魔禪衲，佛印燒豬待子瞻。」《正音譜》吳昌齡名下，著錄《東坡夢》一本，《錄鬼簿》曹、尤諸本，於吳氏名下劇目內，皆未加著錄，而天一閣鈔本《錄鬼簿》則著錄之，且注「雲門五派老婆禪」。《元曲選》有《東坡夢》一本，題吳氏作，正目作「雲門一派老婆禪，花間四友東坡夢。」由劇中「五派禪分」之語，「一」當爲「五」之誤。今按《元曲選》之關目與《待子瞻》之正目相符，而與「花間四友東坡夢」較牽強，故頗疑《元曲選》本之《東坡夢》或即爲楊氏之《待子瞻》。然證據不足，只好姑仍其舊。（參考《元劇斟疑》）

附：諸書選錄之楊景賢《西遊記》雜劇

《萬壑清音》引《西遊記》	《九宮大成》引《西天取經》	《納書楹譜》引《西遊記》	今本《西遊記》
	中呂滿腹離愁套 （卷十五）	撇子套 （續集三）	逼母棄兒 （卷一第二齣）
	商角恁趄著這碧澄澄大江套（卷六十）	認子套 （續集三）	江流認親 （卷一第三齣）
擒賊雪讎 （卷四）			擒賊雪讎 （卷一第四齣）
	仙呂梅綻南枝套 （卷七）	餞行套 （補遺卷一）	詔餞西行 （卷二第五齣）
	雙角胖姑王留套 （卷六十七）	胖姑套 （續集三）	村姑演說 （卷二第六齣）
	南呂草池春曲 （卷五十二）		木叉售馬 （卷二第七齣）
收服行者 （卷四）	南呂包藏造化靈套 （卷五十四）	定心套 （補遺一）	收孫演咒 （卷三第十齣）

	大石角 白頭蹀躞套 （卷二十一）	伏虎套 （續集三）	行者除妖 （卷三第十一齣）
		揭缽套 （補遺一）	鬼母皈依 （卷三第十二齣）
	中呂良夜沈沈套 （卷十五）		海棠傳耗 （卷四第十四齣）
		女還套 （續集三）	導女還裴 （卷四第十五齣）
		女國套 （補遺一）	女王逼配 （卷五第十七齣）
	南呂貪杯無厭套 （卷五十四）		迷路問仙 （卷五第十八齣）
	高宮我在巽宮套 （卷三十四）	借扇套 （續集三）	鐵扇兇威 （卷五第十九齣）

註：諸選集中唯《萬壑清音》曲白全錄，《九宮大成》、《納書楹》皆有曲無白。表中俱加「套」字以示區別。

上表錄自孫楷第〈吳昌齡與雜劇西遊記〉，此外《集成曲譜・振集》卷二亦選有〈撇子〉、〈認子〉、〈胖姑〉、〈借扇〉、〈思春〉等五齣，〈思春〉未見於今本《西遊記》，未詳所出。由此亦可見《西遊記》雜劇傳唱之久遠。

七、其他諸家

十六子除以上六家有作品傳世外，見有著作目錄而作品失傳的，尚有以下三家。其餘七家則連目錄也無存了。

楊文奎，字、號不詳，籍貫、事蹟今不可考。著有雜劇《兩團圓》、《王魁不負心》、《封陟遇上元》、《玉盒記》四種。周憲王《香囊怨》第一折白云：「（《玉盒記》）是新近老書會先生做的，十分好關目。」〔註69〕是楊文奎爲書會中人。《脈望館校藏古今雜劇》及《元曲選》俱有《翠紅鄉兒女兩團圓》一

〔註69〕陳萬鼐主編：《全明雜劇》，第 3 冊，頁 1190。

劇，均題「楊文奎撰」，實係誤題。此劇當爲高茂卿所撰（詳下文），楊劇實已不傳。《正音譜》喻其作品風格「如匡廬疊翠」，亦無從查證。

湯式，字舜民，號菊莊。浙江寧波人，或云象山人。成祖在燕邸時，寵遇甚厚。永樂間賞賚常及。所製戲曲、套數、小令極多，語皆工巧。散曲有《筆花集》，至今傳世。雜劇有《風月瑞仙亭》、《嬌紅記》二種。賈仲明稱其人：「好滑稽，與余交久而不衰。」〔註70〕《正音譜》喻其風格「如錦屏春風」〔註71〕。

唐復，字以初，號冰壺道人。京口人，移家金陵。喜吟詠，曉音律。工於戲曲，雜劇僅知《陳子春四女爭夫》一種。《正音譜》喻其風格「如仙女散花」。〔註72〕

第二節　寧獻王及其他諸家

所謂其他諸家是指十六子之外，有作品傳世的本期作家。計得羅本、高茂卿、劉君錫、黃元吉四人，他們的時代都比寧獻王爲早，但爲了章節的分配，姑且把他們擺在寧獻王之後。

一、寧獻王朱權

寧獻王朱權是明太祖的第十七子，太祖洪武十一年（1378）生，英宗正統十三年（1448）九月望日薨，享年七十一歲。天生神姿秀朗，白皙，美鬚髯，慧心敏悟，甫能說話，即自稱「大明奇士」。好學博古，諸書無不讀，旁通釋老，對於史學尤有深邃的造詣。

洪武二十四年（1391），受封爲寧王，過了兩年就藩大寧。大寧在喜峰口外，是古會州，即今熱河省平泉、赤峰、朝陽等縣地。東進遼左，西接宣府，爲當時重鎮。帶甲八萬，革車六千，所屬朵顏三衛的騎兵都驍勇善戰。王舉止儒雅，而智略淵宏，屢次會合邊鎮諸王出師捕虜，肅清沙漠，威震北荒，是諸王中的翹楚。

惠帝建文元年（1399）七月，燕王棣（即後來的成祖）舉兵造反。朝廷恐怕寧王和燕王聯合，命他入朝，他沒奉命，因此坐削三護衛。九月，燕王

〔註70〕〔明〕無名氏：《錄鬼簿續編》，頁283。
〔註71〕〔明〕朱權：《太和正音譜》，頁23。
〔註72〕同上註，頁23。

偽稱兵敗求救，擁兵入大寧，寧王及妃妾、世子均隨入松亭關，回北平。從此王在燕軍中，時時替燕王草檄。

靖難後，成祖遣內官再三書諭王，乃入朝相見，甚爲歡洽。因乞改封南土，先請蘇州，以畿內地不許，又請杭州，成祖說：「皇考以予五弟，竟不果，建文無道以王其弟，亦不克享。建寧、重慶、荊州、東昌皆善地，惟弟擇焉。」王得書，遂出飛旗令有司治馳道，成祖大怒。王不自安，乃屏除從兵，帶領五六老中官逃往南昌，稱病臥城樓，乞封南昌。成祖不得已，於永樂元年二月就藩司爲府，改封王（此據《西園聞見錄》卷四十七〈宗藩後寧王〉條，《明史》本傳與此略異）。府邸規制無所更改，因之所居頗爲簡陋。後來竟有人告發王巫蠱誹謗事，成祖派人密探，查無實據，事情才算平息。從此王深自韜晦，構廬一區，鼓琴讀書其間，終成祖之世，得免禍患。仁宗時，法禁稍解，王上書謂南昌不是他的封國。仁宗答書謂：「南昌，叔父受之皇考已二十餘年，非封國而何？」宣德三年，王請求近郭灌城鄉土田，明年又論宗室不應定品級，宣宗怒，大加詰責，王上書謝過。那時他已五十二歲，乃託志沖舉，自號臞仙、丹邱先生、涵虛子。在緱嶺之上建築生墳，屢次前往盤桓。晚年的歲月就這樣寂寞的度過。他在藩位一共五十八年。

江右風俗質樸，儉于文藻，士人不樂聲譽。王弘獎風流，增益標勝。遇群書有秘本，莫不刊布國中。王學問淵博，著述極多。有《通鑑博論》二卷、《漢唐秘史》二卷、《史斷》一卷、《文譜》八卷、《詩譜》一卷、《神隱》、《肘後神樞》各二卷、《壽域神方》四卷、《活人心》二卷、《太古遺音》二卷、《異域志》一卷、《遐齡洞天志》二卷、《運化玄樞》、《琴阮琴蒙》各一卷、《乾坤生意》、《神奇秘譜》各三卷、《采芝吟》四卷，又有《家訓》六篇、《寧國儀範》七十四章，其他注纂數十種，經子、九流、星曆、醫卜、黃冶諸術皆具（以上酌錄《明史》諸書，目見後註文）。自古藩王著述之富，很少更出其右了。他所著《太和正音譜·自序》云：

> 余因清讌之餘，採摭當代群英詞章，及元之老儒所作，依聲定調，
> 按名分譜，集爲二卷，目之曰《太和正音譜》。審音定律，輯爲一卷，
> 目之曰《瓊林雅韻》。蒐獵群語，輯爲四卷，目之曰《務頭集韻》。
> 以壽諸梓，爲樂府楷式，庶幾便於好事，以助學者萬一耳。〔註73〕

可見王在聲律之學方面有《太和正音譜》等三種著作，《瓊林雅韻》、《務頭集

〔註73〕〔明〕朱權：《太和正音譜》，頁11。

韻》已佚，而眞能使王享大名，在戲劇史上佔一席之地的，卻是這一部《太
和正音譜》。

縱觀獻王一生，建文以前，略無所顧忌，這時他不過二十出頭，對事功
頗爲熱衷，觀其會師破虜，威震北荒，其意氣之縱橫可知。永樂初年，王恃
靖難功，不免有些驕恣，成祖曾和他約定過，「事成後當中分天下」，結果不
但食言，連他請求封地都百般刁難，他對於這樣一位事先要挾、欺罔，事後
臨之以威的四哥，怎能不怨望呢？這股怨氣，他在一首〈日蝕〉詩裡流露了
出來。

> 光浴咸池正皎然，忽如投暮落虞淵。青天俄有星千點，白畫爭看月
> 一弦。蜀鳥亂啼疑入夜，杞人狂走怨無天。舉頭不見長安日，世事
> 分明在眼前。〔註74〕

句句說的都是日蝕，而句句都在指點時事。成祖兵入南京，推翻侄兒，自己
做皇帝；王是個「佐命元勳」，按理應當歌詠堯天舜日，光被寰宇。卻於此時
此際作起〈日蝕〉詩，說什麼「舉頭不見長安日」、「杞人狂走怨無天」，所謂
「世事分明在眼前」，不是「分明」在諷刺、在怨望嗎？巫蠱之誣，王能免於
大難，算是天幸了。

王在改封南昌以前，大概不會注意到戲曲的整理和創作，因爲戲曲是一
種消遣品，一個熱衷事功的人，除了欣賞娛樂外，當不屑於染指。可是到了
南昌，尤其是宣德四年受譴責以後，他的人生觀大大改變了，好像看破紅塵
那樣的學起道來。他每月派人到廬山山巔囊雲，並建一間小宅叫「雲齋」，用
簾幙爲屏障，每日放雲一囊，四壁氤氳裊動，如在岳洞中，頗有陶弘景的風
致。他有一首〈囊雲〉詩：

> 蒸入琴書潤，粘來几榻寒。小齋非嶺上，弘景坐相看。〔註75〕

這種行徑似乎很風流瀟灑，可以說是「宗藩中佳話」，但骨子裡豈不是自我消
磨，韜晦保身，出於不得已的「無爲」嗎？這種心境之下，戲曲自然對他很
有用處。他的《太和正音譜》和大部分的散曲、雜劇應當是這時期的產品。

但是《正音譜》的自序作於洪武戊寅（三十一年），這年他才二十一歲。
從前面所引序言看來，《正音譜》那時應該已經完成。不過，這是非常不可能

〔註74〕〔清〕錢謙益撰集，許逸民，林淑敏點校：《列朝詩集》（北京：中華書局，
　　　　2007年），第1冊，頁38。

〔註75〕〔清〕錢謙益撰集，許逸民、林淑敏點校：《列朝評集》，第1冊，頁38。

的。第一，以一個二十一歲的王爺，正威震北荒，熱衷功名的時候，會有閒情逸致去做那種刻板的譜律工作，是不可思議的，第二，《正音譜》明署「丹丘先生涵虛子編」，那是他晚年嚮慕沖舉所取的別號。第三，《正音譜》樂府體式十五家，第一體即為「丹丘體」；雜劇十二科，第一科即為「神仙道化」；也都可以看出係晚年著作的跡象。第四，「國朝三十三本」中以「丹丘先生」為首，列雜劇目十二種：《瑤天笙鶴》、《白日飛昇》、《獨步大羅》、《辯三教》、《九合諸侯》、《私奔相如》、《豫章三害》、《肅清瀚海》、《勘妬婦》、《煙花判》、《楊娭復落娼》、《客窗夜話》。其中《瑤天笙鶴》、《白日飛昇》、《獨步大羅》、《辯三教》等四種，顯然是屬於「神仙道化」一科，《獨步大羅》尚存，我們可以很清楚看出那是他晚年的寄託。以上四點在在都顯示出《正音譜》絕不可能在二十一歲時就已編著完成。那麼，為什麼自序裡署的是「洪武戊寅」呢？這有三個可能。一是洪武戊寅前後，他有志編著《正音譜》，先把序寫了，可是一直沒動手編著，直到晚年才重拾舊業，編好之後，把原先寫好的序放在前面，沒有改動年月。二是戊寅那年確已完成大部分，然後逐年增訂，晚年才成為定稿。三是序文根本是假的。《正音譜》只有抄本而無刻本，抄寫者因為沒有序文就給它偽作一篇，同時為了提高《正音譜》的價值，也把時代提前，但卻沒考慮到洪武戊寅時，王才二十一歲，與他所署的「丹丘先生涵虛子」是矛盾的。這三點可能，著者以為第三點的可能性尤大。但無論如何，《正音譜》是寧獻王朱權晚年才編著完成，這一點是無可致疑的。〔註76〕

以下討論王現存的兩本雜劇：《獨步大羅天》、《私奔相如》。

《獨步大羅天》記呂純陽、張紫陽二仙奉東華帝君命，至匡阜南蠡西，點化沖漠子（第一折）。先鎖住心猿意馬，次去其酒色財氣，又逐去三尸之蟲，更與一丹藥服之，教以養嬰兒姹女之理（第二折）。又於渡頭點化之（第三折）。然後同入大羅天，引見東華帝君諸仙（第四折）。

其內容不脫元人神仙道化的窠臼，但曲文頗為自然，並非故作神仙語；排場熱鬧，也處理得相當得體。首折全是紫陽與純陽的對話，只是一個用賓白，一個用曲子，顯得較沈悶。第二折開場沖漠子說了一段話：

〔註76〕 寧獻王生平見《明史》卷一一七列傳五〈諸王傳二〉、《明史稿》卷一○九、《藩獻錄・寧藩》、《國朝獻徵錄》卷一、《名山藏》卷三十七、《明詩綜》卷一下、《明書》卷八十七、《明詩紀事・甲二》、《列朝詩集小傳・乾下》、《靜志居詩話》卷一、《西園聞見錄・宗藩後》。

> 貧道覆姓皇甫，名壽，字泰鴻，道號沖漠子，濠梁人也。生於帝
> 鄉，長於京輦，為厭流俗，攜其眷屬，入於此洪崖洞天。抱道養
> 拙，遠離塵跡，埋名於白雲之野，構屋誅茅，棲遲於一岩一壑，
> 近著這一溪流水，靠著這一帶青山，倒大來好快活也呵。豈不聞
> 百年之命，六尺之軀，不能自全者，舉世然也。我想天既生我，
> 必有可延之道，何為自投死乎？貧道是以究造化於象帝未判之
> 先，窮性命於父母未生之始，出乎世教有為之外，清靜無為之內，
> 不與萬法而侶，超天地而長存，盡萬劫而不朽。似這等看起來，
> 不如修真還是好呵！〔註77〕

這種人生觀代表獻王晚年的心境，他心嚮往之，也確實在那麼做，甚至我們
可以這麼說，這段話正是他的自白。本折敷演修道的過程，各色人物穿插其
間，各有不同的動作；點化之後，二仙忽然不見，在驚愕仰慕的情況下結束，
頗有餘味。第三折二仙化作渡頭漁樵再次度化沖漠子，顯然是模擬谷子敬《城
南柳》第三折，而其清綺瀟灑之致，則略遜《城南柳》。第四折引見諸仙，介
紹履歷，雖然落入窠臼，但插入嫦娥隊子舞霓裳，唱〔沽美酒〕帶〔太平令〕、
三換〔小梁州〕，又由八仙各唱一支〔折桂令〕，在大場面下收煞全劇，頗得
聆賞之娛。周憲王及內府神仙劇也都好用這種排場，可以說是當時的特色。

　　《正音譜》樂府體式十五格，首為「丹丘體」，下注「豪放不羈」自許。
不過從他現存散曲（《正音譜》收有〔醉花陰〕、〔喜遷鶯〕、〔出隊子〕、〔天上
謠〕，內容都近於〔道情〕）、雜劇來觀察，實在和這種格調不相侔。倒是和「文
采煥然，風流儒雅」的所謂「西江體」略為接近。

> 趁著這一竿紅日斜，幾縷殘霞映，看了這古道西風暮景。忍聽那老
> 樹疏林杜宇聲，抵多少天涯倦客傷情。恰離了那天庭，回首蓬瀛，
> 長嘯一聲山海驚。朗吟過洞庭，早離了玄靜。常言道假若斗牛星畔
> 客，也須回首問前程。（〔尾聲〕）〔註78〕

這一支曲子把馬致遠〔天淨沙〕的境界和純陽子呂巖〈朝遊北海暮蒼梧〉一
詩的意趣融化在一起，甚得清逸遒麗之致。只是首折僅此一曲可觀，其他雖
不失自然，但道化的味道太濃，就顯得平淡了。次折也是這種毛病，第四折
尚稱流麗，第三折由於所寫的情景略有依據，較其他三折為佳。

〔註77〕陳萬鼐主編：《全明雜劇》，第3冊，頁900～901。
〔註78〕陳萬鼐主編：《全明雜劇》，第3冊，頁900。

你學那王質般將柴兒肩上挑，郭文般持大斧向山間斫。管甚麼猿鶴

巢，棟梁材料。兩隻手哏村沙傲盡些英豪，便是那漢三分、鼎峙牢、

晉五胡、雲混擾，都做了辯舌端一場談笑。常言道是非呵！也出不

得俺這漁樵。俺也囉戀甚麼虛名微利居金塢，則理會得白酒黃雞飲

木瓢。休笑俺活計蕭條。（〔滾繡毬〕）〔註79〕

拼了這瓦盆邊一場家醉倒，一任他醒後也天荒地老，抵多少翠袖殷

勤捧玉爵。直吃的朦朧楊柳月，浩蕩海門潮。那其間黑嘍嘍的睡著。

（〔倘秀才〕）〔註80〕

這兩支曲子在流麗之中，挾有動人的氣勢，可以說是本劇的佳曲。另外，第四折〔折桂令〕十二支，將一至十十個數目字分嵌入前十支中，而第十一支則連用之，第十二支則倒用之，雖類文字遊戲，但妙在自然得體，獻王究竟是頗有文才的。其次《私奔相如》一劇，文字之佳妙，較《沖漠子》尤過之。

司馬相如和卓文君的戀愛故事，是絕好的戲曲題材。元人有關漢卿和屈恭的《昇仙橋相如題柱》、孫仲章的《卓文君白頭吟》，范居中的《鶼鶼裘》，無名氏的《卓文君駕車》。這些劇本都已經散佚。在明刊《雜劇十段錦》丁集有一本《題橋記》，未署著者姓名，正目作「王令尹敬賢有禮，蜀富家擇婿無驕；卓文君當壚賣酒，漢相如獻賦題橋。」〔註81〕其關目為文君保留舊禮教的身分，不敘其私奔；對於相如求取功名，卓王孫起初似要玩一套元雜劇所習見的「瞞」「傲」手法，但又沒有如擬實行；當壚更硬生生的插入，以致王孫的收回供帳和再送奩資，都毫無意義可言。就結構而言，實在鬆懈已極。

獻王這本《私奔相如》首敘相如自成都題橋出行，次敘在卓王孫處琴挑文君，文君與之偕奔。楔子述王孫命院公追趕，見文君為相如駕車，於逼迫之際，猶不失大義，乃放之前行。三折敘返回成都，臨邛市上賣酒，朝廷前來徵聘。最後夫婦使蜀榮歸，相如垂青茂陵女，文君作〈白頭吟〉諷之。復以同駕過橋作結。從這些關目，可見本劇實集合前述諸元雜劇的「大成」。題橋、駕車、白頭吟三種關目全都包括在內。寫文君也非常出色，她是一個勇敢的衝破舊禮教、舊藩籬的婦人。

本劇汲取前人關目之精華，布局結構較之《題橋記》自然妥貼。次折演

〔註79〕 同上註，頁 919。

〔註80〕 同上註，頁 919～920。

〔註81〕 〔明〕無名氏編：《雜劇十段錦》，民國二年董氏誦芬皇本，丁集，頁2。

琴挑、私奔，宛轉柔媚，不減《西廂》；四折筵席間以四花旦歌舞雅樂，增加宴賞娛樂的氣氛。至於文字，則俊語連篇，極為精妙。王在江右「弘獎風流，增益標勝」，此劇大大的顯露了他的才華。

> 我則待居朝省、立廟堂，怎做得人心不足蛇吞象，人情不合蝸持蚌，人生不過金埋壙。幾時得天風吹下御爐香，一輪皂蓋飛頭上。（首折〔寄生草〕）〔註82〕

> 見一人荼蘼月下潛立者，又轉過芭蕉底躲閃者。我向前去扯住他繡裙褶，呀！纔聽的長嘆呵！卻元來是姐姐暗咨嗟，錯猜做東風花外杜鵑舌。我則索克答撲的跪膝者。（次折〔聖藥王〕）〔註83〕

> 月兒低，淒涼況味有誰知。多情自解傷春意，此恨何依。他拿著那酒盞呵，盃中弱水滿；他隔著桌子呵！几外巫山蔽。咫尺間席上空相對，一霎時雲迷楚岫，水冷藍溪。（四折〔殿前歡〕）〔註84〕

> 似這等富貴呵！卻不道你女孩兒也落的馳譽京畿，光噴泉石，榮耀蓬蓽。做女婿的幸得錦衣歸故里，做丈人的你也合歡喜，吃筵席；卻怎麼說道是害恥。一個羞答答把頭低，一個悶懨懨把聲噎；你兩個意懸懸做甚的。（四折〔梅花酒〕）〔註85〕

大抵首折流麗動聽，掌故、諺語融合得天衣無縫，不晦澀、不鄙陋，尤其難得的是字裡行間自帶詼諧。次折轉用白描，而骨肉間不失韶秀之氣。三折較遜色，但仍有流麗之致。四折〔殿前歡〕寫相如私戀茂陵女，離別餞行之際，那種可望不可即，滿懷悵惘的神情。〔梅花酒〕寫相如榮歸故里，王孫設筵款待，責其不告私奔，相如以富貴自炫，依然滿嘴無賴的口吻。運筆白描，而神采活現，如在眼前。《孤本元明雜劇提要》謂獻王此劇「有元人之古樸，而無元人粗野之弊；有明人之工麗，而無明人堆砌之病，雖關白馬鄭，無以過焉。」〔註86〕所評雖稍嫌過譽，然頗能鞭辟入裡。

　　自從王國維考定《荊釵記》為獻王所作以後，學者大多採取這個說法，但也有保持懷疑態度的。此劇屬傳奇範圍，茲不更贅。

〔註82〕陳萬鼐主編：《全明雜劇》，第3冊，頁952。
〔註83〕同上註，頁963。
〔註84〕同上註，頁984～985。
〔註85〕同上註，頁989～990。
〔註86〕〔清〕王季烈：《孤本元明雜劇提要》，頁18。

二、羅 本

羅本，字貫中，或云名貫，字貫中，號湖海散人。山西太原人，一云浙江錢塘人，或云越人。與人寡合，與賈仲明為忘年交。元順帝至正二十四年（1364）與仲明一別後，竟不復見。善為通俗小說，有《三國演義》、《隋唐兩朝志傳》、《殘唐五代史演義》、《三遂平妖傳》、《粉妝樓》等，至今盛行於世，或謂《水滸傳》亦出其手。又相傳有《十七史演義》的巨作。又工戲曲、隱語，極為清新。雜劇三種，《死哭蚩虎子》、《連環諫》已佚，僅存《龍虎風雲會》一種。三種雜劇皆演史事，為羅氏所長（《錄鬼簿續編》）。

《風雲會》演宋太祖之出身、陳橋兵變、雪夜訪普與平定江南等事，大抵依據史實。在本劇之前，金院本名目有《陳橋兵變》，其後有明無名氏《風雲會》（《小說考證續編》卷二引《霎提齋叢話》）及李玄玉《風雲會傳奇》（《曲海總目》）。本劇題目太大，體製限定四折，雖然費盡心思剪裁，但關目有時仍不免煩冗。首折即有守信招賢、匡胤看相、潘美徵聘、石趙會見、趙普送行等五個關目，總寫太祖出身，針線脈絡雖然可尋，但頭緒終覺過煩。次折陳橋兵變，處處替太祖回護，處處顯得欲蓋彌彰；曲終人散之後，又安排南方諸帝王相國上場，預為三折雪訪夜普、四折平定江南而設。不過綴此毫不相干的人物事件於本折之末，既非散場，終屬不倫。其排場則頗為妥貼，陳橋兵變與平定江南兩熱鬧場面之前，安排潛龍的出身與雪夜的清致，一動一靜，相間為用，冷熱得宜，觀眾聆賞也極得效果。第四折以天下一統，慶賀終場，氣氛也頗為舂容圓滿。

賈仲明稱貫中「樂府隱語，極為清新」，就本劇看來，則清新之外，還見雄渾之氣。

> 四海為家，寸心不把名牽掛，待時運通達，我一笑安天下。（〔點絳唇〕）
>
> 見如今奸雄爭霸，漫漫四海起黃沙。遞相吞併，各舉征伐。後漢殘唐分正統，朝梁暮晉亂中華。豺狼掉尾，虎豹磨牙。尸骸徧野，餓殍如麻。田疇荒廢，荊棘交加。軍情緊急，民力疲乏。這其間生靈引領盼王師，何時得蠻夷拱手遵王化。我只待縱橫海內，游覽天涯。
>
> （〔混江龍〕）〔註87〕

寫太祖眼中的時勢與胸中的抱負，真有「縱橫海內，游覽天涯」之概。這是

本劇第一折的首二曲，開頭用這種筆力，《龍虎風雲會》的恢弘之氣，就此已足以籠罩全篇。沈德符《野獲編》卷二十五〈雜劇院本〉條謂「雜劇如《王粲登樓》、《韓信胯下》、《關大王單刀會》、《趙太祖風雲會》之屬，不特命詞之高秀，而意象悲壯，自足籠蓋一時。」〔註88〕再錄第三折一曲。

> 銀臺上畫燭明，金爐內寶篆香。不當煩老兄自斟佳釀，何須教嫂嫂親捧霞觴。卿道是糟糠妻不下堂，朕須想貧賤交不可忘。常言道表壯不如裏壯，妻若賢夫免災殃。（朕得卿呵）正如太甲逢伊尹，（卿得嫂呵）卻似梁鴻配孟光。則愿的福壽綿長。（〔滾繡毬〕）〔註89〕

吳梅謂「〈訪普〉折用〔正宮〕〔子母調〕，不用高喉，僅用平調歌之，故頗便於長套舖敘之用。」上曲即是宋太祖雪夜訪趙普，於席間所唱。用諺語、掌故都能恰如其分，雅麗之中猶有清剛之氣，深得王實甫、馬致遠諸家的三昧。《納書楹曲譜·外集》卷一、《綴白裘》十集卷三、《集成曲譜·金集》卷一皆選錄此折，題為〈訪普〉，可見本劇傳唱之久遠。

三、高茂卿

高茂卿，字、號不詳。河北涿州人。生平事蹟，略無可考。雜劇有《翠紅鄉兒女兩團圓》一種。此劇一向認為係楊文奎作，鄭因百師〈元劇作者質疑〉（《大陸雜誌特刊》第一輯）考定為高氏之作。

本劇敘韓弘道有兄弘遠已故，他的嫂嫂和姪兒催促分家，弘道只好應允（楔子）。弘道未有子嗣，妾春梅懷有身孕。嫂嫂貪圖他的產業，在他的妻子面前搬弄是非，他不得已休棄春梅（一折）。鄰村俞循禮也沒有子嗣，其婦有孕將產，俞囑，如生女，「便打滅了」。婦弟王獸醫，也沒有子女。一日，偶遇春梅在路旁產下一子，他就把這孩子抱回去。他的姊姊生女，他便以拾得的男嬰交換他姊姊的女嬰。俞循禮回家，一點都不知道就裡，把孩子命名為添添，長到十三歲。王獸醫來借耕牛，俞不肯，王大怒，打算訪春梅下落，揭露易兒之事。他到韓弘道家，因韓把借據還給他，不向他索取欠債，他大為感動。韓對於他姪兒的無禮頗為苦惱，因向王閒談從前休棄春梅的事，王乃告以詳情，同往俞家索兒（二折）。添添在放學途中，王獸醫告訴他不是俞循禮的兒子，這時俞家院公來接添添，弘道妻也來，於是發生爭奪，添添終於被弘道攜去（三折）。弘道

〔註88〕〔明〕沈德符：《野獲編》，卷25，頁486。

〔註89〕陳萬鼐主編：《全明雜劇》，第2冊，頁42。

夫妻念循禮養育之恩，和添添到俞家認親。王獸醫也把春梅找來，俞明白往事之後，向王索還其女，以女許配添添作結（四折）。

本劇寫農村人情風俗，非常質厚淳樸。可以看出當時社會家庭的結構和重男輕女，重視後嗣的觀念。關目極盡曲折，其悲歡離合，雖瑣碎而入情入理，銜結處見其波瀾起伏之妙。以王獸醫為針線穿梭其間，亦細密自然，且至終場，猶不失緊張。其題材尚存元人風格，而結構之巧，為元明雜劇所稀見。賓白曲辭俱用素描，狀摹聲口惟妙惟肖，深得元人質樸敦厚之致。

> 你休恁般生嫉妒，休那般無見識。量這一個皮燈毬，犯下甚麼滔天罪。哎！你一個鬼精靈，會魔障這生人意。可知我這個酒糟頭，不識你這拖刀計。則恐怕李春梅，奪了你那燕鶯期。走將來黃桑棒，打散了駕鴦會。（〔寄生草〕）〔註90〕

> 也不索將的去堂前曬，也不索檢視的明白。只一把火都燒做了紙灰來。請兩個早離廳階，自去安排。我待學劉員外，仗義散家財；我待學龐居士，放做了來生債。把我這宿世緣，交天界。（〔烏夜啼〕）
> 〔註91〕

全劇每支曲子都像這樣明白如話，用了不少俚諺俗語，增加作品真切淳厚的韻味，但覺其自然，而不覺其撢扯拼湊。元曲的妙境，關、高的風味，可以由此劇得其彷彿了。

> （正末云）姐姐請坐，今日是你箇生辰貴降的日子，你滿飲一杯。（二旦云）我喫你娘漢子依著我把春梅休了者。（正末云）有甚麼難見處，隔壁兩個姪兒和嫂嫂請過去，必定搬調了你一言兩句，所以家來尋鬧。休聽別人言語，聽我兩句話，咱兒要自養，穀要自種，休聽人言語。二嫂且滿飲一杯（二旦丟了盞科云）我吃什麼酒，快把春梅休了者。（李春梅云）韓二省的這般鬧，休了我罷。（正末云）小賤人！俺這裡說話，那得你來！你知道你姐姐為甚麼娶將你來，則為老夫年近六旬無子也，所以尋將你來。姐姐肯信著別人的言語，趕了你，肯著絕戶了？這韓弘道你這言語呵，我不信道也。姐姐！休聽別人言語，你則滿飲一杯。（二旦）將的去！我吃他做甚麼，如今好便好，歹便歹，俺兄弟七八個，如狼似虎哩。我如今尋個死處，

〔註90〕陳萬鼐主編：《全明雜劇》，第 2 冊，頁 339。
〔註91〕同上註，頁 358。

俺那幾個兄弟，城裡告將下來，把你皮也剝了，我死也要你休了者。
（正末云）呀呀呀休覓死處。嗨！我這男子漢，到這裡好兩難也呵。
待休了來，不想有這些指望；待不休了來，我這大渾家尋死覓活的。
倘或有些好歹，我那幾個舅子，狼虎般相似，去那城中告下來呵！
韓弘道爲小媳婦逼臨死大渾家，連我的性命也送了。則不如休了他
者。〔註92〕

這一段對白是弘道妻聽了他嫂嫂和侄兒搬弄的言語之後，堅持弘道把妾春梅休
棄。弘道置酒勸解，還是拗不過他太太的要挾，終於把春梅休棄了。弘道爲求
子嗣的百般委屈，和對悍妻的無可奈何，以及其妻潑辣的神情，都勾畫得很生
動。由此我們也可以看出當時對於「香火子嗣」的重視和妻妾在家庭中地位的
懸殊，妾可以任意休棄，只說了一句話就挨了一頓訓斥（當然弘道的話是別有
用意的）。這樣的劇本真是活生生的社會史料，可是明劇中已屬鳳毛麟角。

四、劉君錫

劉君錫，字號不詳。燕山人（今河北省薊縣）。元時官省奏。「性方介，
人或有短，正色責之。」工隱語，爲燕南獨步。人稱爲白眉翁。「家雖貧，不
屈節。」時與邢允恭、友讓、賈仲明等交遊。所作戲曲，行世者極多，今可
考者，僅《來生債》、《三喪不舉》、《東門宴》三種。後二種已佚，《來生債》
有《元曲選》本。雖未題撰者姓名，但正目作：「靈兆女點化丹霞師，龐居士
誤放來生債。」與《錄鬼簿續編》劉君錫名下《來生債》一劇所注正目，僅
「點」與「顯」一字之異，故《元曲選》所收當爲劉氏之作。

本劇演唐龐蘊居士偶聞驢馬作人語謂因前生欠債未償，故託生驢馬償
還，由是感悟而棄家修道事。龐蘊實有其人，其事見《釋氏稽古》、《寶倫集》、
《五燈會元》諸書。作者以佛教爲信仰基礎，認爲錢財是累身之物，諷勸「人
世官員，莫戀浮錢，只將那好事常行。」（〔折桂令〕）楔子敘李孝先因欠債而
驚懼成病；首折譴責世人貪財之惡德；次折驚聞驢馬作人語；三折棄寶於大
海；四折得道升天。中間插入磨博士一場滑稽戲，甚有趣味。磨博士在接受
龐居士銀子之後，終夜惡夢頻繞，當雞鳴打五更時，他說：

呀！天明了也。好啊！我恰好一夜不曾睡。我試看我那銀子咱。兀
的不是銀子。羅和也！你索尋思咱！這一個銀子放在水缸裡，夢見

水來淹我；揣在懷裡，夢見人搶我的；埋在竈窩裏，夢見火來燒我；
埋在門限兒底下，夢見人來鈀我的，拿刀來砍我，槍來扎我。一個
銀子整整害了我一夜不曾得睡。想龐居士老的家，有千千萬萬大箱
小櫃無數的銀子，我想他生來是有福的，可便消受得起。羅和！我
那命裡則有分簸麥、揀麥、淘麥，打籮磨麵，我可也消受不的這個
銀子罷！〔註93〕

羅和本來向龐居士抱怨他的工作苦，沒一刻安樂。因此龐居士給他一錠銀子，
希望他能安安樂樂的睡一覺。不想沒銀子固然勞力受苦，有銀子反而徹夜不
安，精神的感受更苦。作者的用意除了說明「有福、沒福」外，還勸人應憑
本事謀生，非分之財，千萬要不得。因此，羅和後來只受了一錢銀子去做買
賣，龐居士也沈了家財，以編笊籬爲生。本劇宗教色彩很濃，思想未免幼稚，
但用來教化匹夫匹婦必然收到很大的效果，因爲它正合乎村夫野老的口味。
君錫雖貧而爲人方介有節操，大概正是一位視錢財如草芥的人。

本劇關目排場尚稱妥適，惟末折開場以賓白演靈兆女點化丹霞師，此一
關目與主題無甚關聯，頗嫌節外生枝，這是作者剪裁不精當的地方。其賓白
純粹口語，曲辭亦清順有致。

呀！卻原來都是俺冤家僕債主，我本待要除災種福，我倒做了一個
緣木的這求魚。這的可便抵多少業在深牢獄，不由我不展轉躊躇。
我則待要錢粧的你來如狼似虎。哎！誰承望今日折倒的做馬波做
驢。我看了他這輪迴的路，可則是陰司地府。哦！方信道還報果無
虛。（〔滿庭芳〕）〔註94〕

你待著我萬餘資本爲商賈，趲利息衡州撞府。或是乘船鼓棹渡江湖，
或是從鞍馬晝夜馳驅。我乾做了撇妻男店舍裡一個飄零客，拋家業
塵埃中一個防送夫。冷清清夢回兩地無情緒，怎熬的程途迢遞，更
和那風雨瀟疎。（〔耍孩兒〕）〔註95〕

〔滿庭芳〕是龐居士驚聞驢馬作人語所唱的曲子，〔耍孩兒〕是龐居士回答他
夫人勸他不要沈寶，好用來做買賣時所唱的曲子。用白描而清順妥溜，文字
不能說不好，只是缺少一股俊拔之氣，文勢鮮於騰挪，有時不免稍覺軟弱。

〔註93〕同上註，頁 652～653。
〔註94〕陳萬鼐主編：《全明雜劇》，第 2 冊，頁 663～664。
〔註95〕同上註，頁 671～672。

大抵劉君錫只是個中駟之才。

五、黃元吉

黃元吉，字號籍貫及生平事蹟俱無可考。有雜劇《黃廷道夜走流星馬》一種。記黃廷道奉天子命往沙漠向野驢萬戶謀盜日行千里的流星馬。首折黃廷道與岳父李道宗、妻滿堂嬌作別。次折萬戶招廷道爲女茶茶之婿，滿堂嬌來訪。三折廷道與妻盜馬夜走，不意所盜者爲假流星馬，中途爲萬戶與茶茶追及。四折茶茶與廷道同返中華，萬戶亦將眞流星馬入貢。首二折插入音樂歌舞場面，三折夜走流星馬疑即平劇《紅鬃烈馬》之所本。關目生動，排場亦調劑得宜。曲辭本色，唯賓白時作番語，不知所云。

> 他待爭來怎地爭，待言來不敢言，我見他似拆對的鸞凰，失配的鴛鴦，似熱地上蚰蜒。你道他便廝摟著廝抱著，這是俺這達達人廝見。俺這里比不的你漢兒人家體面。（〔上小樓〕）〔註96〕

> 馬踏開一川莎草，風篩破雙臉芙蓉，鞭摔碎兩岸蘆花。將一箇天仙般神女，我不合配與俺兄弟金牙。這的是俺便哏差，他一點眞心痛捧掛。他怎肯一離兩罷，走不到蘇武堤邊，是則是則到的李陵臺直下。（〔紫花兒序〕）〔註97〕

這種曲子不僅質樸自然，而且挾有風力。〔上小樓〕明白有如說話，〔紫花兒序〕首三句氣勢雄壯，並不覺其魯莽，接著而來的句子也能支持得住。堪稱佳作。

另外邾經有《死葬鴛鴦塚》雜劇，殘存〈南呂・一枝花〉套，見《詞林摘艷》、《廣正譜》。因非全劇，不多提了。

第三節　教坊劇

也是園舊藏古今雜劇「本朝教坊編演」的雜劇存目有二十一本，其中《靈芝慶壽》一本係重出周憲王《誠齋雜劇》，又《眾群仙慶賞蟠桃會》是竄改周憲王《群仙慶壽蟠桃會》而來。竄改以賓白爲多，曲文間有刪除或改字，大抵原作不合朝廷景象之語必改。手法低劣，以致庸俗無生氣，甚至出韻拗律。憲王

〔註96〕陳萬鼐主編：《全明雜劇》，第 3 冊，頁 866。
〔註97〕同上註，頁 875。

原作體製破壞元人科範，採用眾唱，講究排場，此竄改之本，除第四折尚保留眾唱外，其他三折均改為正末獨唱，排場亦平板不足觀。像這樣越改越壞的作品，可以置之不論。另外十九本，《金鑾慶壽》、《黃金殿》、《祝延萬壽》、《瑤池會》四本已佚，現存的十六本除《長生會》為五折且本外，俱遵守元人科範。就內容來說，這十六本雜劇很單純，不外祝壽與賀節。其中《寶光殿》、《獻蟠桃》、《紫薇宮》、《五龍朝聖》、《長生會》、《廣成子》、《群仙朝聖》、《萬國來朝》八本是萬壽供奉之劇；《慶長生》、《群仙祝壽》、《慶千秋》三本是太后萬壽供奉之劇。《鬧鍾馗》為賀正旦之劇、《賀元宵》為慶祝元宵之劇、《八仙過海》為春日宴賞之劇、《太平宴》為多至宴賞之劇，而賀節宴賞之劇亦必歸結於祝壽。只有《黃眉翁》係伶工為武臣之母稱壽之劇。由這些劇本我們可以看出教坊劇的風貌，同時拿來和《誠齋雜劇》並觀，也可以看出其中的關聯。

一、著作時代探測

這十七本雜劇中，常常有這樣的話語：「永賀著一統聖明朝」（《獻蟠桃》）、「賀皇明萬萬年永享遐齡」、「大明國祚勝磐石」（《慶長生》）、「明日往大明天下呈祥去」（《紫薇宮》）、「大明仁聖」（《群仙祝壽》）、「大明一統華夷定」（《群仙朝聖》）、「心存正直輔皇明」（《賀元宵》），再加上其內容除了《黃眉翁》外，不是祝賀皇帝、皇太后萬壽，就是賀年賀節，很顯然這就是明代內廷編演的劇本。它們著作的時代不一定相同，中間可能還有後朝因襲或竄改前朝的地方。但有些劇本可以從本身的資料來推斷它著成的時代。據我考證，大部分是憲宗成化年間所作。

（一）、《慶長生》。其中有云：

> 今大明聖母，發心啓建廟宇，勅額曰延福宮，此功非凡。況聖母持
> 敬天地，憫恤蒸民，且當雍熙之世，幸逢孟冬十月十四日，乃萬壽
> 聖誕之辰。〔註98〕

由這段材料可見這位聖母皇太后的生日是孟冬十月十四日（劇中提及十月十四日共有三處），她頗崇奉道教。考明代后妃，生前被尊為皇太后的只有英宗時的孫太后，景帝時的吳太后，憲宗時的錢太后和周太后，神宗時的李太后。其中最有可能的是周太后。《明史》卷一百十三〈后妃傳〉有云：

> 孝肅周太后，英宗妃、憲宗生母也。昌平人。天順元年封貴妃，憲

〔註98〕陳萬鼐主編：《全明雜劇》，第 10 冊，頁 5939～5940。

　　宗即位，尊爲皇太后。其年十月，太后誕日，帝令僧道建齋祭。禮
　　部尚書姚夔帥群臣詣齋所，爲太后祈福。……二十三年四月上徽號
　　曰聖慈仁壽皇太后。孝宗立，尊爲太皇太后。先是，憲宗在位，事
　　太后至孝，五日一朝，燕享必親，太后意所欲，唯恐不懌。至錢太
　　后合葬裕陵，太后殊難之，憲宗委曲寬譬，乃得請。〔註99〕

周太后的生日是十月，正和劇中的太后相合。那麼這本雜劇大概是憲宗成化
年間的作品。根據這個線索，再和其他的雜劇印證，更可以看出有好幾本雜
劇，顯然也是成化時作。

　　（二）、《群仙祝壽》。其中有云：

1. 爲因下方聖人孝敬虔誠，國母尊崇善事，晝夜諷誦經文，好生慈
　　善。……今逢國母聖誕之辰。〔註100〕

2. 霜落東來秋去遲，寫天鴻雁正南飛。蒼梧已老凋金井，紅葉零零
　　景漸微。〔註101〕

3. 如今這聖人有德民放懷，誦經文玉帝知，救生靈神聖載。〔註102〕

4. 喜遇著下方聖人仁孝並全，況兼國母崇奉善教，看誦經文。今遇
　　孟冬國母聖誕之辰。〔註103〕

5. 今日是下方聖人國母壽誕之辰……山茶未開梅半長，初寒天氣正
　　當時。〔註104〕

劇中所敘寫的時令景物，尤其是「今遇孟冬國母聖誕之辰」更可見這位太后
生辰是十月，再加上「聖人孝敬虔誠」和《明史》所謂「憲宗在位，事太后
至孝」也極爲契合，因此這本雜劇自然也是用來祝賀周太后生日的。但是，
在劇本末尾卻有這麼一段話：

　　伏以孟春佳節，律應夾鐘，肇春萌復始之期，遇聖母遐齡之兆。〔註105〕

孟春是正月，「律應夾鐘」則是三月，這種矛盾應當是作者不察之誤，但是其
與前文「孟冬國母聖誕之辰」的衝突，則是很可注意的現象。我們可以設想

〔註99〕同上註，第 12 冊，頁 3518。
〔註100〕同上註，第 11 冊，頁 8566。
〔註101〕同上註，頁 6567。
〔註102〕陳萬鼐主編：《全明雜劇》，第 11 冊，頁 6580。
〔註103〕同上註，第 11 冊，頁 6586。
〔註104〕同上註，頁 6623～6624。
〔註105〕同上註，頁 6642。

此劇是竄改前朝承應之作，而這一段話，正是保留原作祝賀某太后生辰的痕跡。這位太后雖然一時不能考察，但絕不出上文所述生前被稱爲太后的孫、吳、錢三位，則是可以斷言的。那麼此劇作成最早不過英宗正統年間。

（三）、《紫薇宮》。其中有云：

1. 今爲下方聖人治世，孝過虞舜，德並羲軒，崇敬三寶，……如今乃十月將終，欲教雪月梅三白現瑞。〔註106〕

2. 仲冬節序始相交。〔註107〕

3. 如今乃仲冬時序，……明日乃下方聖人萬壽聖節之辰。〔註108〕

正爲祝賀皇帝萬壽之劇，由「仲冬時序」和「仲冬節序始相交」知生辰是十一月初，而憲宗生於十一月庚寅（初二）日，故知此劇爲祝賀憲宗萬壽而作。所謂「孝過虞舜」、「崇敬三寶」（下文作三清）也和憲宗行事相合。

（四）、《廣成子》。其中有云：

1. 近聞崆峒山煙霞洞廣成先生，抱濟世之才，懷安邦之志，特降佳徵，速當赴闕，以副予求賢之心。必固台鼎之封，用衍家邦之慶。〔註109〕

2. 早是這暮景淒迷，耐風霜老松添翠，月華寒瘦嶺猿啼，草鋪堦山如畫景多清媚。〔註110〕

3. 今遇聖人萬壽聖命之辰，在紫宸殿上鋪設齋筵，祝延聖壽。年年欽選天下名山洞府有道高人，啓建法壇，令貧道掌壇法事。〔註111〕

4. 恭遇皇上萬壽聖誕之辰，四海咸寧，八方靜謐，奉國母孝敬虔誠。〔註112〕

由上面所引的材料，可見這位皇帝的生日是在「耐風霜老松添翠」的季節，他崇奉道教，孝敬太后。考《萬曆野獲編》卷二十七「僧道異恩」條載成化十七年陸道錄司常恩爲太常卿，並賜番僧萬行等十四人誥命。沈德符謂「蓋憲宗於釋道二教俱極崇信如此。」〔註113〕又按《明通鑑》卷三十一成化四年四月加

〔註106〕同上註，頁 6255～6256。
〔註107〕同上註，頁 6274。
〔註108〕同上註，第 10 冊，頁 6280～6281。
〔註109〕同上註，第 11 冊，頁 6718。
〔註110〕同上註，頁 6779。
〔註111〕同上註，頁 6799。
〔註112〕同上註，頁 6818。
〔註113〕〔明〕沈德符：《野獲編》，卷 27，頁 514。

番僧扎巴置勒燦等大國師、國師封號。「其徒加封錫誥命者，不可勝計。服食器用，僭擬王者。出入櫻輿，衛卒執金吾仗前導。其他羽流加號眞人、高士者，亦盈都下。」〔註114〕成化五年四月「江西眞人張元吉，坐擅殺四十餘人。……給事中毛弘等請絕其封，毀其府第，不許。」〔註115〕成化六年三月，翰林院編修應詔陳時政，言：「異端者正道之反，法王、佛子、眞人，宜一切罷遣。」〔註116〕……諸如此類，不可勝記。可見憲宗是個崇信佛道二氏的皇帝，僧道受爵任官，屢見不鮮，這種行徑，自然要「欽選天下名山洞府有道高人」來祝壽了。而廣成子之受封，正是一般僧道的象徵。又「奉國母孝敬虔誠」也不失憲宗身分，生辰也在冬天，因此，此劇當是憲宗時代的作品。

（五）、《獻蟠桃》。其中有云：

1. 今因當今聖人在内廷齋戒焚香，有西池金母，於聖節之日下降。〔註117〕

2. 說當今仁主，好長生之道，築尋眞之臺，登嵩岳之山，齋戒精切，欲傾四海之祿，以求長生。〔註118〕

（六）、《長生會》，其中有云：

1. 因爲方今聖人萬壽之日，著您冬獻松竹梅。〔註119〕

2. 這的是歲寒三友獻皇朝。〔註120〕（與紫薇宮三白獻瑞之語呼應）

（七）、《群仙朝聖》。其中有云：

1. 今因仁皇聖節，恐有僧道祝延上壽。〔註121〕

（八）、《慶千秋》。其中有云：

1. 今有大漢孝文帝聖人在位，孝敬聖母。〔註122〕

（九）、《賀元宵》。其中有云：

1. 當今聖人在位，仁慈孝道。〔註123〕

〔註114〕〔清〕夏燮著：《明通鑑》（北京：中華書局，2009年），第2冊，頁1088。
〔註115〕同上註，頁1099。
〔註116〕同上註，頁1105。
〔註117〕陳萬鼐主編：《全明雜劇》，第10冊，頁5889。
〔註118〕同上註，頁5921。
〔註119〕同上註，第11冊，頁6462。
〔註120〕同上註，頁6466。
〔註121〕同上註，頁6912。
〔註122〕〔清〕王季烈編：《孤本元明雜劇》，第4冊，頁1。
〔註123〕陳萬鼐主編：《全明雜劇》，第11冊，頁5980。

2. 看了當今聖主，德行仁慈，孝敬聖母。〔註124〕

3. 與當今聖主，祝延聖壽，慶賀元宵。〔註125〕

4. 儒釋道三教興，孝聖母多謙讓。〔註126〕

5. 齊下去賞元宵，與聖母祝壽去來。〔註127〕

以上諸劇或言當今好長生之道，或言孝敬聖母，或暗示皇帝生辰在冬天（明代皇帝生日在冬天的只有惠帝、英宗、憲宗三人，俱見《明通鑑》），都多多少少含有憲宗的影子，因此也定爲憲宗時代的作品。

（十）、《寶光殿》。其中有云：

1. 爲因下方聖壽之辰，啓建齋醮，崇奉三清，辦誠心朗誦金經，設齋供般般齊整。〔註128〕

2. 伏以天開景運，律居應鐘，正豐稔太平之世，遇仁皇聖壽之辰，群仙畢至，萬聖來臨。〔註129〕

「應鐘」當十月，但是明代皇帝沒有一個是十月出生的。故「應鐘」必爲誤記。按《明通鑑》卷二十三〈考異〉云：

（憲宗生日）《明史》英宗、憲宗紀皆不載，三編系之是年（正統十二年）十一月。典彙作「十月」者，野史是年閏四月，《明史》推曆更正耳。〔註130〕

可見憲宗的生辰曾被誤作十月。那麼「律屆應鐘」和「崇奉三清」（前文作三寶）的皇帝，自然還是非憲宗莫屬了。

（十一）、《五龍朝聖》。其中有云：

1. 爲因下方聖人萬壽之節，三界神祇年年在南天門寶德關祝讚壽。〔註131〕

2. 嘉靖年海晏河清。〔註132〕

此劇既明言「嘉靖年」，自然是用來慶賀世宗皇帝生辰的。但它的著成時代也

〔註124〕同上註，第10冊，頁5984。
〔註125〕同上註，頁5986～5987。
〔註126〕同上註，頁5987。
〔註127〕同上註，頁5988。
〔註128〕陳萬鼐主編《全明雜劇》，第10冊，頁5820。
〔註129〕同上註，頁5831。
〔註130〕〔清〕姚燮，《明通鑑》，第2冊，頁875。
〔註131〕陳萬鼐主編：《全明雜劇》，第10冊，頁6312。
〔註132〕同上註，頁6416。

許更早，因為「嘉靖年」很可能是從「成化年」改過來承應的。

以上《慶長生》等十劇大抵都是憲宗時代的內廷供奉劇，上文曾說「憲廟好聽雜劇及散詞，搜羅海內詞本殆盡。」由這些教坊編演的雜劇，我們也可以看出憲宗時代內廷製作及搬演雜劇之盛。《五龍朝聖》雖有嘉靖紀年，亦可能是成化時作，其他諸劇雖未能斷定，但大致也是成化前後的作品。

二、教坊劇的佳作——《八仙過海》與《鬧鍾馗》

教坊劇只在宮廷搬演，又單純的用來祝壽賀節。本質限制了它的功能，環境拘束了它的內容。其無甚可觀，自是意料中事。因之，排場雖富麗堂皇，而但見天神鬼怪雜沓上下，亂人眼目；曲文雖典雅穠郁，而平板無生氣，猶如一尊粉雕玉琢的塑像，缺少的是鮮活的動人韻致。其賓白重複累贅，同一神仙幾有同樣的話語。其關目布置更如出一轍，大抵如周憲王《蟠桃會》、《八仙祝壽》、《仙官慶會》、《靈芝獻壽》、《牡丹園》諸劇，以仙使為針線，穿梭於諸神仙之間，一一邀請，歸結於「群仙畢集」，慶賀終場。像這樣的劇本，真可以說「嘗一臠而知全鼎」、「雖多亦奚以為」。不過，披沙可以揀金，荒漠中照樣會生長一兩朵奇花異葩。這兩朵奇花異葩就是《八仙過海》與《鬧鍾馗》。

《八仙過海》敘白雲仙請八仙閬苑賞牡丹後，各回洞府（一折）。行至東洋岸邊，乘著酒興，各顯神通渡海，不許騰雲。藍采和躧玉板，被東海龍王之子摩揭、龍毒搶去，擒住采和。呂純陽往救之，放還采和，不還玉板，以致純陽與二龍戰鬥，斬死摩揭，斫去龍毒一臂（二折）。龍毒訴告其父，於是四海龍王與八仙大戰，損害無數生命，終不能分勝負（楔子、三折）。釋迦佛憫之，乃勸兩家罷兵，龍王交出八扇玉板，除下二扇與龍王，以償其愛子之命（四折）。

本劇以神仙賞玩牡丹開場，而以「祝吾皇聖壽萬年長」作結，中間兩折一楔子搬演神仙交戰，各顯神通，如火如荼。起於閒適，歸於平靜，集筆力於波瀾壯闊之際，使異峰突起，悚人耳目，甚得觀賞之妙。這種結構方法，就好像夏日午後的雷雨，在麗日艷陽之中，忽然陰雲密佈，既而雷雨交加，一霎時雲收雨散，夕陽在望，豁然神怡。現在平劇中的《海屋添籌》，想係據此改編的。王季烈《孤本元明雜劇提要》謂「排場極為熱鬧，而曲文頗多俊語，賓白一律順適。筆墨極似丹邱之《冲漠子》，誠齋之《神仙會》。或即二藩中文人學士所撰也。」〔註133〕

〔註133〕〔清〕王季烈：《孤本元明雜劇提要》，頁53。

呀！休等的落紅成陣，看滄溟綠水粼粼。則他這秋霜易可侵人鬢，喀須是乘丹鳳，一個個駕蒼麟。不一時遨遊遍萬里乾坤。（〔柳葉兒〕）〔註134〕

這裡面是瀛洲仙子居，乃瑤池金母鄉。高聳聳直侵著九宵之上。（看了這海呵！）便休題千里長江，繞曉呵錦模糊燦日色，到晚來明滴溜現月光。則被這兩般兒搬運了些世途消長，山和水消磨盡今古興亡。似這海呵！端的是東西渺渺千源會，南北悠悠萬里長。真個是遠接著扶桑。（〔滾繡毬〕）〔註135〕

我則見黑瀰漫浪滾海生潮，亂攘攘神兵鬧；原來是四海龍王把仇報。他那裡便下風雹，他顯威靈不住高聲叫。他將我一齊的圍遶，更怕我臨敵哀哀告，我和你決戰九千遭。（〔小桃紅〕）〔註136〕

你那裡看著，將寶劍漾在青宵。呀！則俺這八洞仙有奧妙。眾龍王發怒施慓暴，他統神兵四面相抄。俺笑呷呷坦然不動腳，一任他亂紛紛劍戟鎗刀。（〔調笑令〕）〔註137〕

筆墨的瀏亮清新，確有丹丘、誠齋的韻致。寫閒情時帶逸趣，神仙無拘無束，遨遊於水天之際，浪蕩乾坤，光彩燦爛，真如蒼龍蜿蜒，丹鳳翱翔。寫景寫戰陣，則風力遒勁。大筆一揮，但見波濤洶湧，煙塵滾滾，刀鎗在旋律中飛舞，人聲於字裡行間喧嘩；用的是攝影機的遠鏡頭，表現的是千軍萬馬的場面。而揮灑之際，猶能寓感概於情景，見詼諧於緊張之中。末折雖略嫌草草，有強弩之末之感，但濟以十六天魔舞，於戰陣之後改換宴賞，一方面不失宮廷劇的身分，另方面也可以調劑聆賞，這種安排也是獨見匠心的。本劇確是成功之作，無論案頭、場上皆稱佳品。

《鬧鍾馗》敘鍾馗上京應試二次，爲楊國忠所擯。第三次不欲去，縣中勸勉，不得已允之（楔子）。中途於五道將軍廟，睡眠中被大耗、小耗、五方鬼所侮弄，馗醒而拔劍逐之。眾鬼憚其正直，均不敢近（一折）。馗至京，主試爲楊國忠、張伯倫，張欲以馗爲頭名進士，楊收他人賄賂，乃面斥馗文字不佳。張勸馗且回寓候旨（二折）。次日張奏准，賜馗進士袍笏，而馗已

〔註134〕陳萬鼐主編：《全明雜劇》，第 10 冊，頁 6095。
〔註135〕同上註，頁 6100～6101。
〔註136〕同上註，頁 6162～6163。
〔註137〕陳萬鼐主編：《全明雜劇》，第 10 冊，頁 6165。

氣忿身亡。玉帝憐馗正直不遇，敕馗管領天下邪魔鬼怪，馗託夢於殿頭官，殿頭官奏知聖上，遂著各處畫馗形像，以驅邪怪（三折）。於是五福神、三陽真君，偕馗於正月元旦，各顯神通，使年年豐稔，歲歲昇平，三陽開泰，萬民樂業（四折）。

這是一本歲首吉祥之劇，關目、排場、文字俱佳。首折鬼戲鍾馗，次折考場受辱，三折夢中降鬼，四折群仙賀年。每折各有新意，綰合處順適自然，脫略宮廷劇排場，頓覺生氣蓬勃。鍾馗一怒而亡，用暗場處理，頗見剪裁之妙。社長及眾鬼怪之賓白，甚得詼諧之趣；用爆仗裝點場面，增加新正氣氛。至於曲文，則堪稱「清爽」。

> 我見鼠走空桑寒氣生，香爐中灰爐冷。你看那泥神半倒亂凋零，我這裡急慌忙便把尊神敬，則願的年年米麥多餘剩。我將角帶那，衣袂整，則他這譙樓更鼓應難聽，又無甚喝號與提鈴。（〔油葫蘆〕）
> 〔註138〕
> 你看那林外曉鴉啼，瑞靄迷山逕。峰嶺畔、猿啼數聲，月落潮來紅蓼汀，望天涯、慌奔前程。我這裡出門庭，離了神靈。有一日浪暖桃花金榜登，我將這三臺掌領，顯咱姓名。我又索便盼程途迤邐望前行。（〔尾聲〕）〔註139〕
> 他口聲聲將我相欺謗，氣撲撲言語皆虛誑。絮叨叨則管理無攔當，濕浸浸汗滴在羅衫上。我與你打他也波哥，打他也波哥，不由我惡哏哏氣吐三千丈。（〔叨叨令〕）〔註140〕

寫荒野中的破廟，旅途中的景色以及怒打惡鬼的神情，都能明白如話，宛如耳目之中。這沒有其他的道理，因為用白描的手法，摒除雕琢的氣息，兼以運筆疏暢，自然給人一種清爽的感覺。我們在滿紙雕琢藻繪的宮廷劇中，讀到這樣的作品，當然會有幾分的喜悅。

另外《長生會》曲文之清順，《五龍朝聖》結構之用心，雖都有可觀，然以其關目陳陳相因，教人讀來，終至生厭。至於《獻蟠桃》之蕪雜堆砌，《群仙祝壽》之東摭西拾，《萬國來朝》之無稽拙劣，《太平宴》之荒誕陳腐，《黃眉翁》之率直平庸，殆皆伶工下乘文字，存而不論可也。

〔註138〕同上註，頁6196～6197。
〔註139〕同上註，頁6201～6202。
〔註140〕陳萬鼐主編：《全明雜劇》，第10冊，頁6224。

第四節　無名氏雜劇

　　也是園《古今雜劇》中有九十一本無名氏的作品。其中像《曹彬下江南》有「豈不知大明天命順於時」、《那吒三變化》有「願大明享昇平萬萬年」、《認金梳》有「一統江山拱大明」、《雷澤遇仙》有「見如今大明一統」、《下西洋》有「遵聖首一統大明朝」的讚頌語，《蘇九淫奔》有「嘉靖朝辛丑年間事」那樣的紀年，很容易就斷定它們是明代的作品。其他的作品沒有這樣顯著的證據，雖然尚可從體製、內容等方面來考究，但到底不容易得到肯定的結論。因此這許多的無名氏雜劇，除了本身明著時代和經考證成為定論的以外，學者只好籠統的將它們視作「元明無名氏」雜劇。此外，也是園《古今雜劇》中，尚有一部分雖然題有撰者的姓名，但經考證後，發現那是誤題。譬如《五侯宴》題關漢卿撰，《東牆記》題白撲撰，《澠池會》題高文秀撰，《伊尹耕莘》、《智勇定齊》題鄭德輝撰，《老君堂》，《孤本元明雜劇》改題鄭德輝撰，《蔣神靈應》題李文蔚撰，鄭因百師〈元劇作者質疑〉俱已考訂為明無名氏所作。那麼總計無名氏雜劇應當有九十八本之多。

　　就體製來說，遵守元人成規者有八十三本，其中《三出小沛》、《五馬破曹》、《魏徵改詔》、《智降秦叔寶》、《四馬投唐》、《大破蚩尤》、《下西洋》、《拔宅飛昇》、《澠池會》、《伊尹耕莘》、《老君堂》、《認金梳》、《女姑姑》十三本含有二楔子。元人雜劇大多數只有一楔子。改變元人科範者十五本。其中《大戰邳彤》、《定時捉將》、《刀劈四寇》、《陳倉路》、《打董達》、《大劫牢》、《鬧銅臺》、《降桑椹》、《五侯宴》九本俱五折。另外六本是：《雷澤遇仙》，五折二楔子、末旦唱；《東牆記》，五折一楔子，眾唱；《桃符記》，四折一楔子，二旦唱；《風月南牢記》，四折一楔子，眾唱；《雙林坐化》四折一楔子，末旦唱；《誤失金環》，四折一楔子，末旦唱。以上凡是破壞元劇規律和雖守舊規而含有兩個楔子的，從文字和內容上看都是明人作品。這九十八本雜劇絕大多數遵守元人成規，改變科範的也僅在折數和唱者的分配，其幅度也很有限，而沒有一本是將最根本的音樂改用南曲，因此它們大抵都是傳奇尚未形成以前的作品，也就是在嘉、隆間將崑腔運用於戲曲創作之前。

　　《也是園書目》將這些無名氏的雜劇，分作春秋故事、西漢故事、東漢故事、三國故事、六朝故事、唐代故事、五代故事、宋代故事、雜傳故事、釋氏故事、神仙故事、水滸故事、明代故事等十三類。這樣分法還是有罅漏，譬如《伊尹耕莘》為殷商故事，《孟母三移》、《澠池會》為戰國故事，俱無所

歸屬；《十樣錦諸葛論功》，實爲宋代故事而誤入三國。事實上分作十三類頗嫌瑣碎，倘合併爲：歷史劇、雜傳劇、釋道劇、水滸劇四項更覺簡便，以下即就此四類分別評述。

歷史劇的分量最多，有五十餘本，完全敷演行軍戰陣，大概都是內府伶工編來按行的，因此手法非常低劣，毫無戲劇藝術可言。其共同的特色是：

一、排場熱鬧：鐘鼓司演戲的太監，據劉若愚《酌中志》有三百餘人。角色既不虞匱乏，行頭設備又齊全，因此動輒數十人上場，熱鬧得令觀者頭昏眼花，莫知所云。

二、關目拙劣：關目的處理鮮能用心，不是累贅蕪雜，就是平板單純，穿插細密的很少。

三、賓白煩冗：每一角色上場必自報身家履歷，人物既多，冗長散漫；令人困頓欲眠，而求一警策機趣的話語竟不可得。

四、曲文平庸：由於出自內府伶工，典麗芊綿之語固無所聞，而樸質蒼莽之辭亦不可見，大抵不過平庸凡語而已。

像這樣的劇本，除了供作研究材料外，是可以置之不觀的。但是，王季烈《孤本元明雜劇‧提要》對於這類雜劇，有些卻是相當推崇。其《伐晉興齊‧提要》云：

> 曲文雅馴而能合律，賓白亦典雅，爲元明曲中之上乘文字。〔註141〕

鄭因百師跋此劇云：

> 筆墨平庸，排場亦簡單乏味，尚不及《臨潼鬥寶》。王氏乃推爲上乘
> 文字，何也？

此劇淡而無味，文字且不能上口，未知王氏何所見而推爲元明曲中上乘文字。其他像《樂毅圖齊》、《桃園結義》、《單刀劈四寇》、《杏林莊》諸劇，或言「雖元曲亦多不見」，或言「元明曲中亦不可多得」，都不免過爲溢美。

其他三類雜劇，不知是因爲題材內容的不同，或是因爲文人染指其間，卻有相當可觀的作品。底下且挑幾本代表作來論述一下。

一、《鎖白猿》

《鎖白猿》敘杭州沈璧泛海爲商，饒有家財，出門月餘，有白猿自稱煙霞大聖，化爲璧之容貌，占其妻子財產。歷二年之久，璧歸家鄉，白猿乃現

〔註141〕〔清〕王季烈：《孤本元明雜劇提要》，頁26。

原身，打倒沈璧（首折）。璧請法官，亦為猿精打倒，猿因驅璧出外（二折）。璧至西湖欲自盡，遇時真人救之（三折）。真人令璧回家，並助之擒妖。璧由是率妻子修道（四折）。

本劇首折〔鵲踏枝〕云：「他那裡變化出妖精面皮，天那，少不的又一場庾嶺尋妻。」可見本劇對於宋人話本《梅嶺失妻》是頗有取材和借鑑的。首折真假沈璧爭執，忽然妖怪現身，次折法官賓白與捉妖舉動，甚得詼諧之致。三折時真人點化，先為漁翁，再為卜者，又令金甲神演於夢中，騰挪變化，極觀賞之娛。四折在四大聖降魔之前，先安排煙霞大聖殷勤款待沈璧以為舒緩，然後緊接著激烈鬥法的大場面；及妖魔既降，又忽焉團圓歸道。關目曲折而自然，排場調劑妥貼，始終不懈。曲文亦得元人風力，幾無一曲不佳。

> 誰信他玄通玄通周易，到今日死無那葬身葬身之地。我正是船到江心補漏遲，他占了我花朵兒嬌妻，山海也似田地，銅斗兒活計。送的我無主無依，財散人離，瓦解星飛。好著我感嘆傷悲，兩淚雙垂。想起這業畜情理，亂作胡為，改變了他容儀，他和我一般身己，一般衣袂，一般的名諱，來到咱家裡，圖謀了俺嬌妻，將俺這父子夫妻，生跐扎的兩分離。天哪！怎下的撲剌剌打散俺這鴛鴦會。（〔青哥兒〕）〔註142〕
>
> 他硬割斷俺這解不開、砍不斷同心緒結合歡帶。他燒碎俺這煅不壞、燒不毀足金真金雙鳳釵。好姻緣怎刮劃，有妻兒誰眷愛。這冤家怎生解，痛傷心淚滿腮。則這武林郡疏財的沈員外，他送的我破家散宅，閃的我天寬地窄，我捨性命身亡大東海。（〔尾聲〕）〔註143〕
>
> 自從我棄了家緣，我則待買牛耕種洛陽田，我死心腸再誰想春風面。休題那恨惹情牽，我則為這無爺的小業冤；俺父子這一番重相見，便回我那天臺縣；我怎敢再躧踏你這楚岫，我則是怕入這桃源。（〔殿前歡〕）〔註144〕

善用襯字以增長筆勢，讀來如奔流而下。有時用些典故，也非常妥適。劇中人怨憤的情感，委宛纏綿、曲折抑揚其間，很能引發觀閱者的共鳴。王氏《提要》謂「事屬無稽，曲文尚通順，然亦無勝處。」〔註145〕其實非但本事可稽，

〔註142〕〔清〕王季烈：《孤本元明雜劇》，第4冊，頁4。
〔註143〕〔清〕王靜烈編《孤本元明雜劇》，第4冊，頁8。
〔註144〕同上註，頁12。
〔註145〕《孤本元明雜劇》，頁52。

曲文亦不止通順而已。因百師跋云：「明人有此筆墨，難得。王氏評云：『曲文尚通順，然亦無勝處。』此君論曲但知清麗與所謂俊語而已。」

二、《桃符記》

《桃符記》敘洛陽閭府尹家中二桃符化為二女子，自稱門東娘、門西娘，以魅府尹之子閭英。適太乙仙過其家，召諸神擒獲二妖，以救閭英。關目雖簡單而布置與排場均甚得法。門東娘實是桃符精，但作者以恍惚之筆，在第二折以前始終不明說，使人疑信參半。楔子門東娘向閭英發誓說如果不嫁他就「隨燈滅」。他們首次約會時，畫童六兒但聞叫門聲而不見東娘，閭英倒是見了。還有賓白曲辭中也隨處影射桃符。這種處理是很高妙的。如果開場便明說，人們一眼瞧見閭英著鬼，氣氛就鬆懈了。次折兩女一男，先爭風後和諧。三折閭英見疑，六兒燒符，力士逐二妖下。順著關目的發展，雖然不見奇峰異巒，但縎合處自然妥適。四折太乙仙一大段調神遣將乃規模吳昌齡《辰勾月》而來，演於場上熱鬧而可觀。只是處理門東娘、門西娘失之草草，倘能用《聊齋》之筆，予以擬人化，必更能動人。

本劇由二旦主唱，有獨唱、接唱、合唱。曲辭韶秀，運筆活潑，頗有可誦之曲。

> 妾身不住在鳴珂巷，又不是賣笑的女紅妝；長立在門兒左右傍，我受了些日炙風吹蕩。既相見何須再講。不是我虛誑，我特來親自商量。（〔醉扶歸〕）〔註146〕

> 我這裡慢慢將衣袂撩，可察察腳步兒躋。則俺這偷期的有許多軀老，我則索悄蹙蹙曲脊低腰。急煎煎心內焦，熱烘烘面上燒。是俺那門東姐姐晤約，他敢用心兒將俺偷瞧。這其間更深纏得人寂靜，半夜雲籠北斗杓，又可早月上花梢。（〔滾繡毬〕）〔註147〕

> 俺怕的是五更鐘響頭雞叫，喜的半夜三更人靜悄。出蘭堂畫閣，下楷基，登澀道。踏蒼苔，步芳草。咭兩箇手相攜，臂相拗，肩廝挨，體廝靠。則見那朗朗明星漸漸高，咭兩箇又索去靠戶挨門立到曉。
>
> （〔尾聲〕）〔註148〕

〔註146〕《孤本元明雜劇》，第4冊，頁3。
〔註147〕《孤本元明雜劇》，第4冊，頁4。
〔註148〕同上註，頁5。

〔醉扶歸〕是門東娘自表身分的話，〔滾繡毬〕述門西娘趁門東娘在花陰下睡覺時偷偷要去私會闍英的情形。〔尾聲〕寫門東娘、門西娘天明離去。描寫極為生動，曲脊低腰，臉紅耳熱的心情，踏蒼苔、步芳草的姿勢，都透過流麗而不著力的筆觸，輕輕靈靈的活現在眼前。這樣的筆墨是別具韻味的。

三、《勘金環》

《勘金環》演汴梁李仲仁娶妻孫氏，弟仲義娶妻王氏。孫氏有弟孫榮，寄居姊夫處，為王氏所不容，乃資遣赴京投考（楔子）。王氏又攛掇其夫與長兄分家（一折）。一日有王婆婆來贖作為抵押的金環，仲仁拾得其一，圖匿之，含口中，誤嚥入喉而死。仲義夫婦，乃乘機要挾孫氏，令將財產全部交出，否則訴之於官（二折）。孫氏不答應，仲義乃誣嫂因姦藥死親夫，並賄賂縣官、令史與驗屍之仵作，報中毒而死，即以喉中探出之金環賄仵作。孫氏屈打成招（三折）。適孫榮及第為提刑，廉訪至此，乃重為更審，得王婆婆之作證，事乃大白（四折）。

首折寫兄弟分家私，由社長主持，社長因貪圖羊頭薄餅，偏袒仲義，關目與《翠紅鄉兒女兩團圓》如出一轍。此屬家庭社會劇類，寫人情事態極為活現。三折官場中貪墨卑鄙的嘴臉刻劃得很生動。大抵關目曲折，排場妥貼，頗能引人入勝，曲文亦佳。

> 也是我惡緣也那惡業，空沒亂自推也那自跌。我這裡急慌忙用手向喉嚨裡捻，天那！可怎生倘甘也似鮮血攔遮。聽的道有人來，慌的我心喬怯，可著我難隱難遮，怎的分說。我便有蘇秦張儀誧通舌，天那！我劈頭裡第一句難分說。叔叔您哥哥醉了也權時歇！他把那房門來踢開，亮槅踏折。（〔烏夜啼〕）〔註149〕
>
> 天那！我便是一重愁番做了兩重愁。呀！都是你箇昧己瞞心的浪包婁。這的是好看承於濟你的下場頭。亡過了俺男兒今日報冤讎。休也波謅，除非我死後休，到底來出不得風塵垢。（〔堯民歌〕）〔註150〕
>
> 兄弟也我是箇婆娘婦女，幾曾道慣打官司。我便是偷盜的、雖強賊，我怎當那打拷凌遲，六問三推，千方百計。孔目官人做面皮，見義當為，審問箇伶俐。若見那防禦和那同知，兄弟也你可休官官相衛。

〔註149〕同上註，頁6。
〔註150〕同上註，頁9。

〔豆葉黃〕）〔註151〕

〔烏夜啼〕寫孫氏發現其夫誤吞金環而死，急忙中用手探喉，想取出金環，
忽聽到他叔叔仲義夫婦來，更加心慌意亂。〔堯民歌〕、〔豆葉黃〕二曲都是
寫一個被冤屈的婦人所吐露的冤抑和憤慨。用本色語寫來，更能真切感人。
雖然比起《竇娥冤》尚遜數籌，但正如王氏《提要》所說的「饒有元人氣息」
〔註152〕，自有風力在其間。

四、《風月南牢記》

《南牢記》敘兗州護衛統制徐仁喜狎妓，先押李善真，後棄李而狎劉墜
兒。虐待髮妻龔氏，用烙鐵渾身烙徧。幾死。於是妻兄龔常奏聞魯王，下徐
仁、劉墜兒於獄而正其罪。

本劇可能係演當時社會的一段新聞。關目雖簡單，而布置得法，排場亦
調劑得宜。二、三兩折皆以妓女爭風為關目，劉墜兒先為佔巢之鳩，既而為
護巢之鵲。李善真執意癡情，臧大姐則氣勢兇頑。風調有別，各極其致，並
無雷同之弊。曲文亦雅俗得中。

> 趁著這美景良辰莫負期，赤緊的好姻緣不用良媒。每日家共歡娛步
> 步相隨，似這等花酒疎狂怕怎的。有這等風流艷質，千嬌百媚，既
> 相逢懊恨見時遲。（〔賺煞〕）〔註153〕

> 舊時容貌，到如今玉減香消。無聊。漏聲長、夜靜悄。更有那幾件
> 兒淒涼廝湊巧。著聒的人心越惱。聽不上風敲鐵馬，更那堪雨灑芭
> 蕉。（〔喜遷鶯〕）〔註154〕

> 燒明香共把神明告，負心的先壽夭。只想著永歡娛，至此無著落。
> 是前身緣分薄，我為你我為你占了些燈、卜了些鵲，擲金錢幾番花
> 下禱，軟了些驚、受了些嘲，指望待白頭到老。（〔四門子〕）〔註155〕

王氏《提要》謂「曲文綺麗處不嫌堆砌，白描處不嫌粗俗，當是能手所撰。
惟賓白多淫褻語，雖以曲筆出之，究屬有傷大雅。」〔註156〕這樣的批評大體

〔註151〕〔清〕王季烈編：《孤本元明雜劇》，第4冊，頁13。
〔註152〕〔清〕王季烈：《孤本元明雜劇提要》，頁48。
〔註153〕陳萬鼐編：《全明雜劇》，第12冊，頁7393～7394。
〔註154〕同上註，頁7394～7395。
〔註155〕同上註，頁7399～7400。
〔註156〕〔清〕王季烈：《孤本元明雜劇提要》，頁49。

是對的。

上文說過本劇四折一楔子，為眾唱本。即：楔子〔賞花時〕帶〔么篇〕、次折〔黃鐘〕套、三折〔中呂〕套俱正旦獨唱。首折〔仙呂〕套正末獨唱。四折龔常（當係正末改扮）獨唱〔雙調・落梅風〕以前七曲，〔沽美酒〕、〔太平令〕二支眾合唱。又首折正末賓白謂「官充魯藩護衛統制。」三折又謂「趕胡元北地潛藏。」由這些跡象都可以證明是明人之作品無疑。

五、《蘇九淫奔》

《蘇九淫奔》，正目作「嘉靖朝辛丑年間事，濮陽郡風月場中戲。尚書巷李四吊拐行，慶豐門蘇九淫奔記。」〔註157〕演蘇九姐因夫愚陋，乃與無賴唐國相私逃，國相拐得錢財，棄之而去（一折）。姑控之官，乃斷遣歸（二折）。未幾又受人紿，交一醜惡之勢豪李四，愧悔無及（三、四折）。由正目可知實有其人，實有其事。卷首又有「唐國相拐衣妝首飾，孟懷仁鬧東郡南衙；兩幫閒攬餘雲剩雨，四公子折敗柳殘花」〔註158〕四句。這四句類似正目，而每一句隱括一折，四句可以說是四折的標題。這種情形明初以前是看不到的。中葉以後，像徐文長《四聲猿》、汪道昆《大雅堂四種》、沈璟《博笑記》都有類似的情形。不過他們都是用來作為「雜劇合集」的總題，也就是每一句代表一本雜劇的題目。

本劇因為事有所本，剪裁又工，故關目排場俱佳。首折國相拐逃財帛後，九姐在田地行走，擬往赴約，忽被老王發現。此一安排省去許多瓜葛，將唐國相撇開，而啟下文姑控之於官的關目。次折官廳受審，然後遊行示眾，可以看出明代對於奔婦的處置極嚴。三折兩幫閒李邦問、李邦器訪九姐替李四穿針引線，言語聲口，得市井風味，九姐一曲琵琶，也調劑了場面。四折與李四見面，詼諧耍笑，九姐調侃李四為牛、驢、狗諸詩尤妙，而九姐失望之情已見於字裡行間。這是一場很成功的譚劇。王氏《提要》謂「題目淫濫，不堪訓俗。」〔註159〕事實上，蘇九姐的際遇，已經很堪訓俗了。

論文字，堪稱上乘，得白仁甫、王實甫之筆思。清常道人（趙琦美）謂「詞采彬彬，當是行家。」王氏《提要》謂「文筆頗佳，音律亦合。」〔註160〕

〔註157〕陳萬鼐主編：《全明雜劇提要》，第12冊，頁7474。
〔註158〕同上註，頁7423。
〔註159〕〔清〕王季烈：《孤本元明雜劇提要》，頁49。
〔註160〕同上註，頁49。

本劇佳曲，俯拾即是。

> 對年尊，訴實因，只爲楊花誤向風前滾，致使桃源迷卻渡頭津。你不去樹傍邀過兔，故來這桑下打奔鶉。本待學李將軍逃紅拂，翻做了漢司馬走文君。（〔金盞兒〕）〔註161〕

> 妾家寄籍在濮陽，母在父先亡。嫁了箇腌臢蠢笨放牛郎。妾心中自想，不願相將。他說是尚書公子唐國相，他把我勾引的張狂。那一夜一輪明月垂楊上，成就了美甘甘風月鳳求凰。（〔石榴花〕）〔註162〕

> 從今日開幾面射雀屏，鋪幾張坦腹牀，隨心選擇風流況。安排香餅遺韓掾，準備雲山會楚王。這翻繞勾抹了糊塗帳。比如我伴數年豬狗，爭如我守一世孤孀。（〔二煞〕）〔註163〕

> 年光似滾丸，世事如拋豆。青鸞空自舞，紅葉向誰投。風雨僝僽，疾病三分陡，恩情兩處休。擔閣殺綠鬢朱顏，零落了鶯朋燕友。（〔一枝花〕）〔註164〕

> 把一個五郎神送入天臺，致使桃花，不向春開。我這裡粉臉藏羞，娥眉銷恨，星眼含哀。昨日向麵糊盆千般閪閪，今日把迷魂陣四面安排。也是我運蹇時衰，命薄時乖。伶俐人八字全無，腌臢漢四柱合該。（〔折桂令〕）〔註165〕

這些曲子讀來頗有清暢之感。華而不靡，麗而不俗，用典也用得自然，難得的是妙語如珠，動人耳目。其他像〔油葫蘆〕、〔耍孩兒〕、〔隔尾〕、〔感皇恩〕、〔得勝令〕諸曲，也都是很耐讀的曲子。本劇在明雜劇中算是難得的佳作。

六、其　他

除上舉五劇外，其他像《女姑姑》演瓊梅女扮男裝受村女、村夫窘辱，頗爲新俊。曲文亦得樸質雋永之致。惜關目有所疏漏，如張端甫及第十年，不去探訪寄居蕭寺的妻房，見了瓊梅父鄭廉卻說她已病死，「泥個墓兒光光的」，眞是薄倖寡恩。而末了和瓊梅相見，瓊梅亦無責言。又本劇重韻太多，

〔註161〕陳萬鼐主編：《全明雜劇》，第 12 冊，頁 7433。
〔註162〕同上註，頁 7440。
〔註163〕陳萬鼐主編：《全明雜劇》，第 12 冊，頁 7446。
〔註164〕同上註，頁 7450。
〔註165〕同上註，頁 7462～7463。

第四折眞文、庚青混押，也是毛病。

《貧富興衰》演世態人情，可以諷俗。關目排場俱佳，曲文亦有韶秀之氣，惜多用典，有時不免割裂，如王氏《提要》所指出的「孟浩尋梅」、「畫工是吳道筆」，將古人名字截去末尾，就覺不自然。二、四兩折同用眞文而混侵尋，也使本劇大爲減色。

《黃花峪》一劇關目可能承襲元人舊劇，布局與排場亦模擬前人有關《水滸》劇作，故賓白曲辭大抵能合乎人物口脗，讀來有一股莽氣，深得「撲刀趕棒」之致。但仔細觀察，則有拼湊的痕跡。如〔倘秀才〕「我則見水圍著人家一簇，中間裏疊成一道旱路。則聽則聽的狗兒咬、各邦搞碓處。我這裡擔著零碎踐程途，我與你覓去。」〔註166〕又如〔刮地風〕「你性命當風秉蠟燭，俺似水上浮漚，病羊兒落在屠家手。喒兩箇怎肯平休，這廝更胡尋歹鬥，故來承頭。怕有那寺院中埋伏著，您都來答救。我著這莽拳頭，向這廝嘴縫上去。潑水難收，則一拳打你箇翻筋斗。來叫爹爹的呵休。」〔註167〕其中「我與你覓去」、「水上浮漚」、「潑水難收」諸句在整支曲中，都覺很不自然。又本劇重韻甚多，頗嫌才窘。至於其他《水滸》劇像《東平府》、《八卦陣》也頗有幾分野趣，尚值得一觀。

總上所論，初期雜劇尚保存元劇餘勢。故體製大抵能遵守元人科範，文字像羅本、王子一、谷子敬、楊訥、高茂卿等人亦皆有元人風味，而寧獻王朱權更在曲學及譜律上立下規範。從南北曲演進的趨勢來說，這時期還是北曲的天下，而到了中期，南北曲的交化就很顯然了。

〔註166〕〔清〕王季烈編：《孤本元明雜劇》，第 2 冊，頁 8。
〔註167〕〔清〕王季烈編：《孤本元明雜劇》，第 2 冊，頁 11。

第三章　周憲王及其《誠齋雜劇》

　　「中山孺子倚新妝，趙女燕姬總擅場：齊唱憲王新樂府，金梁橋外月如霜。」〔註1〕這是李夢陽〈汴中元夕〉絕句。錢謙益《列朝詩集》謂「王遭世隆平，奉藩多暇……製《誠齋樂府傳奇》若干種，音律諧美，流傳內府，至今中原絃索多用之。」〔註2〕可見周憲王在當時即已享大名，而其《誠齋雜劇》的流行，又是多麼久遠。論劇作傳世之多，他是元明第一位：論成就之高，也堪為有明一代冠冕。他在戲劇史上的地位是很重要的，所以著者用專章評述此一大作家。

第一節　周憲王的家世與生平

一、家　世

　　周憲王朱有燉是明太祖第五子周定王橚的長子。全陽子、全陽道人、全陽翁、老狂生、錦窠老人、梁園客、誠齋等都是他的別號。太祖洪武十二年（1379）正月十九日生，二十四年（1391）三月一日受冊為周世子，仁宗洪熙元年（1425）十月五日嗣位為周王。英宗正統四年（1439）五月二十七日卒，享年六十一歲，諡曰憲。

　　他的祖父太祖高皇帝朱元璋，少出寒微，未能就學讀書。可是天資聰明，好學嗜古，即位後又喜與儒臣遊。解縉說他喜歡作詩，「睿思英發，雷轟電燭，

〔註1〕〔清〕錢謙益撰集，許逸民、林淑敏點校：《列朝詩集》，第7冊，頁3477。
〔註2〕同上註，第1冊，頁47～48。

玉音沛然，數千百言一息無滯。」（《春雨軒集》）有一次「命畫史周元素繪天下江山，素對以未嘗徧歷九州，惟陛下賜草規模，臣謹依潤之。」於是「帝即操筆，倏成大勢。」他所作書法也「端嚴遒勁，妙入神品。」〔註3〕（《畫史彙傳》卷一）著有文集五十卷、詩集五卷，「奇古簡質，悉出聖製，非詞臣代言者可及。」〔註4〕（葉盛《水東日記》卷一）他喜好傳奇《琵琶記》，「親王之國，必以詞曲一千七百本賜之。」這是眾所周知的掌故。他比起漢高祖劉邦，儒雅多了，因此「開創之初，遂見文明之治。」〔註5〕（朱彝尊《靜志居詩話》卷一）

憲王祖母孝慈高皇后馬氏，堪稱我國史上第一賢后，太祖倚她為內助，她也善於規箴，曾說「陛下不忘妾同貧賤，願無忘群臣同艱難。」又說：「妾與陛下起貧賤，至今日恒恐驕縱生於奢侈，危亡起於細微，故願得賢人共理天下。」太祖御膳，她都躬自省視，平常只穿「大練浣濯之衣，雖敝不忍易。」臨終時，太祖問她有什麼話說，她說：「願陛下求賢納諫，慎終如始，子孫皆賢，臣民得所而已。」洪武十五年八月崩，年五十一，太祖慟哭，不再立后。她生有五子，即懿文太子標、秦王樉、晉王棡、成祖棣、周王橚。

橚王生於元順帝至正二十一年（1361），洪武三年（1370）封吳王，十一年（1378）正月改封周王，命與燕楚齊三王駐鳳陽，十四年就藩開封，即宋故宮地為府。憲王洪武十二年生，則當生於鳳陽。

洪武二十二年（1389）十二月，橚擅棄其國來居鳳陽，太祖大怒，要將他徙置雲南，後來只拘留在京師，節命憲王以世子理藩事。二十四年才敕命歸藩。

建文初年，諸王擁重兵多不法，朝廷謀求因事以次削除。橚亦頗有異志，他的次子有爋竟然告變，建文帝就命李景隆備邊，道出汴，猝圍王宮，把他抓起來，流竄蒙化，諸子也都別徙，後來召還京師禁錮。直到燕王入南京即皇帝位才復爵，並復封諸子，加祿五千石。永樂元年詔歸其舊封。

成祖待他這位五弟非常好，「遣使賜黃金良馬、文綺珍玩，絡繹不絕。」對於他的請求也都答應。他曾上言說汴城歲苦河患，「上乃為營洛陽新宮，將

〔註3〕〔清〕彭蘊璨：《歷代畫史彙傳》，《續修四庫全書》（上海：上海古籍出版社，1995年），子部藝術類第1083冊，頁99。
〔註4〕〔明〕葉盛著，魏中平點校：《川東記》，頁7。
〔註5〕〔清〕朱彝尊著，黃君坦點校：《靜忘居詩話》（北京：人民文學出版社，2006年），卷1，頁1。

徒封焉。」不久他又說河堤漸固，乞仍修舊宮，以省煩費。成祖也從他所請。永樂十八年，護衛軍丁奄三等屢上變，告他圖謀不軌。次年召他到京師，成祖當面詰問他，「示以告詞」，他「唯頓首稱死罪」。成祖憐他，不再追究，他歸國後，馬上獻還三護衛。仁宗洪熙元年（1425）閏七月五日薨，六十五歲。諡曰定。沈德符《野獲編》卷四云：

> 定王世所稱賢者，而舉動乃爾。其初有燼蜚語，尚云方黃造謀，繼而再告，輸伏無辭矣。豈非瞰六飛屢駕，復襲壬午故事耶？且當太祖在御，不俟父命擅離封域；既而後請洛陽，仍戀大梁，何其躁動耶？再竄滇南，終保祿位，幸矣。〔註6〕

縱觀定王一生的舉止，沈氏的評論是完全正確的。

　　定王好學能辭賦，也頗工書法。也常和從臣曾子禎、鄒爾愚、周是修等酬唱。曾從元姬得聞元宮中事，因製《元宮詞》百章。他又以國土夷曠，庶草蕃蕪，乃考核其可佐饑饉者四百餘種，繪圖疏之，名《救荒本草》。另外著有《定園睿製集》十卷、《甲子編年》十二卷、《普濟方》六十八卷。他對於文學、植物學、醫學等都有相當的造詣，而對於聲色、畋遊、神仙並不感到興趣。他似乎是個「有大志」的人；這個「大志」也許就是他所以一再遭讉的原因。

　　定王有子十五人，他們是：憲王有燉、汝南王有爋、順陽王有恒、新安王有熹、祥符王有爝、永寧王有光、汝陽王有煽、鎮平王有爌、宜陽王有炪、遂平王有頴、封邱王有熅、羅山王有爅、內鄉王有爛、昨城王有燆、固始王有炡。

　　有爋可以說是個逆子惡弟，他不但向建文告他父親謀反，而且屢次向宣宗攻訐有燉。宣宗為此以書曉諭。可是他並未改過，還和有熹誣陷有爝勾結趙王謀反，幸得宣宗明察不究。恰好有人告發有熹掠食生人肝腦諸不法事，於是乃將有爋、有熹免為庶人。

　　有爌工詩歌書畫。周是修《芻蕘集》稱「郡王殿下……和馮海粟《梅花百詠》詩……，清雅端潔。」〔註7〕彭蘊璨《畫史彙傳》謂「通畫，有《菊譜圖》，工吟咏及書。一日讀《中庸》默有悟解，作《道統論》數萬言。又采歷代公族

〔註6〕〔明〕沈德符：《野獲編》，卷4，頁87。
〔註7〕〔明〕周是修：《芻蕘集》，《景印文淵閣四庫全書》（臺北：臺灣商務印書館，1983年），第1236冊，頁68。

賢者，自夏五子至元眞金百餘人作《賢王傳》。有《德善齋詩集》。」〔註8〕定王諸子中，除憲王外，鎮平王算是最賢能的了。

憲王生長在帝王世家，自然具備著帝王貴族的氣息。他的祖父崇尚儒雅，祖母明理通達，父親頗爲博學多才，由於他們的薰陶，使得他讀書敏求，雅有儒者氣象。但是雖貴爲親藩，家庭卻屢遭變故，幾於不測，自己也飽受劣弟的攻訐讒搆，這種種的災難使他對於人生的富貴感到幻滅，因此他對佛道二氏產生了濃厚的興趣與信仰：同時由於朝廷賞賜戲曲和樂戶，培養出他對於戲曲的喜好，從而更走上創作的途徑。他和寧獻王的遭遇與成就是很接近的。

二、生 平

關於憲王生平最詳細的記載見於清管竭忠《開封府志》卷七：

> 憲王諱有燉，定王第一子。性警拔，嗜學不倦。建文時爲世子，父定王被鞫，世子不忍非辜，乃自誣伏，故定王得末減，遷雲南蒙化，而留王京師，已復安置臨安。及復國，文皇爲〈純孝歌〉以旌之。章皇故與王同舍而學，極蒙知眷，至是恩禮視諸王有加，顧不以貴寵廢學。進退周旋，雅有儒者氣象。日與劉醇、鄭義諸詞臣剖析經義，多發前賢所未發。復喜吟詠，工法書，兼精繪事，詞曲種種，皆臻妙品。人得片紙隻削，至今珍藏之。正統四年薨，葬祥符城南之棗林莊。〔註9〕

其中「建文時爲世子」有語病。因爲根據《洪武實錄》和《正統實錄》，有燉受周世子冊寶在洪武二十四年，那時他十三歲。「章皇」一句以前所記載的是憲王幼年及世子時代，以下則是嗣位後的生活情形。因此我們也把憲王的生平大致分作兩個階段來敘述。

「性警拔，嗜學不倦。」說明他從小就穎悟超群，喜好讀書。他的父親特別「闢東書堂以教世子，長史劉醇爲之師。」劉醇字文中，號菊莊先生，南陽人。對於這位老師，憲王曾有〈題劉長史白雲小藁〉的一闋〔蟾宮令〕：

> 想當年長史劉醇，德行文章，高古清純。四十爲官，八十致仕，眾所推尊。看晚節菊莊舊隱，發天葩梁苑閒人。掩卻衡門，守道修眞。閒將那胸內珠璣，醞釀做嶺上白雲。〔註10〕

〔註8〕　〔清〕彭蘊璨：《歷代書史彙傳》，頁101。
〔註9〕　（萬曆）《開封府志》卷6，明萬曆13年刻本，頁138～139。
〔註10〕　〔清〕錢謙益撰集，許逸民、林淑敏點校：《列朝詩集》，第1冊，頁67。

可見菊莊先生是個德行文章為世所景仰的儒者，在他的教導下，憲王自然成為一個文質彬彬的藩王，他的思想行為主要也以儒家的人生觀為指歸。

當他父親擅離藩國來居鳳陽，被留京師時，他才十一歲，他的祖父命他理藩事，前後兩年。他以弱齡孩提，身膺重任，其心情之沈重可知。

洪武二十九年春二月，燕王棣帥師巡大寧，他也奉命帥師巡北平關隘。他又曾經與燕、秦、晉三世子分閱衛士。以故「南遊於江漢，北歷於沙漠。」到過長安尋訪白居易〈楊柳枝〉中所說的「永豐坊」，並為賦〈柳枝歌〉三首。他雖然談不上什麼武功，而作為一位藩王所應具有的軍事才能，他都經歷了。

在他一生中所遭遇的最大變故，應當是父親被建文帝廢為庶人，徙置雲南的時候。他為了解救父親，不惜「自誣伏」，使得父親「得末減」。這樣的孝行和他的仲弟有爋之告變，真是鮮明的對比。因此成祖也很感動的賦〈純孝歌〉來表彰他的美德。他父子倆被安置雲南蒙化、臨安大概沒多久，他有〈臨安即事〉一首寫這時的心境：

> 凍雨寒煙滿戌城，雨中煙外更傷情。沙頭風靜鴛鴦睡，嶺上雲深孔雀鳴。番域白鹽從海出，野田青蔗繞籬生。蠻方異俗那堪語，獨立高臺淚似傾。〔註11〕

獨立高臺，家國何在？惟有凍雨寒煙，迷濛一片。以一位富貴的藩王世子，遽遭嚴譴，流落蠻方異俗，怎能不令他感今撫昔，悽然淚落。這種心境，在憲王一生中，可以說僅此一次。不久，成祖入南京，他們父子也就被重封，而且恩遇隆盛，有過於前。從此他便過著藩府宴遊，安享太平的日子。

仁宗洪熙元年閏七月定王薨，他繼承王位。宣宗皇帝幼時和他同學，論輩分又係皇叔，因此恩禮較諸王有加。他奉藩維謹，沒有他父親那樣的顛簸災難；閒暇既多，他也寄情聲色，而並不放縱，他時時著意於學問的研究、文學的創作和藝術的消遣。他「日與劉醇、鄭義諸詞臣剖析經義，多發前賢所未發。」因之「進退周旋，雅有儒者氣象。」他不只「恭謹好文辭」，而且「喜吟詠」，著有《誠齋錄》四卷、《新錄》三卷。《誠齋錄》尚存四十六首詩，見收於《列朝詩集‧乾》下。《新錄》即〈牡丹百詠〉、〈梅花百詠〉、〈玉堂春百詠〉，中央圖書館有藏本。錢牧齋稱為「皆風華和婉，渢渢乎盛世之音也。」另有《誠齋詞》一卷，已佚。王昶《明詞綜》收〈鷓鴣天〉一首。散曲有《誠齋樂府》二卷，徐復祚稱為有明一大家。

〔註11〕同上註，頁56。

　　宣德間散曲非常沈寂，幸有憲王縱橫馳騁其間，稍存生氣。他的北曲雖多陳腐套語，不像雜劇那樣的奔放自如，但是可誦可讀的作品還是不少。有些纏綿哀婉，一往情深的曲子，讀來頗能令人盪氣迴腸。

　　憲王是個多情的人，他有個宮女名叫雲英，五歲諳誦《孝經》，七歲盡通釋典，淡妝素服，色藝絕倫。她住在端清閣，有詩一卷，年二十二臥病求為尼，以了生死，受菩薩戒，作偈示眾而卒。憲王替她作墓誌銘，並題一首〈雲英詩〉：

> 雲英何處訪遺蹤，空對陽臺十二峰。花院無情金鎖合，蘭房有路碧苔封。消愁茶煮雙團鳳，紫恨香盤九篆龍。腸斷端清樓閣裡，墨痕燭炧尚重重。〔註12〕

又有〔鷓鴣天〕詞一闋詠雲英繡鞋，其下片云：「仙已去，事猶存，陽臺何處訪朝雲。相思攜手遊春日，尚帶年時草露痕。」〔註13〕（見《菉猗室曲話》卷一）對於一位宮女，他鍾情如此之深，死後猶如此眷戀，也惟有真性情才能寫出真性情的文學作品。

　　在藝術生活方面，他可以說書、畫、琴、棋樣樣皆精。《畫史彙傳》說他「畫瓶中牡丹最有神態。……書法真行醇婉，無一筆失度，集古名蹟摹臨勒石，名《書堂石刻》。」〔註14〕《西園聞見錄》也說他的「東書堂古法帖，遒麗可觀。」他在雜劇中也常發表他的藝術見解。譬如《牡丹仙》中藉壽安旦、素鸞旦論琴，輕紅旦、粉娥旦論棋，寶樓台、紫雲芳論字畫。《喬斷鬼》一劇更詳論畫之源流、畫法、畫品、畫科等。《賽嬌容》和《牡丹品》二劇也表現了他對音樂歌舞的造詣。因此他過的是「園畦頻點檢，書畫悅心情」、「詩因中酒多隨意，棋為饒人不用心」、「灌園呼內豎，臨帖寫官奴」的生活。他愛好這樣蕭疏的樂趣，陪伴著他的是書畫琴棋和詩歌的吟詠以及三杯兩盞的淡酒。微醺了，不須人扶，徜徉流連於手種的花竹；夜涼風來，則掃石焚香，明月正滿西樓。如此可人的佳景佳境，真是足以「歡遊」了。

　　他很喜歡花，牡丹、梅花、海棠、水仙、玉棠春等都是他歌詠的對象，在《誠齋樂府》中佔了很大的篇幅。他寫了一本雜劇叫《四時花明賽嬌容》，這四時的花依時景先後是：牡丹、芍藥、梅花、海棠、玉棠春、蓮花、桂花、

〔註12〕　〔清〕錢謙益撰集，許逸民、林淑敏點校：《列朝詩集》，第一冊，頁54。
〔註13〕　〔清〕姚華：《菉猗室曲話》，任中敏編：《新曲苑》，第3冊，頁9。
〔註14〕　〔清〕彭蘊璨：《歷代畫史彙傳》，頁101。

菊花、水仙。他藉著「花仙」來搬演歌舞，賞心樂事。另外他特別爲海棠花作了一本《海棠仙》雜劇；更爲牡丹花作了《牡丹仙》、《牡丹園》、《牡丹品》三本雜劇。他在《牡丹仙》的「引」中說：

> 予於奉藩之暇，植牡仙數百餘本，當穀雨之時，值花開之候；觀其色香態度，誠不減當年洛陽牡丹之豐盛耳。〔註15〕

又在〈南宮・一枝花・宮庭喜氣多〉套的小序中說：

> 宣德七年三月十一日，正妃閣前牡丹開二枝，合歡其蕚，眾皆稱賞。……予後圃牡丹，何啻千餘。〔註16〕

劉玉《己瘧編》云：

> 周王開一園，多植牡丹，號國色園，品類甚多，建十二亭以標目之，有玉盂、紫樓等名，儀部郎尤良作十二詩。〔註17〕

可見藩府庭園廣植牡丹，他以畫瓶、盆中的牡丹最有神態，在宴會時又喜以牡丹助興，他對於牡丹花可以說喜之好之已極了。

　　在另一方面，憲王也流連筵席聲伎，樂府中這類的作品很不少。本來這是一般富貴人家的常事，何況他又貴爲藩王。可是無名氏《金梁夢影錄》卻說：

> 王藩□甚著聲譽，朝廷忌之。會有希旨謂開封有王氣者，詔毀城南繁塔七層以厭之。王懼，乃溺情聲伎以自晦云。

如果這話可靠，那麼他歌詠美色，描寫戀情、贈送歌兒舞女是有意而爲了。可是他也常常一本正經在戒嫖蕩、勸從良。但無論如何，聲伎對他戲曲的創作是有很大幫助的。

　　憲王晚年對於佛道非常崇信，簡直入迷，由他的一連串別號可以看出來。上文已經分析過原因，關於他入迷的情形，下文討論雜劇的內容和思想時再詳爲敘述。

　　雖然長年過著賞心樂事、流連聲伎和禮佛崇道、修煉長生的生活，但是憲王還是不時關懷民間的疾苦。農夫收麥，遇陰雨連天，他就寫了一支南曲〔柳搖金・嘆農夫〕，希望西風趕緊「先把滿天雲送」。又有一次雨還是下個不停，他就寫了「苦雨有感憫農，製〔正宮〕一曲」，因爲那時是「月令值蕤

〔註15〕陳萬鼐主編：《全明雜劇》，第 4 冊，頁 1560。
〔註16〕〔明〕朱有燉著，翁敏華點校：《誠齋樂府》，頁 102～103。
〔註17〕〔明〕劉玉：《己瘧編》，《百部叢書集成・稗乘》（臺北：藝文印書館，1967 年），頁 2。

賓，佳節逢端午」，雨下太多是會妨害小麥收成的，所以他為之抑鬱憂憫。

英宗正統四年五月二十一日，帝差太醫院名醫去替他治病，那時他已病了好久。到了二十七日，就死去了。他曾上奏朝廷「身後務從儉約以省民力，妃夫人以下，不必從死。年少有父母者遣歸。」可是那年六月十九日王妃鞏氏死殉，王夫人施氏、歐氏、陳氏、韓氏、張氏、李氏亦同日死。這是明朝的「制度」，與他無關，而且他已說過「不必從死」了。詔諡妃貞烈，六夫人貞順。王妃鞏氏是宣德四年冊立，憲王曾在〔南呂・一枝花〕套的小序中，對於妃的賢德大加讚揚。他沒有兒子，由他的五弟有爝嗣位。

綜觀憲王一生，在位十五年，遭世隆平，享盡了人間的富貴清福。最後我們且引錄《得騶虞》雜劇中的兩支曲子來作為憲王的生活寫照。

> 俺藩府保康寧蒙帝澤，守安靜樂心懷。每日價睡足秋陰轉綠槐，那其間方纔醒來，列笙歌，把筵宴排。〔沽美酒〕

> 清閑似神仙境界，安居在金碧樓臺。一心待守禮法不生分外，為善事將身心警戒。有時間醉懷，放開，實是樂哉。每日將萬萬歲皇恩感戴。〔太平令〕〔註18〕〔註19〕

第二節　《誠齋雜劇》的總目及所改正的舊本

憲王《誠齋雜劇》，傅惜華《明代雜劇全目》列為三十一種，並詳細注明現存版本和著錄書目，日人八木澤元《明代劇作家研究》第二章「周憲王」，亦有〈誠齋雜劇傳本一覽表〉。茲據八木氏〈一覽表〉，並補入八木氏所不及的祁氏《讀書樓書目》、《寶文堂書目》、《陽春奏》、《重訂曲海目》、《曲海總目提要》，以及中央研究院傅斯年圖書館所藏之明刊本，作〈誠齋雜劇傳本及著錄一覽表〉如後（表附於第 135 頁）

八木氏〈一覽表〉除表列三十一種外，尚有《獻賦題橋》、《苦海回頭》、

〔註18〕陳萬鼐主編：《全明雜劇》，第 3 冊，頁 1318。

〔註19〕周憲王朱有燉生平見《明史》卷一一六、《明史稿》卷一〇八、《國朝獻徵錄》卷一、《明詩紀事》甲二、《明畫錄》卷一、《藩獻錄・周藩》、《列朝詩集小傳》乾下、《靜志居詩話》卷一、《明詩綜》卷一下、《明詞綜》卷一、《皇明實錄》、《歷代畫史彙傳》卷一、《開封府志》卷七、《西園聞見錄》卷八、《誠齋樂府》、《明代劇作家研究》第二章。

《新豐記》、《金環記》四種，這四種其實都不是憲王作品，八木氏在〈一覽表〉之後已經予以辨明。

從《誠齋雜劇》的序引和附記（周藩原刻本），我們可以考定雜劇的寫作年月，茲列述如下：

永樂二年八月：《辰勾月》。

永樂四年正月：《慶朔堂》。

永樂六年二月：《小桃紅》。同年《得騶虞》一本。

永樂七年春：《曲江池》。

永樂十四年八月：《義勇辭金》。

永樂二十年二月：《悟真如》。

宣德四年正月：《蟠桃會》。

宣德五年三月：《牡丹仙》。

宣德六年正月：《桃源景》、《牡丹品》。

宣德七年十二月：《八仙慶壽》、《踏雪尋梅》。

宣德八年十月：《仙官慶會》、《復落娼》。

　　　　十一月：《香囊怨》、《團圓夢》。

　　　　十二月：《常椿壽》、《豹子和尚》、《仗義疏財》。

宣德九年六月：《繼母大賢》。

　　　　冬至：《牡丹園》。

　　　　十二月：《十長生》。

宣德十年十二月：《神仙會》。

正統四年二月：《靈芝獻壽》、《海棠仙》。

著作年月無考者：《半夜朝元》、《喬斷鬼》、《煙花夢》、《賽嬌容》、《降獅子》。

由以上可見憲王從事戲曲寫作的時間，至少三十六年。宣德四年至十年，七年間共寫作十七本以上，其中十本在八、九年兩年內完成，可說是憲王雜劇創作的顛峰期。又八年冬季三個月，每月各有兩三本完成，也可見憲王寫作敏捷。

《百川書志》外史類《甄月娥》等傳奇三十一種標題下有這麼一段話：

> 皇明周府殿下錦窠老人全陽翁著。詳陳搬潰科唱或改正前編，或自生新意，或因物古辭，或寓言警世，或歌唱太平，或傳奇近事；……
> 總名《誠齋傳奇》。〔註20〕

可見《誠齋雜劇》的內容是多方面的。這些內容和他的思想都有很密切的關係，下文我們專立一節來討論這個問題。這裡要特別提出來的是「改正前編」的雜劇。所謂「改正前編」就是「掇取元人舊作，考正聲律，藻飾詞句。」〔註21〕（《雜劇十段錦》課華詞隱跋）這是憲王創作雜劇的方法之一，其三十一種中，有十種屬於這一類：

《辰勾月》：吳昌齡《張天師夜祭辰勾月》。

《小桃紅》：無名氏《月明和尚度柳翠》。

《曲江池》：高文秀《鄭元和風雪打瓦罐》、石君寶《李亞仙詩酒曲江池》。

《常椿壽》：馬致遠《呂洞賓三醉岳陽樓》、谷子敬《呂洞賓三度城南柳》。

《復落娼》：關漢卿《柳花亭李婉復落娼》、寧獻王《楊娭復落娼》。

《蟠桃會》：鍾嗣成《宴瑤池王母蟠桃會》。

《繼母大賢》：無名氏《繼母大賢》。

《義勇辭金》：無名氏《關雲長千里獨行》。

《海棠仙》：趙文敬《張果老度脫啞觀音》。

《喬斷鬼》：花李郎《憫燥判官釘一釘》。

以上《打瓦罐》、《李婉》、《楊娭》、《蟠桃會》、《繼母大賢》、《千里獨行》、《啞觀音》、《釘一釘》諸劇，原作不存，只能從名目中看出，憲王可能是改編舊作。《張天師》、《度柳翠》、《曲江池》、《岳陽樓》、《城南柳》諸劇尚存，我們且拿來和憲王《辰勾月》諸劇比較，看看憲王如何的「改正前編」。其中《常椿壽》一劇已在上文谷子敬的《城南柳》中論述過，這裡不再贅述。

〔註20〕〔明〕高儒：《百川書志》（上海：上海古籍出版社，2005年）卷6，頁87。

〔註21〕〔明〕無名氏編：《雜劇十段錦》，跋頁1。

一、《辰鈎月》與《張天師》

《錄鬼簿》於於吳昌齡名下，著錄《張天師夜祭辰鈎月》一本，天一閣鈔本則作《鋠勾月》，其正目作「文曲翁答救太陰星，張天咻夜祭鋠鈎月。」「鋠」當係「辰」，「咻」疑爲「師」之誤。《元曲選》有吳昌齡《張天師》一本，正目作「長眉仙遣梅菊荷桃，張天師斷風花雪月」。因其正目與《錄鬼簿》不同，故姚梅伯《今樂考證・著錄一》、鄭西諦《元明以來雜劇總錄》、馬廉《錄鬼簿新校注》，皆並列二目。嚴敦易《元劇斟疑》與傅惜華《元代雜劇全目》則明指「辰鈎月」並非「風花雪月」。但臧晉叔外，如梁廷枏《藤花亭曲話》、王國維《曲錄》、青木正兒《元人雜劇序說》、孫楷第〈述也是園古今雜劇〉仍並以爲二劇名異實同。可見對於「辰鈎月」是否即爲「風花雪月」學者已有相反的主張。

我們比較《元曲選》的《風花雪月》和憲王的《辰鈎月》，它們同用且角主唱，且分扮二、三種人物；其骨架也大致相同：首折寫陳世英與花神歡會，次折寫世英與嬭母應對，三折寫法師作法，四折寫法師結案。但是角色的安排、關目的布置、排場的處理與寫作的態度則有所差。

第一，《風花雪月》逕寫桂花仙子思凡，而以張天師作法，長眉仙結案。《辰鈎月》則於嫦娥之外，多出一位假冒嫦娥的桃花精；而以李法官作法，張天師結案。

第二，《風花雪月》以楔子演延醫滑稽事，置於第三折之前；《辰鈎月》則用以述救月緣由，置於首折之前，而將延醫一節安插於第三折。就整個關目的布置說，《風花雪月》稍嫌鬆懈，其第三折以張天師爲主，置桂花仙子於次要地位，且第四折以長眉仙結案，尤嫌草草。《辰鈎月》則細緻綿密，脈絡線索極爲分明。

第三，《辰鈎月》第四折於收煞之前又擺設一場神將與樹精交戰的場面，從漸趨平淡中，重新掀起一陣波瀾，使排場變化可觀。《風花雪月》則直如強弩之末而已。

第四，《風花雪月》只是平實的敷演「嫦娥愛少年」的傳說，並藉此嘲弄風月而已。《辰鈎月》則旨在辨月之冤，糾正世俗之謬說。其第四折嫦娥對張天師賓白云：「想俺這月兒，……尊爲星辰，風雨雷電。名山大川，五岳四瀆，眾神之長，載在祀典，春祈秋報。在天成象，在地成形。一氣至精，化成女仙，豈有思凡之理？這等的花妖樹怪，不爭他假妾的名字，迷惑世人，着下方輕薄之徒，說道嫦娥思凡來，立名做辰勾月。這媟瀆天仙，茫昧至理，怎

洗的清？願師父罰他（桃花精）下方去見他罪責者。」〔註 22〕又張天師斷語云：「嫦娥女負屈銜冤，塵世內胡噇亂噇，辰勾月萬古名傳。」〔註 23〕由「嫦娥思凡來，立名做辰鉤月。」可見「辰鉤月」的意思就是指「嫦娥思凡」而言。憲王用張天師來「明斷」辰鉤月，旨在辨月之冤，其立意甚為明顯。由此可見憲王的《辰鉤月》實在是一篇「翻案文章」，因之他必須用一個桃花精來假冒嫦娥。

第五，論曲辭，《風花雪月》較流麗活潑；《辰鉤月》較清新柔媚。

從以上可見《風花雪月》和《辰鉤月》是有相當的血緣關係。如果《風花雪月》就是吳昌齡的《夜祭辰鉤月》，那麼憲王之承襲、改編此劇是很顯然的。但是由於《風花雪月》和《夜祭辰鉤月》的題目正名不同，所以主張它們是不同的兩個作品的，像嚴敦易甚至於說：

> 吳昌齡的《辰鉤月》，明初或尚存在（假定《錄鬼簿》所注題目正名，確為該劇的話）。稍後，恐怕早已殘佚了，無由覽見。這本《風花雪月》的作者，只能想像他的內容關目該是如何，再參酌朱氏雜劇的抒寫，來做成這一篇東西。他受了朱作顯係翻案文章的影響，也認為嫦娥思凡，不很妥當，女主角遂不用嫦娥，卻用了一位也和月宮稍具關係的桂花仙子來代替。既不與朱作相犯，張天師也可以隨便斷遣發落她了。「桃花」既派不到正角，在四個仙子中，就代替了「牡丹」（朱有燉是個喜歡牡丹的人，他所以用牡丹仙）。或許作者根本並不想影戤吳昌齡，也只是利用這個題材及傳說，普遍地編撰一本繼神仙度化後，頗見流行的「斷遣」雜劇。因為有張天師，又有月中的桂花仙子，和吳氏的《辰鉤月》牽纏起來，卻是後來論者的錯覺，以及臧懋循的舛誤。〔註 24〕

那麼，「這一本《張天師斷風花雪月》似並不是吳昌齡之《張天師夜祭辰鉤月》。他是一位無名氏的撰作（甚或竄湊），其時期當在朱有燉之後，但不能晚於正德年間（嘉靖時的《寶文堂書目》已經著錄了），那就是說，他還是不免是一本明人的雜劇。」〔註 25〕嚴氏這一段話頗能自圓其說，如果真是那樣，則憲

〔註 22〕陳萬鼐主編：《全明雜劇》，第 4 冊，頁 1699〜1700。
〔註 23〕同上註，頁 1704。
〔註 24〕嚴敦易：《元劇勘疑》（北京：中華書局，1960 年），頁 364〜365。
〔註 25〕同上註，頁 365〜366。

王的《明斷辰鉤月》，倒是這本《風花雪月》的前身了；不過，吳昌齡既然已經有《夜祭辰鉤月》，而且明初尚存；則憲王翻案之作應當是對吳作而發。無論如何，他是頗受吳作影響的。如果《風花雪月》不是《夜祭辰鉤月》，但就《風花雪月》的命意、內容來說，應當還是接近吳氏的。

又元無名氏《碧桃花》一劇演徐端女碧桃，死後魂附其妹玉蘭之身，與張道南結爲夫妻事。其第二折正旦改扮孋孋向張生問病、醫病。第三折薩眞人作法勾碧桃問案。關目與《風花雪月》、《辰鉤月》略同，其間應當有淵源承變的關係。

二、兩本《曲江池》

在憲王之前，以白行簡《李娃傳》爲題材的劇作，有高文秀《鄭元和風雪打瓦罐》和石君寶《李亞仙花酒曲江池》。憲王此劇正目作「鄭元和風雪打瓦罐，李亞仙花酒曲江池。」正合高、石二作而成。據此，憲王之作頗有承冀高、石之嫌。高作已佚，今只能就石作來比較。

石作四折一楔子，正旦獨唱，朱作則五折二楔子，由末旦主唱，其他角色如外亦間有任唱。論關目排場，憲王較合理可觀。石君寶在李、鄭會晤之後，直至趕鄭出門，中間這一節情節，全然空白，並未加以實敍，使劇情顯得簡略脫節。憲王此劇〈小引〉云：

> 近元人石君寶爲作傳奇，詞雖清婉，敍事不明，鄙俚尤甚，止可付
> 之俳優，供歡獻笑而已；略無發揚其行操，使人感歎而欣羨也。予
> 因陳迹，復繼新聲，製作傳奇以嘉其行，就用書中所載李娃事實，
> 備錄於右云。〔註26〕

可見憲王所以「因陳述，復繼新聲」的緣故有二：一是君寶「敍事不明」，所以用書中所載李娃事實，詳爲舖敍。二是君寶之鄙俚僅堪供歡獻笑，因乃重爲剪裁，以發揚李娃行操，使人感歎欣羨。

君寶寫亞仙，每不能脫棄妓女口吻。譬如亞仙初見元和，說了這麼兩句話：「妹子也！他還是個子弟，是個雛兒。」「妹夫！那裡有個野味兒，請他來同席，怕做什麼。」在亞仙的眼中，元和不過是個子弟、雛兒、野味兒，雖然那正是道地的妓女本色，但卻減輕了亞仙的人格分量。憲王則不僅始終

〔註26〕〔明〕朱有燉〈李亞仙花酒曲江池引〉，《中國古氏雜劇文獻輯錄》（北京：全
　　　國圖書館文獻縮微複製中心，2006）影印中國國圖 25 卷本，第二冊，頁 1～2。

把亞仙寫得很聖潔，就是連元和沈迷煙花，也都是趙牛筋、錢馬力兩個幫閒的勾引慫恿。此外憲王又安排了一個劉員外，作為元和的前車之鑑，他藉劉員外的口，說了他一貫「戒嫖蕩」的主張。最後一折寫父子相認，君寶還保留傳奇小說的精神，經過一番波折；憲王則直以倫理禮教大防，把元和、亞仙寫作孝子順婦，同時重備六禮迎娶亞仙。若此，憲王是合情合意緻密多了，但也因此脫略了元劇蒼莽的風味，稍有刻板之感。

若論排場的處理，憲王比君寶要考究得多。他那「末旦全本」打破元劇獨唱的體例，使場面易於調配，無論視聽都較動人。尤其第三折插入打瓦罐唱〔蓮花落〕一場，第四折插入考試一場，都用詼諧俚曲，使淨丑可以發揮長技，而且也不失主角的分量，頗能調劑冷熱，醒人耳目。

據憲王自序，似乎未見過高文秀作品，而對君寶既然是「因陳述，復繼新聲」，那麼多少有過模擬是很自然的。譬如他的第三折，大概就是規模君寶二三折的骨架而成的。吳梅〈曲江池跋〉有云：

> 楔子〔賞花時・么篇〕，與石作同。此非王之襲石作也，或即臧晉叔據此劇以改石作，而刪去〔端正好〕一曲耳。又石作第三折，有〔商調・上京馬〕一支，即此劇第四折中曲文，亦疑是晉叔改竄。而王之原作，固昭如星日也。〔註27〕

瞿庵將憲王〔賞花時么篇〕、〔上京馬〕二曲與君寶雷同的原因，歸諸晉叔據王作以竄改石作，這種見解大概是對的。其〔上京馬〕云：

> 也是我一時間錯被那鬼昏迷，這是贍表子平生落得的。有見識的哥哥每知了就裡，似這等切切悲悲，從今後有金銀多儹下些買糧食。
> 〔註28〕

憲王將此曲作為〔商調〕套中的一支曲，用來表明元和被遺棄後的感慨，其曲境、韻協與前後諸曲有其連貫性，而石作不過將它作為第二折〔南呂〕套中的一支插曲，用來代替末淨所唱的挽歌。其曲境與劇情實不能契合。那麼，〔上京馬〕一曲在君寶劇中是否存在便有了疑問。而且就憲王說，也斷不至於為了抄襲一支君寶的曲子，而全折牽就它的韻協。另外，如果憲王有意襲用石作舊曲的話，何以單把石作旦本中僅有的兩支末唱插曲襲用，而完全捨棄旦唱的正曲呢？因此瞿庵之疑是很可能的。

〔註27〕蔡毅編著：《中國古典戲曲序跋彙編》，頁842。
〔註28〕陳萬鼐主編：《全明雜劇》，第4冊，頁1844。

論曲文，則君寶之流麗清婉實有過於憲王，憲王雖雅潔可觀，然稍嫌平實。

三、《小桃紅》與《度柳翠》

《小桃紅》係由《度柳翠》脫化而來。柳翠與小桃紅同為妓女，月明和尚與惠禪師同以瘋和尚姿態出現。《度柳翠》第四折與《小桃紅》第三折又同為說法場面。其相異之點為：《度柳翠》中之牛員外不過凡夫俗子，僅點綴其間，無甚分量；《小桃紅》之劉員外則為天上聖神下凡，惠禪師先度脫劉員外，再度小桃紅。

對於排場，《度柳翠》不過是一般無聊的度脫劇而已，《小桃紅》則頗為考究。次折用〔鼓腹謳〕、〔村田樂〕，第四折用〔十七換頭〕、〔十六天魔隊〕舞插演其間，使排場熱鬧紛華，乾枯的題目煥然光采。次折用夢境感化劉員外，也較當面說些不痛不癢的話來得有味。

大抵說來，《小桃紅》雖由《度柳翠》脫胎換骨，然無論布局、排場、文辭皆能青出於藍。

從以上三劇比較的結果看來，憲王在文辭上雖未必能超出前人，但在結構排場上則較原作為佳。可見憲王頗注重於戲劇藝術的改進。

第三節　《誠齋雜劇》的內容和思想

一、內容的分類

《誠齋雜劇》三十一種，日人八木澤元依其內容分作六類：

（一）仙佛劇（十五種）

《常椿壽》、《半夜朝元》、《仙官慶會》、《得騶虞》、《靈芝慶壽》、《神仙會》、《十長生》、《海棠仙》、《蟠桃會》、《八仙慶壽》、《辰鉤月》、《小桃紅》、《悟真如》、《喬斷鬼》、《降獅子》。

（二）妓女劇（六種）

《香囊怨》、《曲江池》、《桃源景》、《復落娼》、《慶朔堂》、《煙花夢》。

（三）英雄劇（三種）

《仗義疏財》、《豹子和尚》、《義勇辭金》。

（四）牡丹劇（四種）

《牡丹仙》、《牡丹品》、《牡丹園》、《賽嬌容》（八木氏漏列此劇）。

（五）節義劇（兩種）

《繼母大賢》、《團圓夢》。

（六）文人劇（一種）

《踏雪尋梅》。

八木氏這種分類法大致是對的。仙佛劇中如果再細分，則《小桃紅》以上十二本爲神仙劇，後三本爲佛教劇。神仙劇中《常椿壽》、《半夜朝元》、《海棠仙》、《小桃紅》四本爲度脫劇；《仙官慶會》、《靈芝慶壽》、《蟠桃會》、《八仙慶壽》四本爲慶壽劇，《神仙會》、《十長生》二本於度脫中寓祝壽之意。又《半夜朝元》、《小桃紅》、《悟眞如》三劇皆演妓女得道事，《香囊怨》、《曲江池》二劇則演妓女之節義，其界限實不易劃分。八木氏蓋就分量的輕重歸類而已。

上文曾說過憲王雜劇和他的思想有很密切的關係，底下我們且就雜劇的內容來加以考察。

二、儒釋道合一的思想

憲王對於仙佛，不僅愛好，而且信仰得很入迷。從他在這方面的著作多達十五種，幾佔全數的二分之一，即可看出。他的一篇〈紫陽仙三度常椿壽引〉正是他信仰神仙的自白，「信矣！神仙之道」，「上古聖人，歷歷可數，名書紫府，位列仙班。」在在說明他對於神仙信仰之篤之切。他以爲神仙可以奪天地生化之氣、陰陽消長之理，而遨遊於大塊之表，無往無來，長生不死。這樣的神仙境界是他夢寐以求的，所以他於「南遊江漢，北歷沙漠」之際，便接受了道人指授的「金丹祕訣」；他平日用功修煉的也不外是坎離、鉛汞、木龍、金丹、乾坤、爐鼎、姹女、嬰兒等等，他曾用〔白鶴子〕八支詠鉛汞、〔滿廷芳〕一支詠青金丹。他對於紫陽仙師非常仰慕，他作《常椿壽》一劇也就是用來表示仰慕之忱的。後來他又因爲「觀紫陽張眞人《悟眞篇》內，有上陽子陳致虛註解，引用呂洞賓度張珍奴成仙證道事跡」，而「以爲長生久視，延年永壽之術莫踰於神仙之道。」乃製《呂洞賓花月神仙會》一劇，「以爲慶壽之詞」（〈神仙會引〉）他在〈小天香半夜朝元引〉中又因爲一個妓女能守節修道，便相信他白日飛昇，他又驚嘆又羨慕的說：「異哉！神仙之化，爲不誣矣！」同時對於那「能保精神，煉氣血，於千萬年而不死」的「仙」，他

以爲有「天仙、地仙、神仙、鬼仙之類不一。」他對於「仙」，眞是癡迷已極。

就因爲深信神仙之道，所以他把「修煉成仙」的方法，屢次表現在度脫諸劇中，那不外是姹女嬰兒、金丹玉液諸術。他爲了嚮往長生不死，所以多敷演神仙之劇以爲祝壽侑觴之資。又由於深愛神仙之道，連帶著他以爲神仙不可冒昧，同時對於符瑞之事也深信不疑。前者表現在〈張天師明斷辰鈎月引〉中。他對世人常以鬼神爲戲言，將「至精至靈正直」的神仙，「誣以荒淫、配之仉儷，播於人耳、聲於筆舌間」非常的不滿，所以當他看了吳昌齡的《辰鈎月》，便立意做翻案文章，替嫦娥洗雪。後者他表現在《靈芝獻壽》中的賓白，他列舉了他封國中歷年的「瑞應」，諸如：相國寺三更半夜，毫光萬道，籠罩鐘樓。鳳凰下於山崗，群鳥相從，翺翔二日。野蠶成繭，收絲百餘斤。另外像白喜鵲、白鹿、嘉禾同穎、瑞麥五歧、白海青、連理木、合歡花也都是「瑞應」，能進貢的便進貢於朝，因而蒙獲重賞，欣然得意。他又以「中國雨順風調，民安物阜，臣忠子孝，兄友弟恭，夫義妻賢，中外和樂，以致禎祥屢現，百福咸臻。如今只有靈芝草，未曾呈瑞。」於是就寫作一本《靈芝獻壽》雜劇，希望蓬萊、方丈神仙境界中的仙物瑞草，能「生於中國宮廷之內，以爲長壽之徵。」可是憲王完成此劇不到三個月便「撒手西歸」、「羽化登仙」了。他所祈的壽，並沒有因爲修煉和瑞應而增加。

憲王對於佛教雖然沒有像道教那樣的崇信，但在《小桃紅》第三折說法一場，我們可以大略看出他對於佛教的了解。其中論到佛教的三寶：佛、法、僧，也說到佛教的各門宗派，頗富禪味，但沒有像對道教那樣的迷信色彩，至於文殊菩薩降獅子則直以佛典故事爲題材來搬演了。

憲王之好佛崇道於此可見。上文我們說過，王「性警拔，嗜學不倦」，「日與劉醇、鄭義諸詞臣剖析經義，多發前賢所未發。」因之「進退周旋，雅有儒者氣象。」他之愛好佛道，除了也和叔父寧獻王朱權一樣，爲了政治上的原因之外，也可以說是一個極富極貴的人，在萬事俱足的情形下，對於人生的冥想需求。他們的心理狀態和秦皇、漢武是相同的。因之，我們不能單純的把憲王看作一個道教的信仰者，他的教育和思想是以儒家爲根底的。如此再加上他對於仙佛的崇信，便形成了他儒釋道三教合一的觀念。他在《擊搜判官喬斷鬼》一劇裡，藉著徐行訓子，表明他這種思想觀念：

夫儒教者，乃至聖文宣王，……其教流傳，以至於今一千九百餘年矣。

其教也，正綱常，明人倫；使禮樂刑政四達而不悖，天地萬物，以位

以育，祖述於堯舜，憲章乎文武，其有功於天下後世也大矣。……夫
道教者，乃太上金闕帝君，……其教也，使人清虛以自守，卑弱以自
持，清靜無為，恬淡寡欲，其有補於世教也大矣。……夫釋教者，西
方之聖人釋迦佛也，……其教也，棄華而就實，背假而歸真，由力行
而造於安行，由自利而至於利彼，其為生民之所歸依者眾矣。……宋
孝宗有云：「以佛治心，以道治身，以儒治世。」此誠言也。〔註29〕

「以佛治心，以道治身，以儒治世。」也正是憲王將三教的哲學運用到實際
人生社會的方法，在《紫陽仙三度常椿壽》中，有一段對白：

椿云：「到彼岸也，神仙境界在何處？」

末云：「你問我神仙境界：寔是不遠。你聽我説，心上常常清虛淡泊，
心上便是神仙境界。家中常常和美寧靜，家中便是神仙境界。國內
常常民安物阜，國內便是神仙境界。」〔註30〕

這種神仙境界不正是儒家修齊治平的理想嗎？因此，他雖然大量寫作仙佛
劇，反映他一己身心的活動；但是，只要涉及社會人情，則無不以傳統的儒
家思想為基礎。憲王其他五類的雜劇，便是具體的表現。以下就此五類，逐
劇討論，以證明憲王儒釋道合一的思想及處世態度。

他在《清河縣繼母大賢》裡，根據社會實事，寫一位賢慧的母親，不庇
護犯罪殺人的親生子，而力辨前妻之子的無罪。他在劇本末後，藉著官吏的
判語表明他的看法。

聖人教人以禮，夫婦人倫之始。李氏後娶之妻，賢德人間少比。能
撫前家之兒，愛養如同己子。朝暮教訓讀書，感應達於天地。親子
致傷人命，不肯瞞心昧己。〔註31〕

因為「這世間的後挑婆出來的打罵前家兒女，不肯愛惜前家身兒女。」而清
河縣的李氏卻「深恨這等後挑婆」，所以人人稱他賢慧，朝廷也封他「賢德夫
人」。根據葉盛《水東日記》，繼母大賢是北人喜談的故事，「農工商販，鈔寫
繪畫，家畜而人有之；癡騃婦女，尤所酷好。」〔註32〕可見這個故事之廣播
民間，而其教育意義是很大的。後來丘濬《五倫全備記》第五齣《一門爭死》，

〔註29〕陳萬鼐主編：《全明雜劇》，第 4 冊，頁 1938。
〔註30〕同上註，第 3 冊，頁 1425～1426。
〔註31〕陳萬鼐主編：《全明雜劇》，第 3 冊，頁 1123～1124。
〔註32〕〔明〕葉盛著，魏中平點校：《水東日記》，卷 21，頁 214。

就是取材於此。

憲王另一本節義劇《趙貞姬身後團圓夢》也是取材社會實事，述宣德八年秋濟寧軍士錢鎖兒妻趙官保，夫死守志自縊，王因感動官保的貞烈，故爲傳奇勸世。（本劇小引）這個故事本身很動人，僅據實敷演，已足以達到他表彰節義的目的。但是他在官保自縊殉節之後，又以東岳神嘉獎兩人節義，號夫爲義仙，號妻爲貞姬，令同登仙界。官保又因憂父母悲己之死，前往托夢，告知在仙界享福。這種節外生枝，無非迎合世俗，說明善有善報。同時也是憲王將傳統的道德觀念合併道教迷信思想的具體表現。

憲王既然那麼重視禮教倫常，對於婦女又著意表揚節操，因此他在妓女劇裡也時時注入這種思想。他一共寫了六本妓女劇，如果將仙佛劇中的《半夜朝元》、《小桃紅》、《悟眞如》也算進去的話，則有九本，幾佔其作品全數的三分之一。他的散曲集《誠齋樂府》，有關妓女的歌詠也佔很大的分量。其原因是憲王封國附近布滿樂戶，他耳聞目睹，就近取材的緣故。

元代明初作家所寫妓女劇，其內容不外是士子、妓女和商人的「三角戀」，大抵是妓女愛俏、鴇兒愛鈔，士子與商人競爭的結果，總是士子否極泰來，得到最後的勝利。元劇作家對於妓女，雖然也有寫其守志不再接客的，但並不有意強調她們的節操，好像馬致遠《青衫淚》中的裴興奴嫁給茶客劉一郎，無名氏《百花亭》中的賀憐憐嫁給收買軍需的高常彬。關漢卿的《謝天香》，錢大尹把她娶進來後擱在一邊，她對於錢大尹的冷落頗感不滿，可見她對於柳耆卿並沒有守節之志。可是憲王筆下的妓女便不然。她們的最高願望只是「立婦名、成家計」，嫁個知心人，脫去煙花名字。如果所嫁的人死了，就替他守節，像劉佳景守寡四十年，半生來都依著「本分」；或者爲了「夫婦正理」，就寧肯一死殉節，像劉盼春爲周子敬自縊身死。憲王認爲這類妓女是極難得的。

《劉盼春守志香囊怨》，原是當時河南民間的實事，根據憲王的自序，這件事發生在宣德七年。有一位樂工的女兒劉盼春許配良民周子敬。周家父母不許兒子和樂工女兒來往；劉家父母卻逼女兒接待富商。周子敬致書劉盼春，勸他勉從父母之命，不要爲他所累。盼春卻用香囊藏了這封信，佩在身上自縊而死。憲王藉著白婆婆來評論這件事，說：

> 你每這院裡人只知道迎新送舊，留人接客是你每衣飯，那三綱五常的大道理如何得知？你女兒既將一身子伴了个男子漢，他不肯又與別人相伴。正是他有羞恥、有志氣，生成知道三綱五常之人，與你

　　院中其他妓女不同，怎生說他死的不對。〔註33〕

他在自序裡也極力讚揚盼春為夫死節的難能可貴，並且還特地用一支〔醉太平〕來歌頌盼春的貞烈：「貞烈似王凝妻性格，清標如卓氏女情懷，他比那蔣蘭英死的又明白，與你眾猱兒出色。這孩兒一生不欠煙花債，一心不惹風塵態，一身不到雨雲臺，落一個婦名兒也喝采。」在《悟真如》的第四折，妙清坐化後，憲王也藉著茶三婆來讚嘆一個能守節修道，終於坐化得正果的妓女，其手法和觀點都與《香囊怨》相同。可見憲王是在極力鼓吹「三綱五常之理」，他似乎想藉著這幾本雜劇來感化一般迎新送舊、不知名節、沒有羞恥的妓女。所以他對洪武辛酉之歲，河南武縣妓籍蘭紅葉「既適人而終身不再辱，以死自誓於神。縣尹及惡少，凌逼萬狀，未嘗失節，終老為民之妻」的行為，非常嘉許，同時又憐憫蘭氏「不幸生於樂籍，而不能見白於世」，故「為作傳奇，少抒其情態。」（〈小引〉）對於河南武陵妓女桃源景之「立志貞潔，不嫁娼夫，捨富而就貧，遂從良於一舉子。及其試中，授職知縣，未幾責為卒伍，既而復還前職，榮辱兼至，臧氏之女（即桃源景）未嘗失節」的操行也以為「可嘉也矣！」因而「遂詳其事實，製作傳奇，為之賞音焉。」（〈小引〉）對於李亞仙，也因嘆其雖為「狹斜之妓女，而能勉其夫為學，以取仕途，始終行止，不違於名教，可謂貞潔能者也。」所以他「製作傳奇以嘉其行。」（〈小引〉）而對於《復落娼》的劉金兒，則非常的鄙薄。在憲王眼中，像金兒這樣輕佻無恥的妓女正復不少，所以他禁戒子弟嫖蕩，屢屢見諸於文字。總而言之，憲王想以禮教來感化逢迎賣笑的妓女，因之內容充滿倫理節操的思想，妓女劇中素有的活潑和野趣自然減輕了。

　　憲王的三本英雄劇，《仗義疏財》和《豹子和尚》都是寫水滸故事。那時《水滸傳》似乎已成書，而此二劇所敷演的情節卻與《水滸傳》不合。可能憲王別有所本，或者是憑空獨運。然憲王於此二劇似乎是別有用意的。

　　《仗義疏財》的前半寫黑旋風李逵、浪子燕青奉宋江命至東平府糴糧，歸途中濟助被惡吏欺壓的李懊古父女。後來又假扮懊古女千嬌嫁給強婚的趙都巡，遂打殺趙都巡。這種行徑尚不失英雄本色。但是一旦朝廷招安，梁山的好漢就服服貼貼的接受驅遣了。於是他們和方臘兩個火併，說：「從今後賊見賊不相饒。」他們不但自認是賊，而且還以為以「賊」攻「賊」是為了「酬恩報本」。

　　《豹子和尚》則把「三拳打死鎮關西」的魯提轄寫成個「幼年戒行不精」的莽和尚。他因為被師父嗔責，下山還俗，娶妻生子以後，又帶著他的母親到梁山落草。他在山寨又「擅自殺害平人」，被宋江打了四十大棍，因又一氣下山，跑到清溪港清靜寺再做和尚。宋江使李逵「喚他回來，依舊作賊。」李逵見了他說：「你也只是軟弱，膽兒小，不是好男子。俺這幾年的偷營劫寨，殺人放火的功勞，你也不曾有一些兒。」把「替天行道」的梁山英雄，頂天立地的黑旋風，寫成一副十足的「賊相」。而這位皈正修行的魯智深，卻既怕「帶沈枷」，又怕「坐押床」。心裡只是怕死，口裡又不肯服輸。把一個「醉打山門」的英雄，寫成只要「持齋吃素」、「不惹是非」。雖然魯智深終於還是上了梁山，但是憲王筆下的李逵、魯智深，究竟和《水滸傳》中的黑旋風、花和尚大相逕庭了。

　　憲王寫作《水滸》故事，為什麼要出以這種態度、用這種筆法？其中道理很簡單，那就是他不能像水滸那樣的頌揚梁山英雄，如果他也這樣，豈不有「誨盜」的嫌疑？以他的身分地位，那是萬萬不可以的。所以他把握了宋江投誠平方臘的史實，將梁山英雄，歸結為受朝廷招安，將功贖罪。而在《豹子和尚》裡，他則肆意的譴責強盜，使人對於李逵、魯智深產生可憎可鄙的印象。也因此，憲王的這兩本水滸劇，其風格命意，固然和《水滸》不同，就是和元雜劇中的梁山英雄還是有別的。

　　在寫梁山英雄外，憲王還寫了一本《關雲長義勇辭金》，其拈題立意正好和水滸二劇相反，也就是他正面的用關雲長來表現他的忠義思想。他在自序裡說「人之有生，惟忠孝者為始終之大節。忠孝之道，必以誠而立焉。」〔註34〕他以為「雲長忠義之誠，通於神明，達乎天地」〔註35〕，故「宜乎後世載在祀典，為神明、司災福，正直之氣，長存於天地之間。」〔註36〕我們回顧憲王在建文時，父定王被鞫，他不忍非辜，「乃自誣伏，故定王末減」，這種行為，豈非精誠所致的「純孝」？他奉藩守國十五年，惟恭惟謹，豈不也可以說是忠愛的表現？這「忠孝」兩字正說明憲王實行了「以儒治世」的理想。

　　在奉藩之暇，憲王為了「賞花佐樽」，以花木為題材的作品有《牡丹仙》、《牡丹品》、《牡丹園》、《海棠仙》、《賽嬌容》五本。這種作品談不上什麼思想內容，不過是用以表現「太平之美事，藩府之嘉慶。」但即此我們也可以

〔註34〕陳萬鼐主編：《全明雜劇》，第 4 冊，頁 2163。
〔註35〕陳萬鼐主編：《全明雜劇》，第 4 冊，頁 2164～2165。
〔註36〕同上註，頁 2165～2166。

看出憲王性情之風雅俊逸和生活的閒適自得。

最後以文人學士爲題材的只有《孟浩然踏雪尋梅》一本。此劇著重於梅花、牡丹的歌詠，毋寧說還是一本賞花之作。憲王寫孟浩然看到李白沈迷酒色時，便說：「自今與之絕交可也。」後來又勸「太白尊兄，以功名爲念。」不要放曠酒色，「以全清譽」。而當太白推薦他爲官時，詔命一下，他馬上「俯伏遙聽，躬身北向」，其鐵石心腸頃刻化爲繞指柔，「冰霜容貌」也忽地熱衷起來了。當然，憲王是認爲「普天之大，莫非王土；率土之濱，莫非王臣。」文人學士自應受朝廷官爵的籠絡。因之即使在深山邃谷中的海棠花，他也不辭勞苦，把它移植苑內，否則豈不辜負了「天生好材質」。

總結以上的論述，我們知道憲王是以釋道的清虛平淡爲體，而以儒家的忠孝節義爲用；前者所以修身養性，後者所以治世化民。其思想有時雖然擺脫不了貴族的氣息，難免迂腐，然大抵合乎正道，故爲有明一代之賢王；而其好古嗜學，潛心文藝，更使得他的雜劇作品在我國戲劇史上佔一重要地位。他的聲名永垂，並不因爲他是一位裂土分封的藩王，而是他在戲劇上的偉大成就。

第四節　《誠齋雜劇》結構排場的特色

元人雜劇的長處，正如王國維所說的，在於文章之自然有境界；而其結構排場則不甚關心，對於戲劇藝術尚未考究，所以很難找到幾本適合於場上的好作品。到了明代，憲王才專心注意到關目的穿插剪裁和場面的組合調劑；他打破了雜劇的規範，逐漸吸取南戲的長處，同時大量運用歌舞滑稽，使得《誠齋雜劇》以一種嶄新的姿態出現歌場，風行宇內。憲王對於雜劇的最大功勞，就是戲劇藝術的創新和改進。也因此，《誠齋雜劇》在結構排場上，便具有以下諸大特色。

一、歌舞滑稽的插演

在論述這個問題之前，我們先將《誠齋雜劇》三十一種中所插演的歌舞滑稽場面列舉出來。

（一）《八仙慶壽》

1. 次折開首，淨扮眾俫兒引三五個俫一同趨搶上，作小兒唱街市歌。

　　（〔太平歌〕）

　2. 次折開首，末扮藍采和引俠五六人同上，打拍板唱〔踏踏歌〕。

　3. 三折開首，扮四毛女上，打漁鼓簡子唱四支〔出隊子〕。

　4. 四折〔太平令〕下，扮四仙童舞唱《蟠桃會》第三折內〔青天歌〕
　　一折。

（二）《蟠桃會》

　1. 次折開首，演東方朔偷桃一折諢戲。

　2. 三折開首，四仙童四仙女唱八支〔青天歌〕。

　3. 四折開首，四毛女漁鼓簡子念七律一首。

（三）《靈芝慶壽》

　1. 首折開首，淨扮鼓腹謳歌隊子上，念〔鼓腹謳〕、〔快活年〕、〔阿忽
　　令〕（四支）。

　2. 四折，五芝仙舞唱〔沽美酒〕等三曲。

（四）《悟真如》

　1. 四折餘音之前，旦念六言十二句。

（五）《小桃紅》

　1. 次折開首，眾扮鼓腹謳歌〔村田樂〕一折。

　2. 四折〔得勝令〕下，旦等舞〔十七換頭〕一折。

　3. 四折〔沈醉東風〕下，花旦五人舞〔十六天魔隊舞〕一折。

（六）《常椿壽》

　1. 四折尾聲之前，扮四毛唱〔道情〕一折。

（七）《十長生》

　1. 次折罵玉郎之前，壽星隊唱舞一折。

　2. 四折〔得勝令〕下，扮四人舞鷗鷀。

（八）《神仙會》

　1. 首折開首，末打漁鼓簡板引八仙念律詩一首。

　2. 首折〔混江龍〕下，旦唱〔南越〕調引〔金蕉葉〕。〔天下樂〕下，
　　旦唱過曲〔山花客〕（即山麻稭）二支。

　3. 次折〔歸塞北〕下，插入院本一段，唱〔醉太平〕四支，其後旦唱
　　〔梅和南中呂〕過曲〔駐雲飛〕四支。

　4. 三折開首，旦唱卜合唱〔仙呂〕入雙調集曲〔風雲會〕〔四朝元〕

四支。絡絲娘〔么〕篇下，旦唱〔仙呂〕入雙調過曲〔柳搖金〕五支。

（九）《半夜朝元》

　　1. 四折，旦舞唱〔青天歌〕一支。

（十）《仙官慶會》

　　1. 三折開首，淨扮四小鬼調軀老一折；舞童畫袴木作驅儺神上，十六位各不同服色調軀老一折。

　　2. 三折〔甜水令〕下，鬼唱〔青哥兒〕一支。

　　3. 四折開首，四探子合唱〔醉花陰〕一支。

　　4. 四折尾聲之後，末扮福祿壽三仙官散場曲〔後庭花〕、〔柳葉兒〕二支。

（十一）《得騶虞》

　　1. 楔子之前，百獸隊舞。

　　2. 次折開首，四毛女上念七律一首。青哥兒後，眾唱〔得勝令〕一支。

　　3. 三折開首，四探子各唱一支〔醉花陰〕。〔喜遷鶯〕下，〔刮地風〕下，外各念七律一首。

　　4. 四折開首，百獸率舞隊子同騶虞隊上，舞一折。

（十二）《曲江池》

　　1. 次折開首，二淨唱〔青天歌〕一支。

　　2. 四折〔醋壺蘆么〕下，末同四淨演唱〔蓮花落〕。（按：薛近兗《繡襦記》第三十一齣《襦護郎寒》之〔蓮花落〕，即襲此劇。）

　　3. 五折開首，末淨等演科場折，正淨唱〔收江南〕一支。

（十三）《煙花夢》

　　1. 首折〔天下樂〕下，旦彈唱一折；末、正淨各念七絕一首，正淨做軀老唱〔離亭宴歇指煞〕一支，旦唱〔梧葉兒〕一支。

（十四）《牡丹園》

　　1. 首折〔勝葫蘆〕下，酸淨唱〔青哥兒〕一支。

　　2. 五折〔天香引〕下，十牡丹仙舞一折；四酸淨舞戲一折。

（十五）《牡丹品》

　　1. 首折〔寄生草〕下，簫笛旦吹簫吹笛各一折。〔金盞兒〕下，琵琶旦彈琵琶一折。第二支〔金盞兒〕下，唱旦唱一折。第二支〔金盞

兒〕，舞旦舞一折。

  2. 次折〔滾繡毬〕下，花旦舞唱〔換頭〕一折。

  3. 三折開首，四探子唱〔醉花陰〕一支。

（十六）《牡丹仙》

  1. 首折〔採茶歌〕下，花旦兩人唱舞佐樽。

  2. 四折〔太平令〕下，九花仙跳九般花隊子上，唱舞轉調〔青山口〕、
〔青江引〕（二支）。

（十七）《賽嬌容》

  1. 首折〔六么序么篇〕下，牡丹、芍藥、梅花、海棠、玉棠春、蓮花、
桂花、菊花、水仙、松、竹各唱一支〔清江引〕。

  2. 次折開首，眾花仙之梅香各唱〔採茶歌〕一支。

  3. 三折〔小梁州么〕下，眾花仙歌舞〔十七換頭〕一折。

  4. 四折〔太平令〕下，七花仙唱舞〔天魔隊〕曲一折。

（十八）《踏雪尋梅》

  1. 首折〔天下樂〕下，旦彈唱一折。

以上十八本絕大多數是仙佛劇和牡丹劇，其中《八仙慶壽》、《蟠桃會》、
《小桃紅》、《十長生》、《仙官慶會》、《得騶虞》等皆運用隊舞以增加場面的
紛華。三本牡丹劇和《賽嬌容》則是純粹的歌舞劇，羽衣仙袂，麗容華顏，
載歌載舞，於酒筵花前，最爲賞心悅目。這些雜劇的關目都非常簡單，無法
屈伸變化以引人入勝，所以只好濟以歌舞，以達到慶賞的目的。

至於其插演歌舞滑稽的方法，有安置在每一折開首的，有插入折中的，有
演於劇末的。前者用以導引場面，如《八仙慶壽》次折寫藍采和遊戲人間，先
以眾俫唱〔太平歌〕。三折寫韓湘子詠神仙境界，先以四毛女說仙家景致。插演
折中者例以調劑冷熱，如《仙官慶會》三折演驅鬼，排場至爲熱鬧，四鬼十六
儺神、鍾馗、神荼、鬱壘，齊集獻藝，並舞態動作，定多奇趣。及虛耗被擒獲，
方歌〔青哥兒〕一支，於鑼鼓喧天之後，繼以小曲，令人悠然不盡。演於劇末
者則用以收束場面。如《小桃紅》四折之〔十六天魔舞〕。按〈元順帝本紀〉至
正十四年云：

> 時帝怠於政事，荒於遊宴，以宮女三聖奴、妙樂奴、文殊奴等一十
> 六人按樂，名爲十六天魔。……又宮女十一人，練槌髻，勒帕常服，
> 或用唐窄衫。所奏樂用龍笛、頭管、小鼓、箏蓁、琵琶、笙、胡琴、

響板。以宦者長安迭不花管領,遇宮中讚佛則按舞奏樂。〔註37〕

周定王《元宮詞》也有兩首詠天魔舞。可見此舞極為艷冶熱鬧,而於此時此際,緊接以小桃紅、劉員外之頓悟,由極熱而極淡,亦為場面收煞的妙法。再考其插演的種類,曲則有北隻曲、南隻曲、南套曲、俗曲、詩詞等,場面則有滑稽、院本舞蹈、奏樂、歌舞等,其方法種類應有盡有。憲王以前的作家雖然也有人運用滑稽、歌舞來調劑場面,但不過偶一為之,並不十分措意於舞臺藝術的考究。憲王則不然,他要使呆板的關目活潑起來,不只要使人悅耳,更要使人悅目,因此他運用了以上所述的種種方法。當然,憲王所改進的舞臺藝術,也只有像他這樣龐大的劇團和齊備的行頭才可以,平常跑江湖的「路歧人」和私人的家樂是承受不了的。也因此內府伶工所編演的雜劇,便往往有借鑑《誠齋雜劇》的地方。好像《度黃龍》、《鎖白猿》、《南極登仙》、《十樣錦》、《三化邯鄲》、《李雲卿》、《降桑椹》、《雙林坐化》等都有類似的場面。

二、元劇體製規律的突破

元雜劇謹嚴的規律,明初像賈仲明、劉東生雖然已經有擺脫的跡象,但其變動都還算細微。到了憲王才逐漸大量的突破,給予中葉以後的作者很大的影響。茲先將憲王突破元劇體製規律的劇本列述如下:

(一)《仙官慶會》

四折。次折〔正宮〕套首三曲正末、付末雙唱,餘俱正末獨唱。

(二)《蟠桃會》

四折。〔仙呂〕套末旦同唱。〔正宮〕套正末獨唱。〔南呂〕套末旦同唱。〔雙調〕套四毛女齊唱〔新水令〕一支,〔慶宣和〕由一毛女獨唱。其後四毛女輪唱四支〔清江引〕,眾和之。末三曲再由一毛女獨唱。

(三)《神仙會》

四折一楔子。楔子旦末各唱一支〔賞花時〕。末獨唱〔仙呂·點絳唇套〕、〔大石·六國朝〕套、〔越調·梅花引〕套。第四折〔雙調·新水令〕套,旦唱〔十棒鼓〕一支,八仙各唱〔清江引〕一支,此外諸曲由末獨唱。又此劇插入之南曲皆低一格書寫,有如插曲,

〔註37〕 〔明〕宋濂等:《元史》(臺北:臺灣商務印書館,1988年),頁499。

然實各自成套，應可視爲南北曲組場之例。所插入之南曲即：首折〔混江龍〕下，旦唱〔南越〕調引子〔金蕉葉〕；〔天下樂〕下，旦唱〔南越〕調過曲〔山麻客〕二支。次折院本之下，旦唱四支〔駐雲飛〕，各支末尾疊句均由旦、梅香同唱；三折開頭，旦唱〔南仙呂〕入〔雙調〕集曲〔風雲會〕〔四朝元〕四支，各支末數句由旦、卜合唱。〔絡絲娘〕下，〔南仙呂〕入〔雙調〕過曲五支，旦、末各間唱一支，第五支眾合唱。

（四）《牡丹仙》

四折。〔仙呂〕套旦獨唱。〔南呂〕套二末唱〔一枝花〕等三曲，隔尾之後正末獨唱。〔中呂〕、〔雙調〕二套亦由旦獨唱。按本劇注明二末係二旦改扮。

（五）《牡丹品》

四折。〔仙呂〕、〔正宮〕、〔黃鐘〕三套俱由末獨唱。〔雙調〕套〔新水令〕、〔駐馬聽〕二曲與〔尾聲〕由末獨唱。其間〔賀聖朝〕等十五曲由眾合唱。

（六）《靈芝慶壽》

四折。〔仙呂〕套末旦輪唱。〔中呂〕套〔尾聲〕一曲末旦雙唱外，餘輪唱。〔正宮〕套正末獨唱。〔雙調〕套末唱前三曲，五芝仙舞唱〔沽美酒〕等三曲，玉芝仙獨唱〔川撥棹〕等四曲。

（七）《賽嬌容》

四折。〔仙呂〕套牡丹旦獨唱，〔中呂〕套蓮花旦獨唱，〔正宮〕套菊花旦獨唱。〔雙調〕套〔太平令〕以前由梅花、水仙二旦雙唱，〔川撥棹〕以下由眾花仙合唱。

（八）《降獅子》

四折。末唱〔仙呂〕、〔黃鐘〕、〔越調〕三套。第三折〔正宮〕套四神將同唱，其中〔滾繡毬〕一曲接唱。

（九）《仗義疏財》

五折一楔子。〔仙呂〕套二末同唱。〔中呂〕套除〔鬥鵪鶉〕一曲正末獨唱數句外，亦均由末同唱。〔正宮〕套〔滾繡毬〕以前四曲由正末獨唱，〔叨叨令〕一曲沖末唱，〔伴讀書〕至〔尾聲〕二曲又由二末同唱。〔雙調〕套〔駐馬聽〕以前二曲由二末同唱，〔雁兒

落〕以下四曲由正末獨唱，最後三曲又由二末同唱。〔黃鐘〕套正
末獨唱。

（十）《牡丹園》

　　五折二楔子。〔賞花時〕帶〔么篇〕金母獨唱。〔仙呂〕套〔那吒令〕
以前五曲姚旦獨唱，〔節節高〕以下六曲魏旦獨唱，最後〔賺尾〕
一曲由姚魏二旦雙唱。〔南呂〕套壽安旦唱前四曲，素鸞旦唱〔罵
玉郎〕以下四曲，〔黃鍾〕套由二旦合唱。楔子〔賞花時〕帶〔么
篇〕粉旦唱。〔越調〕套輕旦唱〔金焦葉〕以前三曲，粉旦唱〔聖
藥王〕以前五曲，其後輕旦又唱〔青山口〕以下三曲，〔尾聲〕二
旦雙唱。〔正宮〕套寶旦唱〔叨叨令〕以前五曲，紫旦唱〔滿庭芳〕
以下五曲，末二曲二旦雙唱。〔雙調〕套玉旦、醉旦雙唱前三曲，
十位牡丹旦合唱〔甜水令〕以下七曲。

（十一）《曲江池》

　　五折二楔子。楔子連用。〔賞花時〕帶〔么篇〕末唱，〔端正好〕正
旦唱。〔仙呂〕套旦獨唱。〔正宮〕套末唱〔道和〕以前諸曲，外唱
〔耍孩兒〕以下諸曲。〔黃鐘〕套旦獨唱。〔商調〕套末獨唱。〔雙
調〕套旦獨唱。

　　以上計十一本，佔憲王《誠齋雜劇》三分之一強。其唱法獨唱之外，有：
雙唱、眾合唱、輪唱、接唱、接合唱、南曲中所有的唱法都已包括在內。而
《神仙會》一劇更有意的插入南曲套數，採用南北曲遞唱的方式，這不但可
以看出雜劇轉變的跡象和南北曲混合的端倪，同時也可以看出憲王正大刀闊
斧的從事戲劇藝術的改進。試想元劇限定一人獨唱四折是多麼的刻板沈悶而
無味，憲王採用各種唱法，使其他角色也有表演的機會，其動人聽聞的功效
自然很大。至於將折數由四折擴充為五折、四折二楔子，可能也以憲王為開
端，從此使雜劇不必被四折所拘限，慢慢演進為長短自由的形式。當然，這
種種歌唱的方式和折數的突破都是得自南戲傳奇的啟發，但是大膽的運用到
北雜劇，而使北雜劇引起變化改進的，不能說不是憲王的功績。

三、關目布置的通則

　　憲王對於關目的布置，仔細觀察，有幾條通則可尋。那就是：

　　（一）**探子出關目**：以探子出關目，元劇中已見其例，如《氣英布》；不

過大量運用這種手法的，則是周憲王。《誠齋雜劇》中屬於這一類的有以下七劇。《義勇辭金》第三折、《仗義疏財》第五折，俱用以描寫戰陣。《仙官慶會》第四折用以報告鍾馗等驅鬼。《得騶虞》第三折用以報告捕獲騶虞。《降獅子》第四折用以報告降伏青獅子。《牡丹品》第三折用以敷演園中牡丹盛開的盛況。《牡丹仙》第二折二旦改扮二末為花園主人之子，前半敘說花園風光，後半專詠牡丹，雖未標明探子，然手法實與探子出關目無異。青木正兒對於憲王這種手法非賞欣賞，他說：

> 此因如戰場之類，避免多出登場人物之寫實；又如牡丹盛開，省略舞臺上之粧置，寫意的描寫出之之一法也。較之近時劇中出全武行之鬧場，其幽雅甚可喜也。後世戲曲用此法者不多見，獨湯顯祖《南柯》之〈啓寇〉一齣用之，使關目生動也。未知其學憲王否耶？〔註38〕

用探子虛寫，可以省卻許多關目剪裁和排場處置的困難，有時反而令人感到簡潔生動，像《仗義疏財》、《牡丹品》、《牡丹仙》莫不如此。後來《長生殿》的偵報也和《南柯·啓寇》一樣，都是運用這一手法得到成功的作品。但是如果運用探子報訊，而使關目重出，那麼便成了疊床架屋，給人的感覺往往是累贅厭倦。譬如《義勇辭金》的次折已正面敘寫了關雲長誅顏良，《仙官慶會》第三折已真實敷演了鍾馗等驅除邪鬼，《得騶虞》次折和《降獅子》第三折也都已著意地擺出捕捉騶虞和青獅子的場面，其出場人物極多，排場極為熱鬧，這樣的舖敘描寫，其火候可以說十足了，讀者觀眾的感受也都飽和了。乃緊接其後，又以探子的報訊虛寫一番；這除了可以馳騁賦筆之外，無論聆賞閱讀，都是畫蛇添足的。因之，竊以為這幾本雜劇運用探子重出關目，無形中減輕了作品的成就。而若推敲憲王所以用探子重出關目的緣故，大概是因為這樣乾枯的題目，要敷演四折並非容易，所以只好湊合一折探子報訊了。憲王這種手法，給予內府本無名氏雜劇的影響很大。像《定時捉將》第四折、《老君堂》第三折、《暗度陳倉》第三折，這三本的關目也都重出。《復奪衣襖車》第三折用以補敘，算是比較成功。

（二）讚嘆出關目：這一類有三劇。一是《悟真如》第四折李妙清坐化以後，茶三婆對守節成道的妓女備極讚嘆。二是《香囊怨》第四折劉盼春殉情後，白婆婆對守志死節妓女的頌揚。三是《復落娼》第四折白婆兒之讚美

〔註38〕 〔日〕青木正兒著，王吉盧譯：《中國近世戲曲史》，頁 155～156。

守節的妓女劉臘兒和譴責下賤淫蕩的妓女劉金兒。這三本都屬妓女劇，其布置關目的手法完全相同。劇中的茶三婆、白婆婆、白婆兒都是憲王的化身。也藉著她們的聲口來勸導妓女要立婦名、成家計，要能守志守節，不要自甘墮落。這種關目的處理方法，就戲劇的教化作用來說是非常成功的，而且在悲劇終場之際，補以讚歎，其餘音嫋嫋，尤得低迴宛轉之致。

（三）邀請出關目：這一類有五劇。（1）《牡丹園》，以司花女邀請十牡丹仙赴會，每折出兩位，末折全體出場，歌舞慶賞。（2）《蟠桃會》，以金童玉女奉金母命邀請群仙赴會，每折出一、二位，末折群仙畢集慶壽，以大場面結束。（3）《八仙祝壽》，手法與《蟠桃會》略同，僅將南極、嵩山、大河、廣成諸仙易為八仙而已。（4）《仙官慶會》，以福祿壽三星命仙童邀請鍾馗、神茶、鬱壘等驅鬼，而結以三星降福。（5）《靈芝慶壽》，以嵩山神、大河神遣其神將、仙女求靈芝、遇採藥仙童、八仙、東華木公等，而以群仙並芝仙獻壽收場。這五本雜劇對於關目處理的手法都是以仙使邀請或訪問群仙，然後群仙畢集，慶賀終場。「仙使」就好像針線，將每一個獨立的情節貫穿起來，手法單純平板，內容又不外神仙道化語，讀來令人沈寂欲睡。然群仙陸續上下，終以熱鬧歌舞大場面結束，則最宜於慶賞之用。這是富貴家的排場，小民不止沒機會用上，大概也不會有什麼興趣可言。憲王這種手法和也是園《古今雜劇》中無名氏和教坊所編演的慶壽劇完全相同，也許是《誠齋雜劇》流入內府，樂工伶工模仿憲王的吧！

（四）賦詠出關目：這一類又可分作兩個小類。一是詠物。如《十長生》第一、三折各以一曲詠十長生。《牡丹品》第四折以套曲分詠十牡丹。《辰鉤月》第三折詠月、牡丹、梅花等。《踏雪尋梅》第二折詠雪，第三折詠牡丹、梅花。《賽嬌容》第二折、《牡丹品》第一折後半、《牡丹園》二、三、四折與《喬斷鬼》第一折後半，都用來詠樂器或歌舞。二是歌詠修煉術與神仙境界，前者見《八仙慶壽》第一折金童、洞賓之問答，《蟠桃會》第一折金童玉女與東華仙之問答，第二折金童玉女與南極仙之問答，《小天香》第三折小天香與道士之問答。後者見《八仙慶壽》第三折。以上除《辰鉤月》、《踏雪尋梅》外，都是慶賞劇，拆開來簡直就是一篇詠物寫景或道情的散套。慶賞劇關目單純，如果不這麼鋪敘敷演，就很難湊成四折。誠齋散曲中寫景詠物的作品佔大多數，他在雜劇中也運用了這種賦筆。

此外，憲王安排關目，手法相似的還有：（1）仙佛度脫劇，每將男女主

角寫成仙童仙女因私情而被謫下凡。（2）神仙劇八仙會集後，總以一二曲敍述八仙履歷。（3）凡是劇中有蟠桃之關目時，必插入「東方朔偷桃」作爲滑稽場面。以上三點都是承襲元人格套。（4）《得騶虞》第二折與《降獅子》第二折的排場幾乎相同。（5）賞花諸劇必以梅香串演滑稽場面。（6）《賽嬌容》第四折與《牡丹仙》第三折都是以名花仙各逞己美爲關目。（7）《牡丹仙》與《牡丹品》的第二折都是前半寫園林，後半專詠牡丹。

四、結構的謹嚴

由上面的分析，可知《誠齋雜劇》對於關目的布置，頗有通則可尋。其手法儘管有許多雷同處，但同中有異。譬如同一寫牡丹，同是歌舞場面，而《牡丹品》用的是虛寫，《牡丹園》用的是實寫，《牡丹仙》則更妝點九花仙與風月，其韻致情味便各有可觀。另外必須說明的是，憲王布置關目所以雷同，除了他的作品多，雖高才亦難免重出外，有些實在是他有意的安排，好像妓女劇末折之用茶三婆、白婆婆、白婆兒來讚嘆便是例子。但這並不影響其各本雜劇中結構的謹嚴。《誠齋雜劇》結構的謹嚴，可以由以下諸劇看出來。

（一）《神仙會》：此劇敍呂洞賓度脫被金母貶謫人間的蟠桃仙重反仙界。雖屬尋常三度劇，然不落入俗套。張珍奴爲妓女，而早有仙道之心。八仙化爲子弟，混跡行院，飲酒作樂，其指示珍奴金丹妙道：不平板、不露痕跡。通劇空靈高妙，不似一般度脫劇之煩瑣可厭。其間又插演院本，組合南北曲，使排場極聆賞之致。末折歸結蟠桃會上八仙獻壽，亦復不弱，非草草收場者可比。

（二）《得騶虞》：吳梅〈誠齋曲跋〉云：「此劇亦吉祥文字，以汴中神后山發現騶虞，由細民喬三報知州官，發兵秋獮，因得瑞獸，上獻藩府，進貢朝廷。劇情原無大勝人處，惟排場結構頗有可取。如第一折喬三婦以淨角扮演，極詼諧之致。第二折秋獮分五色軍隊，次第獻技，排場遂不冷落。第三折用四探子演述打圍情狀，帶唱帶舞，結構又復生動，末以典樂官讚歎瑞應作結，立意亦高。如此枯窘題目，能通體不懈，且寫得如火如荼，足見王之才大矣。」〔註39〕案本劇首折安排農夫農婦，於詼諧中見太平康樂，民安富足，第四折爲必然之收煞，乃農夫農婦又與首折照映，足見憲王心思之細密，

〔註39〕〔清〕吳梅：《霜厓曲跋》，任中敏：《新曲苑》，第3冊，頁642。

手法之高妙。然第三折以探子重演關目，著者以為其唱舞之姿容雖或可觀，然終不免疊床架屋之病。《降獅子》第二折列二十八宿於七方，每方服色皆異，正與《得騶虞》次折相同。然第三折別以四方揭諦執四種寶物：降妖杵、縛妖索、照妖鏡、剪妖鞭，與青獅子鬥法，且由四揭諦合唱、接合唱，則更別出機杼了。

（三）《桃源景》：吳梅〈誠齋樂府跋〉：「《桃源景》四折記李釗、韓桃兒事，雖煙花粉黛之辭，而情節卻能曲折。如李赴試及第，忽受失儀遣戍，一也。韓改妝尋夫，又為店人窺破，致遭凌譴，二也。及至口北滌器當爐，又遇胡人調笑，三也。此皆尋常劇曲所無也。」〔註40〕本劇關目之妙在頓挫，即第二折亦復曲折有致。先是羅鋌兒之假報李釗及第，其次又施以要挾，三是李咬兒之強下聘禮，最後幸得御史之明斷。一折之中，波浪起伏如此。至於全劇則層層引人入勝，不覺終卷，真是難得的佳構。《半夜朝元》第二折寫小天香往華山修行，再厄於華陰道上，備嘗艱辛，自然顯見其志行之堅定，亦是善用曲筆處。《復落娼》以劉金兒之改變為脈絡，而關目奇詭，一嫁生藥商，再嫁江西客，又捏造告辭，誣陷其夫，終於復落娼籍。每一折皆各具別致，其摹寫妓女之醜狀，至可噴飯，也是得自曲筆的騰挪。

（四）《牡丹品》：此劇為內府賞花之樂，以內廷教習為主，而以歌姬為輔，是純粹的歌舞劇。首折用花旦四人演習樂器，此是歌；次折用花旦五人飾歌舞者，此是舞；三折以探子演述園林景象，牡丹消息，則載歌載舞；末折更以大合樂終場。像這樣的歌舞劇，除憲王外，難覓其人了。其他牡丹二劇，亦以歌舞為主，敷演手法雖不同，而其熱鬧紛華則一。

至於誠齋其他諸劇結構的得失，略論如下：《海棠仙》係根據話本《張果老種瓜娶文女》改編，層次有秩，金母為媒，南極娶妻，頗能引人興會。《小桃紅》渡口幻化與〔十七換頭〕、〔十六天魔舞〕，都是排場佳勝處。《八仙慶壽》於平淡無奇之關目中，演出各種不同的場面，劇情曲境隨之變化，藍采和遊戲人間與韓湘子歌詠神仙境界皆有可觀。《仗義疏財》寫惡吏之欺壓良民，堪為髮指，黑旋風浪子之仗義疏財不失英雄本色。尤以第三折假扮新娘代嫁，「奇想天外，而不陷於惡謔，勾欄場中，豈可缺此一味耶？今之皮黃劇中，常演之淨角戲，有《青風寨》一齣，亦演此事，而以青風寨賊首

〔註40〕同上註，頁 640。

代趙都巡者，……此必承受周憲王此劇系統也明矣。」〔註41〕（青木正兒《中國近世戲曲史》）其妝扮貨郎一折，亦頗能符合市民口胃。只是第五折寫宋江等歸順征方臘，雖一本史實，而置於此劇，前後不相稱，不免蛇足之譏。《豹子和尚》但寫智賺魯智深還俗爲「賊」，先是黑旋風激之，再動以妻子親情，最後設計凌辱其母，賺他破戒還俗。當智深被激怒、被親情感動時，都因摸摸光頭而醒悟，雖重複再三，而不覺可厭。排場堪稱整潔。《義勇辭金》關目緊湊，第四折用夏侯惇謀害雲長作一頓挫，而於千里走單騎中結束全篇，有餘音嬝嬝不盡之意味。《煙花夢》雖不過尋常男女燕蝶之辭，而憲王於仇子華之外，又著意點染縣官惡吏之貪污枉法、誣害善良，且欲強娶蘭兒爲妻。可見憲王對於當時官吏之觀感。其第三折送別之纏綿淒楚與第四折廟中得夢，夢中有戲，也都是相當得力的地方。《繼母大賢》、《香囊怨》二劇都是敷演時事，本身已足動人，憲王據實敘寫，不添枝生葉，於平淡中見其感人的力量，在匹夫匹婦心目中，王母便成爲典型的賢母，劉盼兒便成爲可敬的烈女，其教世化民的作用是很大的。

另外，《蟠桃會》、《靈芝慶壽》、《十長生》、《仙官慶會》，都是藩府承應劇，關目平板，但濟之以歌舞排場，取其熱鬧而已。《慶朔堂》演范文正、甄月娥事，其情節本子虛烏有，而布置亦與尋常風情劇無異。劇中以甄月娥與紅葉兒爲妓女正反的代表，手法和《復落娼》略同。《團圓夢》按時事演義夫烈婦。《霜厓曲跋》云：

> 錢趙二姓，貧富不均，改易婚約，本劇中常事；所難者貞姬耳。早歲訂盟，中更險阻，艱難合巹，倉卒從軍，迨至哭奠靈幃，從容自盡；寫貞字眞到十二分地步，而語語簡潔，頭緒不多，此又見筆墨之淨，雖高東嘉且不及也。〔註42〕

其情節雖甚爲感人，但竊以爲關目不夠明淨，頭緒稍嫌蕪雜，失輕重之致。首折寫錢趙成婚，但以賓白表明，而以全套曲縷述貞女烈婦名，滿篇教訓口吻，索然無味。次折官保與姑寒食上墳，父兄暗中濟助，其母與花花公子糾纏，雖排場熱鬧，然置之本劇則覺迤沓。第四折成仙後，託夢家中，筆意已弱，兼覺蛇足。又本劇設一卍舍始終糾纏官保，又設一錢氏女愛慕錢郎，無非爲貞姬義夫寫照，但如此安排過於流露痕跡，有不自然之感。

〔註41〕〔日〕青木正兒著，王吉廬譯：《中國近世戲曲史》，頁153。
〔註42〕〔清〕吳梅：《霜厓曲跋》，頁649。

　　《踏雪尋梅》關目的布置也不甚自然。首折敘酒樓聚會，次折孟浩然踏雪尋梅，三折轉用清平調故事，寫浩然與太白詠梅與牡丹。四折太白薦舉浩然受官。其間關目無必然發展的痕跡可尋，故有如拼湊，且平板沈寂，用之案頭清供則可，演於場上則無可觀。至於以賈島、羅隱點綴，則其運用存乎一心，不必譏其荒唐。《霜厓曲跋》云：

> 此劇之妙在濃淡得宜。首折酒家呼伎，二折之野店尋梅，一濃一淡也。三折之牡丹梅花，錯落廣詠，前喁後于，各不相讓，亦一濃一淡也。即浩然始則自甘隱遯，後則策名木天，亦先淡後濃也。〔註43〕

濃淡得宜正是其所以為案頭之劇的妙處。

　　縱觀《誠齋雜劇》的排場，屢屢出前人所未有，必使劇場搬演，得賞心悅目之致。雜劇藝術至此向前邁一大步。而其大量破壞元人之規範，又使雜劇由劇板沈滯轉為自由活潑，其後南雜劇之發展，可以說以憲王為嚆矢。至其關目之布置，以妓女劇、節義劇、英雄劇為佳，其他亦稱得體，蕪雜不堪的固然沒有，而若像《桃源景》、《仗義疏財》等劇之曲折頓挫，出人意表，則是藝術的最高手腕了。

第五節　《誠齋雜劇》的文章

　　戲劇的文章，比起一般文學作品難得多，它要在嚴格的音律拘限下，描摹各種人情物態，其屈伸變化，一依人情物態而各異其致。所謂生旦有生旦之曲，淨丑有淨丑之腔。因之，一個偉大的作家是不能以綺麗或質樸來局限其風格的，好像關漢卿，一般人總覺得他是本色派的代表作家，以白描質樸見長。事實上，他的文字風格與描寫技巧，能適應於各種題材。他寫關羽「大江東去浪千疊」、「這是二十年流不盡英雄血」，其氣勢的豪放，音調的雄奇，正與雲長其人相合。他寫溫嶠「把秋懷都打撇在玉枕鴛鴦帳」、「恰纔則掛垂楊一抹斜陽」，其嫵媚即深含學士風流，而華艷處亦不在《西廂》之下。他寫竇娥的「嗟嗟怨怨，哭哭啼啼。」明白如話，感人肺腑的正是本色質樸的言語。所以關漢卿要雄壯的雄壯，要嫵媚的嫵媚，要俚俗的俚俗，要華麗的華麗，真是大才縱橫，無所拘絆。全陽翁雖然不敢和己齋叟並駕齊驅，然而方面之廣與成就之高是差可比擬的。

〔註43〕　〔清〕吳梅：《霜厓曲跋》，頁 652。

祁彪佳的《遠山堂劇品》，將明雜劇分作妙、雅、逸、艷、能、具六品，《誠齋雜劇》被列在妙、雅、艷三品。即：

妙品八種：《繼母大賢》、《團圓夢》、《香囊怨》、《煙花夢》、《復落娼》、《悟眞如》、《桃源景》、《曲江池》。

雅品十八種：《八仙慶壽》、《半夜朝元》、《辰鉤月》、《小桃紅》、《義勇辭金》、《喬斷鬼》、《豹子和尚》、《福祿壽》、《得騶虞》、《海棠仙》、《靈芝慶壽》、《仗義疎財》、《慶朔堂》、《降獅子》、《常椿壽》、《十長生》、《蟠桃會》、《神仙會》。

艷品五種：《踏雪尋梅》、《賽嬌容》、《牡丹品》、《牡丹仙》、《牡丹園》。

可見祁氏認爲「雅」是《誠齋雜劇》的主要風格，這種見解大抵是對的，但頗嫌籠統。因爲《誠齋雜劇》方面很廣，而其文字風格，每隨內容而異。如果概括來說，則仙佛劇平整流麗，牡丹劇妍雅豐滿，英雄劇勁切雄麗，妓女劇白描中見精緻，節義劇平淡中見工巧。但若仔細品味，那麼像《得騶虞》、《降獅子》二劇，其雄健處並不下於英雄劇，《慶朔堂》詞華之豐艷處也不遜於《牡丹仙》，《牡丹品》之樸素處也和《桃源景》有同樣的韻致。而《八仙慶壽》首折風力高渾、次折詼諧悠長、三折蕭散沖遠、四折穩協流麗；《半夜朝元》首折撲質俚俗、次折雅致雋逸、三四折清臞淡遠；每一折的情調韻致都不相同。至若《喬斷鬼》次折〔隔尾〕以前之疎散，〔罵玉郎〕至〔隔尾〕之憤激，〔賀新郎〕以下之哀怨；《煙花夢》第三折前半詠雪諸曲典雅平實，〔石榴花〕以下流麗動聽，則每折中更有流轉變化。這種隨著關目的轉動而出以各如其分的情調風格，才是高妙的文藝手腕。關漢卿是如此，周憲王也如此，湯顯祖、洪昇也都如此。王世貞《曲藻》謂憲王「才情未至，而音調頗諧。」〔註44〕沈德符《野獲編》評爲「雖警拔稍遜古人，而調入絃索，穩協流麗，猶有金元風範。」〔註45〕後人多踵其說，以爲確當不易之論。「金元風範」是憲王廣汲博取的成果，而方面之廣與戲劇藝術的改進，則是憲王突出「古人」的地方。王沈似乎把這一點忽略了。所謂「警拔稍遜古人」，此古人若係關漢卿、馬致遠輩，則確實稍遜，而若《喬斷鬼》、《桃源景》、《得騶虞》、《香囊怨》、《繼母大賢》諸劇，其他古人恐亦難出其右，遑論「稍遜」？至於「才

〔註44〕〔明〕王世員：《王氏曲藻》，任中敏編：《新曲苑》，第 1 冊，頁 8。
〔註45〕〔明〕沈德符：《野獲編》，卷 25，頁 482。

情未至」之論，則稍嫌過苛，其成就絕不僅「穩協流麗」而已。

> 少牽連，莫風顛。休子管嚼字讟文，軃袖垂肩。賚發你嬌滴滴香溫
> 玉軟，又不費半星兒酒債花錢。（《辰鉤月》首折〔鵲踏枝〕）〔註46〕

> 常言道男婚女聘人常理，鬼夢妖言總被迷。恰便似指山賣磨，緣木
> 求魚；望梅止渴，畫餅充饑。那裡也聲聲相應，事事相依，步步相
> 隨。誰著你攀高折桂，到做了愛月夜眠遲。（二折〔二煞〕）〔註47〕

吳瞿庵謂「措詞備極柔媚」，「字字馨逸，決非屠長卿、梅禹金輩所能道隻字
也。」《辰鉤月》是憲王二十六歲的作品，可能是他的第一部劇作，其排場較
之「風花雪月」更爲可觀，文字尤能出以清新柔媚，沒有板重的雕琢氣，這
在早期學步的階段是不容易的。憲王的才情於此展露了。

> 花露盈盈潤曉粧，行來到玉砌榜。禁不得暖雲遲日燕鶯忙。猛聽得
> 曲欄邊可搭搭似有人來往，卻原來畫樓前吉丁丁風擺簷鈴響。我這
> 裡尋思了這一回，沈思了多半晌，則見他鬧烘烘不離了花枝上。哦！
> 都是些蝶亂與蜂狂。（《牡丹園》首折〔油葫蘆〕）〔註48〕

用這樣流麗生動的筆墨，把一位花園中尋尋覓覓的女郎寫得多麼風致可人；
一猛聽、一尋思，更畫出了受春光撩亂而微微驚訝的情態。這是白描中的雅
致，不需什麼憑藉的。

> 自笑煞廣文官冷，非關是學業生疎，又想起儂家在鸚鵡洲邊住。棄
> 了那煙蓑雨笠，換得箇紗帽朝服。住著這高堂大廈，煞強如草舍茅
> 蘆。想著那棹滄波放浪江湖，到如今夢也全無。常想著對西風短局
> 促收罷綸竿，向夕陽濕淋浸曬著網罟。就偏舟活潑剌釣得鮮魚。自
> 歌，自舞，與山妻稚子常完聚。有時間共樵夫，講會今古，薄酒逢
> 村恣意沽，到大來散袒蕭疎。（《喬斷鬼》〔梁州第七〕）〔註49〕

寫鄉居之樂，蓋本白旡咎《鸚鵡曲》，而剪裁之工，舖敘之詳，由回憶中寫出，
其疏散安閒之致，幾乎超出白作。

> 我往這豬市中向北行，斜抄著馬行街投東去。引著箇篷頭村皂隸，
> 騎著疋大肚俫頹驢。赤緊地泥濘漫衢（表做打驢科），這驢滑擦擦難

〔註46〕陳萬鼐主編：《全明雜劇》，第 4 冊，頁 1667。
〔註47〕陳萬鼐主編：《全明雜劇》，第 4 冊，頁 1679。
〔註48〕同上註，頁 1618～1619。
〔註49〕同上註，頁 1945～1946。

移步。（末做跌倒科）這皂隸瘦伶仃怎的扶，跌的來泥流了身軀，甚的是天也有安排我處。（《喬斷鬼》〔一枝花〕）〔註50〕

我向那床兒前躡足行，窗兒下潛著影。忽明忽暗的弄著孤燈。我這裡颼颼地哨著他纔自醒，到罵做亡魂天命。他那裡咂咂地連嘆了兩三聲。（《喬斷鬼》〔醋葫蘆〕）〔註51〕

上二曲都是屏絕藻飾，用自然本色的筆，一點渲染也沒有。但是泥濘中騎驢的情景歷歷如繪，靈活有趣；而虛虛飄飄，幽幽深深，一縷冤魂在孤燈如豆的黑夜作弄他的仇人，只淡淡寫來，就已令人毛骨悚然。這是詩詞中不容易有的境界。

這條街走的那白道兒生，遮莫是黑地裡行，便是夢魂中也迷不了這答兒行逕。赤緊這鼓樓東市井豐盈，車碾的泥轍深似坑，馬踐的塵埃滿面生。子我這繡鞋兒也不曾乾淨，走的人可丕丕氣喘心驚。盼不到徐家酒店張家館，恰過了馬氏錫房管氏庭。好著我感嘆傷情。（《香囊怨》〔滾繡毬〕）〔註52〕

一會家行行裡忽然自省，也是我惡緣業前生注定。抵多少十二金釵按錦箏，唱呵唱的人乾了咽頸，舞呵舞的人軟了身形，得了那幾文錢知他要怎生。（《香囊怨》〔倘秀才〕）〔註53〕

靠前呵官長每罵俺忒自輕，靠後呵子弟每怪俺不順情，志誠呵又道是老實頭不中親幸，隨和的又道是看不上輕賤身形。年長的人道是巴鏝伶，年幼的人道是小鬼精，年高的人道是老虔婆狼毒心性。但有些錢呵又道是豪旺了那五奴撅丁。我想來便驢騾也與他槽頭細草添三和，便豬狗也道他命裡篩糠有半升。偏俺這樂人家寸步難行。（《香囊怨》〔滾繡毬〕）〔註54〕

憲王寫妓女，總先要發揮一下做妓女的苦處，這幾支曲子寫得最成功，說得非常淋漓盡致，而且揣摩逼真，完全是身處其境的人道出一樣，但誰知它竟出自一位天潢貴胄的藩王呢？曲文明白如話，不失妓女口吻，頗有關漢卿《救

〔註50〕同上註，頁1946。
〔註51〕同上註，頁1955。
〔註52〕陳萬鼐主編：《全明雜劇》，第3冊，頁1200。
〔註53〕同上註，頁1201。
〔註54〕同上註，頁1201～1202。

《風塵》的韻致。

> 好著我心似刺，委實地難自理，止不住哭哭啼啼。大兒將我扯只哀
> 哀叫天呼地，小兒將我扯只跌腳槌胸哭泣。因你戀色貪杯，致令死
> 別生離。合著幫閑潑皮，每日相逐相隨，送了潑天活計，惹下這場
> 罪戾。大兒德行誠實，孝友誰人不知？雖是前妻養的，強如親生苗
> 裔。小兒酒色著迷，不聽我的教誨，惡了街坊鄰里，背了親眷相識。
> 我今老弱殘疾，到被小兒帶累，不由我數一回罵一回，怎教我不淚
> 似扒推。怨怨淒淒，切切悲悲。這的是人善人欺，不辨高低。我明
> 白，向官中訴一遍心頭氣，子細地，說就裡，論是非。我直教官府
> 中評品箇好弱，別辯個虛實。(《繼母大賢》〔草池春〕)〔註55〕

> 他那裡打將來，疼的我心如刀刺眼難擡。告恩官略且須擔帶，苦痛
> 哀哉。打的他皮青肉綻開，告大人權寧奈，我這裡忙把衣服蓋。等
> 老身替他受杖，也是合該。(《繼母大賢》〔殿前歡〕)〔註56〕

由這兩支曲子就把賢母之所以為賢，具體的寫出來了。大兒小兒一齊扯住他
們的母親，叫聲「娘耶！娘耶！」場面已經感人，到了賢母以身迴護前妻兒，
說道：「等老身替他受杖，也是合該。」不知將賺下多少觀場人的眼淚。賢母
的聲口，完全從肺腑深處流出，故語語真切生動，教人盪氣迴場。而所用的
還是白描的手法，「豪華落盡見真淳」，故能「一語天然萬古新」，在平淡中發
揮了無限感人的力量。《遠山堂劇品》云：「其詞融鍊無痕，得鏡花水月之趣。」
〔註57〕誠為中肯之論。

> 我常子守一片孝心堅，養百歲萱堂暮，便是妾平生願足。待養的年
> 老慈親樂有餘，奉晨昏康健安居。自供廚，將飲饌甘腴，子願的當
> 軍去的兒夫早早的歸故廬。那其間向堂前戲舞。妳妳啊！你守著親
> 兒親婦，樂堯年舞日永歡娛。(《團圓夢》〔賺尾〕)〔註58〕

《劇品》云：「只是淡淡說去，自然情與景會，意與法合。蓋情至之語，氣貫
其中，神行其際。膚淺者不能，鏤刻者不能。」〔註59〕《霜厓曲跋》云：「琢

〔註55〕同上註，頁1111～1112。
〔註56〕陳萬鼐主編：《全明雜劇》，第3冊，頁1115。
〔註57〕〔明〕祁彪佳：《遠山堂劇品》，頁139。
〔註58〕陳萬鼐主編：《全明雜劇》，第3冊頁1143～1144。
〔註59〕〔明〕祁彪佳：《遠山堂劇品》，頁140。

詞拙樸，如家常話，而安貧守分之意，自於言外見之。」〔註60〕這種韻致還是得力於白描的功夫，而劇中人之涵養，也可以說是憲王淡泊名利的表現。

> 我是個無拘無束煙霞隱士，不思凡風月神仙，儘他世事雲千變。見幾番秦宮楚闕，更幾遍海水桑田。笑一回龍爭虎鬥，看兩輪兔走烏旋。嘆塵中爲名利急急煎煎，爭如我向山林散袒俄延。有時向玉峰前倚蒼松拍手高歌，是是是有時向碧澗底濯清流將身半偃，來來來有時向翠岩間臥白雲坦腹熟眠。喚童，近前！喜村醪新釀唶都勸，滿斟的，不辭倦。閑坐雲根玩玉泉，逸興飄然。（《八仙慶壽》〔梁州第七〕）〔註61〕

把人生看得透徹，自然有出世超塵之懷，這也是憲王究心神仙道化的原因。他在這裡寫的是蕭散沖遠的懷抱，而用的是韶秀精淳的筆墨。

> 聽說罷氣撲撲惡向膽邊生，直恁地將百姓每忒欺凌。便做他倚官挾勢莽施逞，也有箇三媒六證，問肯方成。便做是窮莊家不敢違尊命，也存些天理人情。卻怎生走將來不下些花紅定，平白的奪了箇女娉婷。（《仗義疏財》〔石榴花〕）〔註62〕

> 早晨間吃了頓酸溜溜甜甘甘一缽頭黃菜虀，滑出出水冷冷兩碗來素區食，又喫了香噴噴顛巍巍新蘑菇嫩豆腐合來的半盆清汁，更有那脆生生辣簌簌暴醃的芥菜蘿蔔。脹膨膨的飽了我這大肚皮，氣哎哎的打了幾箇噯嚏，掙得我七林林骨椿椿行不動恁般死勢。這齋飯比不得戰欽欽心怯怯呂太后的筵席，投至我黑搭窟悄沒促的僧歸禪室花香細，卻又早明滴溜光燦爛的月到寒窗竹影移，撲魯魯把宿鳥驚飛。（《豹子和尚》〔滾繡毬〕）〔註63〕

上二曲都出自英雄聲口。〔石榴花〕是黑旋風李逵和浪子燕青聽李懞古說趙都巡要強娶他女兒時所合唱的，俊朗疏爽，仗義之言，英雄之氣，洋溢於字裡行間。〔滾繡毬〕是魯智深從張善友家飽齋回來，在路上所唱的。用襯字之多較原格不啻三四倍，而一瀉直下，流利豪暢，爽快之至。人物性情聲口的描摹，都深得本色自然之妙。

〔註60〕〔清〕吳梅：《霜厓曲跋》，頁649。
〔註61〕陳萬鼐主編：《全明雜劇》，第4冊，頁1503～1504。
〔註62〕同上註，第3冊，頁1357～1358。
〔註63〕陳萬鼐主編：《全明雜劇》，第4冊，頁1983～1984。

誰不知福祿鍾馗是我當，巴的到春陽，向門户傍，畫的咱黑模糊硬
髭髯有偌長。一隻手揪著箇小鬼，一隻腳蹉定箇魍魎，塗抹的咱有
一千般醜勢樣。(《仙官慶會》〔天下樂〕)　〔註64〕

我見他酒醉的身軀踉蹌倒，一腳低一腳高。我見他乜斜著雙眼把話
兒嘲，把一幅乾乾淨淨的布裙兒展上些拖拖搭搭的溺。怎覷他村村
世世的臉腦兒帶著稀稀留留的笑。濕濕漉漉的按了兩手泥，滑滑擦
擦的跌了四五交，便做是沈沈重重的醜婦是家中寶，也不曾似這潑
弟子刺刺塔塔的忒麐槽。(《得騶虞》〔油葫蘆〕)　〔註65〕

鍾進士把自己說得這樣風趣幽默，寫村婦醉態又如此詼諧可掬，除了用白描，
是不能得其彷彿的。

猛然間望處，他那邊亂了兵卒。我子見黃鼕鼕的塵埃，遮了太虛。
關將軍馬上頻回顧，將一領錦征袍鮮血模糊。夏侯惇陣前觀了嘆吁。
道是六丁神見也伏輸。(《義勇辭金》〔調笑令〕)　〔註66〕

密匝匝擺開雲騎，廝琅琅摯響鑾鈴。明晃晃排著畫戟，早聽得撲簌
簌擂動征鼙，吶喊聲高華岳摧，也不索疾走喞枚。我向那山前嶺後，
澗北溪南，布列長圍。(《得騶虞》〔逍遙樂〕)　〔註67〕

藉著探子的口，虛寫戰陣，用從容不迫的筆，描出雄渾生動的氣勢，雲長沙
場上顧盼自雄，如在眼前。其寫藩府打圍，先以〔逍遙樂〕一支畫出盛大的
場面，接著再用幾支〔醋葫蘆〕細寫各隊人馬的雄姿，極乾枯的題目，而能
寫得如火如荼，誰敢說憲王的筆力窘弱，「才情未至」？《降獅子》的手法和
《得騶虞》相同，當然也具有同樣恢弘的氣魄。

　　由以上可見《誠齋雜劇》的「麗」，是不假雕琢，而得之天然的「韶秀」。
他大量運用白描的手法，以平淡樸素的字句，而能曲盡人性物態。其韻致或
蕭散沖遠，或生動活潑，或古淡雋永，或爽朗清新，或親切有味，或風趣幽
默，或雄壯恢弘；他就好像詩中的太白，詞中的稼軒；氣象胸懷都足以籠罩
古今，傳之久遠。他有時出以關漢卿的樸素，有時又出以王實甫的秀麗，而
皆能各如其分，他的成就不是單方面的。

〔註64〕同上註，第3冊，頁1260。
〔註65〕同上註，頁1292～1293。
〔註66〕同上註，第4冊，頁2192。
〔註67〕同上註，第3冊，頁1302。

在描寫技巧方面，如上文所的，元人每運用襯字、疊字、狀聲字等使曲辭顯得活潑；用俗語、經史語等使曲辭顯得雋永。憲王對這幾種技巧都深得其三昧，運用得很成功，由上舉的曲例就可以看出來。此外，憲王還有幾個特色：一是運用方言，如《煙花夢》、《小桃紅》、《仗義疏財》等，《桃源景》甚至以蒙古語入曲，而運用之妙，頗有「大都（關漢卿）東平（高文秀）之風」（〈霜崖曲跋〉）。二是用戲劇中掌故，如《煙花夢》、《半夜朝元》、《香囊怨》等。三是將各種名目嵌入曲中，如《牡丹品》〔正宮〕套集雙關曲名、《復落娼》〔金盞兒〕集生藥名；《降獅子》〔混江龍〕除首尾六句外，其餘十餘句均含一「山」字。以上一、二兩點也習見於元雜劇，憲王正得古意。第三點在散曲中也可以看到類似這種遊戲題目，雜劇中則極少見到。這種「遊戲」筆墨雖不足為法，但卻可以看出憲王文藝手腕甚為靈妙，其才情豈可說是「未至」？

至於《誠齋雜劇》的賓白，堪稱明淨傳神。憲王特地於每劇卷首注明「全賓」，足見他對於賓白的重視。《得騶虞》首折，喬三夫婦發現騶虞，里長慫恿他們去報告官府，喬三怯官不敢去，他的醜老婆向里長吹噓口才非常好，如果官府「細問」，他就如「金瓶注酒，突突突地傾出來。」如「竈問」，他就如「深澗鳴泉，淙淙淙地流下去。」如「獨自問」，他就如「黃鶯囀柳，嚶嚶嚶地不斷絕。」如「眾人問」，他就如「寒雀爭梅，喳喳喳地無了收。」可是等到他們一行三人到達官府時：

（外同末淨上云）俺有件希奇之事，特來報知。

（孤問云）你報甚麼？

（外背淨靠前科）（外云）這箇婦人，備知希奇之事。

（孤云）你報甚事？

（淨做慘科又做掩面抹屄趔搶科）（孤又問了）

（淨云）家中翁婆兩口兒，俺夫妻兩口兒，小男小女六口兒。穀子收了五擔五斗兒，棗兒摘了十筐十簍兒，大人可憐見，放了小的每九兒。

（孤云）打這廝，正事不報，且潑說。

（外云）你見的，怎地不說。

（淨云）你問我見的，大絹二丈二尺，小絹二丈八尺，大絹織時四日，小絹織時二日。

（孤云）再打這廝，你不報正事，則顧胡說。

（外云）你來時謅了口，說你不怯官，你的口裡言語有四箇比喻。

（淨云）怎地說來。

（外云）你那金瓶注酒那去了？

（淨云）這兩日秋熱，把酒都酸了。

（外云）你那深澗鳴泉那去了？

（淨云）這兩日秋旱，把泉眼乾了。

（外云）你那黃鶯囀柳那去了？

（淨云）這兩日秋涼，黃鶯入蟄了。

（外云）你那寒雀爭梅那去了？

（淨云）這兩日秋旱，梅花未開哩！

（外云）正好打！正好打。（打住）

（末云）大人！這婦人是小人的渾家，因他尋小人去山前山後覓
　　　　牛，黃昏時候，在神后山前七里坡上，正撞著箇雪白的
　　　　大蟲，引著四箇黃虎。小人到他跟前，也不傷害小人，
　　　　慢慢的行下山坡去了。因爲天晚，小的每不敢前去，就
　　　　在山中樹上宵宿，不想半夜，有山神土地，林中現化，
　　　　讚嘆太平。〔註68〕

這是所謂插科打諢，爲戲劇中不可缺少的一科。其妙在不流於惡謔，而能機
趣橫生，比喻得體，前後互相照應，於俚俗中見雅致。同時也反映了當時官
府只知以威刑御民，而不知所以親民愛民。

　　再如《煙花夢》第一折，徐彥麟與仇子華、張伯開三人在蘭紅葉家飲酒
的一段對白：

（旦云）三位客官在此，賤妾敢請，各吟詩詞一篇，以騁高才。

（卜云）既是三位客官，不棄嫌門妓之家，飲宴於此，請就將孩兒
　　　　紅葉兒爲題，各吟一篇詩，有何不可。

（末云）我先吟四句。（末念云）清霜昨夜下秋空，染得枝頭一葉
　　　　紅；莫待嬌容憔悴後，等閒零落怨西風。

（旦云）是好高才，徐官人詩意兒早嘶來也。

（卜云）請仇官人，張官人吟詩咱。

〔註68〕陳萬鼐主編：《全明雜劇》，第3冊，頁1298～1300。

> （正淨云）小人本弗曉箇詩，弗敢違了我姐姐意，也亂道四句。（正
> 　　　　淨念云）一樹低來一樹高，秋風昨夜擺枝梢；等的葉兒
> 　　　　都紅了，砍來灶火做柴燒。
>
> （旦云）甚麼頹詩，吟的不好。
>
> （卜云）仇官人，怎地要燒了紅葉兒。
>
> （正淨云）則被他急的我火著哩。（打住）
>
> （正淨又云）妳妳是樂人家，怎地哑弗記得馬致遠老先生曲兒中，
> 　　　　煮酒燒紅葉一句呢？
>
> （卜兒云）從來不曾聽見人唱。
>
> （正淨云）妳妳，要聽則箇，小人便唱。
>
> （正淨做軀老唱）……〔註69〕

仇子華一詩已教人忍雋不禁，更能牽扯上馬東籬「蚤吟罷一覺才寧貼」一曲，
而自自然然的由淨角演唱一支插曲，賓白與排場的關聯運用，不露一點痕跡。
仇子華的幾句話，也把他的身分、性情寫得微妙微肖。由以上這兩個例子，
我們可以看出憲王對於賓白的製作是頗費心經營的。他用很流利的白話，表
現頗為雋永的味道，在雜劇裡的賓白是別具一格的。

第六節　餘　論

　　憲王的生平、思想，和《誠齋雜劇》的排場、結構及文章，略如上述。
這裡要補充說明的是憲王在音律方面的造詣。毫無疑問，他是個知音解律的
人。他在〔白鶴子〕詠秋景的引中暢論南北曲的流別，吳梅〈誠齋樂府跋〉
稱「為詞隱、鞠通輩所未悉。」在北曲〔掃晴娘〕的序中，憲王說：

> 〔掃晴娘〕曲乃予審音定律新製，此調與〔雙調〕〔殿前歡〕略同，
> 此亦〔雙調〕曲也。〔註70〕

他在南曲〔楚江情〕的序中說：

> 予居於中土，不習南方音調，詩餘亦多製北曲以寄傲於情興，遊戲
> 於音律耳，邇者聞人有歌南曲〔羅江怨〕者，予愛其音韻抑揚，有
> 一唱三歎之妙，乃令其歌之十餘度，予始能記其音調，遂製四時詩

〔註69〕陳萬鼐主編：《全明雜劇》，第4冊，頁2003～2004。
〔註70〕〔明〕朱有燉著，翁敏華點校：《誠齋樂府》，頁39。

四篇，更其名曰〔楚江情〕。〔註71〕

可見憲王不只在北曲方面能審音定律，創爲新調。同時也能記南曲音調，製爲新詞，如果不是精通音律的話是辦不到的。也因此他的《誠齋樂府》和《雜劇》的音律都非常諧美。但是對於元劇的規律，他是有意在突破的，所以吳梅在校閱過《誠齋雜劇》二十二種之後，也發現一些不甚合律的地方，茲根據〈誠齋樂府跋〉，錄之如下：

《牡丹品》首折〔點絳唇〕套內，〔寄生草〕下用〔金盞兒〕四支，二折〔滾繡毬〕、〔倘秀才〕疊用後，接〔叨叨令〕一支；四折所用牌名，多別立新目，如《寶樓臺·慶天香》、《紫雲芳·海天霞》等，皆故作狡獪，而〔金盞兒〕、〔叨叨令〕二牌，律以套曲次序，亦覺緩急不合，此皆大醇中小疵也。〔註72〕

《牡丹園》用五折體，爲北詞中少有，北劇唯《趙氏孤兒》有此一格，餘則未多覯矣。又首折通篇江陽韻，獨〔青哥兒〕一曲改叶蕭豪，亦所不解。〔註73〕

《八仙慶壽》〔正宮〕〔端正好〕一套以〔醉太平〕、〔叨叨令〕二曲置〔倘秀才〕、〔滾繡毬〕後，其誤與《牡丹品》同。〔註74〕

《豹子和尚》第三折〔尾聲〕後再用〔窮河西〕、〔煞〕二曲、殊不可解。〔註75〕

《悟眞如》楔子〔賞花時〕四支第二句皆協仄韻，頗不經見。元劇及憲藩他作概用平韻，不知此劇何以獨用仄協，又通體凡四曲而標名爲三轉〔賞花時〕，或係誤刊歟？〔註76〕

以上《牡丹品》、《八仙慶壽》、《悟眞如》三劇正如瞿庵所指，都是大醇中的小疵。《牡丹園》用五折，如前文所述，可能是憲王作祖，《趙氏孤兒》元刊本僅四折，其第五折是明人竄入，自不能據爲前例。〔青哥兒〕一曲《憲王樂府三種》本作插曲，不作正曲同列，且細書刊行，作「淨辦酸妮子上就

〔註71〕〔明〕朱有燉著，翁敏華點校：《誠齋樂府》，頁26。
〔註72〕〔清〕吳梅：《霜厓曲跋》，頁633～634。
〔註73〕同上註，頁634。
〔註74〕同上註，頁636。
〔註75〕同上註，頁638。
〔註76〕同上註，頁645。

唱」，瞿庵以爲正曲，應是失檢。《豹子和尚》尾聲後用〔窮河西〕、〔煞〕二曲，仍由正末獨唱，正與《仙官慶會》第四折〔尾聲〕後末又唱〔後庭花〕、〔柳葉兒〕二曲同例，此即所謂散場，元劇中此種情形已數見，說見鄭因百師《從詩到曲》。因此憲王在音律上可以說是非常謹嚴的。

說到這裡，我們可以做個結論：憲王雜劇，音律諧美，詞華精警，以故能風行一時。而其大量突破元劇體製，極力講求結構排場，更使得雜劇得到改進，且從此闢出向前發展的途徑。他在我國戲劇史上的地位，就好像詞中的柳永，居於轉變的關鍵和樞紐。這也是憲王聲名能夠「不廢江河萬古流」的原因。

附：《雍熙樂府》選錄《誠齋雜劇》目

嘉靖時郭勛編選的《雍熙樂府》，爲當時盛行的曲集，其中選錄《誠齋雜劇》甚多，列目於下。

《仗義疎財》：首折卷五頁 34、次折卷七頁 32、三折卷十二頁 20、四折卷一頁 49。

《半夜朝元》：首折卷五頁 23、次折卷三頁 6、三折卷八頁 27、四折卷二頁 14。

《辰鉤月》：首折卷五頁 78、次折卷三頁 8、三折卷七頁 38、四折卷十二頁 15。

《曲江池》：首折卷五頁 52、次折卷三頁 3、三折卷十四頁 66、五折卷十二頁 22。

《悟眞如》：首折卷五頁 25、次折卷三頁 10、三折卷十三頁 21、四折卷七頁 41。

《牡丹仙》：首折卷五頁 56、次折卷八頁 34、三折卷六頁 44、四折卷十二頁 12。

《小桃紅》：首折卷五頁 23、次折卷八頁 29、三折卷三頁 23、四折卷十二頁 13。

《喬斷鬼》：次折卷八頁 35、三折卷十四頁 68、四折卷三頁 50。

《豹子和尚》：三折卷三頁 52。

《慶朔堂》：首折卷五頁 46、次折卷三頁 13、三折卷七頁 34、四折卷十二頁 31。

《常椿壽》：首折卷五頁 40、次折卷二頁 55、三折卷二頁 57、四折卷十二頁 26。

《踏雪尋梅》：首折卷五頁 59、三折卷七頁 4、四折卷十一頁 44。

《蟠桃會》：首折卷五頁 35、次折卷三頁 46、四折卷十二頁 27。

《繼母大賢》：四折卷十二頁 33。

《團圓夢》：首折卷五頁 27、四折卷十二頁 34。

《香囊怨》：首折卷五頁 28、三折卷八頁 55、四折卷十二頁 36。

《桃源景》：首折卷五頁 48、次折卷八頁 30、三折卷三頁 24、四折卷三頁 15。

《復落娼》：首折卷五頁 51、三折卷三頁 21。

《仙官慶會》：首折卷五頁 31、次折卷三頁 48、三折卷十二頁 17、四折卷一頁 50。

《得騶虞》：首折卷五頁 32、次折卷十四頁 84、四折卷十二頁 19。

《牡丹品》：首折卷五頁 5、次折卷二頁 61、三折卷一頁 42。

《牡丹園》：首折卷五頁 57、次折卷二頁 26、三折卷十三頁 19、四折卷十一末頁。

《煙花夢》：首折卷五頁 54、次折卷八頁 55、三折卷七頁 36、四折卷十二頁 23。

《八仙慶壽》：首折卷五頁 43、次折卷三頁 19、四折卷十二頁 28。

《靈芝獻壽》：首折卷五頁 69、三折卷三頁 56、四折卷十二頁 38。

《十長生》：首折卷五頁 41、次折卷八頁 32、三折卷三頁 32、四折卷十二頁 26。

《神仙會》：首折卷五頁 44、四折卷十二頁 29。

《降獅子》：次折卷一頁 53、四折卷十三頁 26。

《義勇辭金》：首折卷五頁 2、次折卷十二頁 42、三折卷十三頁 27。

《海棠仙》：首折卷五頁 73、二折卷十三頁 23、三折卷三頁 12、四折卷十二頁 41。

《賽嬌容》：首折卷五頁 71、三折卷三頁 37、四折卷十二頁 39。

以上總計一百折，《誠齋雜劇》三十一種計一百二十七折，《雍熙》未錄者才二十七折而已。
由此可見《誠齋雜劇》當日盛行的情況。但《雍熙》所錄，時有刪節，這是不可不知的。

按：趙景深《小說戲曲新考》亦曾輯錄《雍熙樂府》中之《誠齋雜劇》，得八十八折，較本目少十二折。